④

어서오세요 실력지상주의 교실에 **2**학년편 키누가사 쇼고 ✕ 토모세슌사쿠

Welcome to the Classroom of the Second-year

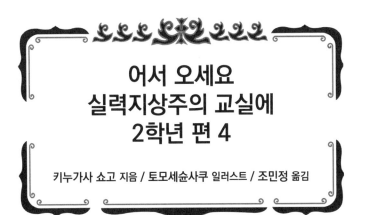

어서 오세요
실력지상주의 교실에
2학년 편 4

키누가사 쇼고 지음 / 토모세슌사쿠 일러스트 / 조민정 옮김

소미미디어

어서오세요 실력지상주의 교실에 2학년편 ④

Welcome to the Classroom of the Second-year

contents

커버, 본문 일러스트 : 토모세슌사쿠

○아마사와 이치카의 독백

시험관 아기라는 단어를 들어본 적 있어?

지금은 이 단어가 사라지고 대신 체외 수정아라는 표현을 쓰는 모양이지만.

나는 그 『체외 수정아』로 태어난 인간.

하지만 그것 말고는 아무것도 몰라. 부모 얼굴조차 한 번도 본 적 없어.

지금 어디서 뭘 하는지, 왜 나를 화이트 룸에 넣었는지.

아무것도 모르지만, 까놓고 말하면 별로 관심 없어.

그런 내가 어느 정도 컸을 때 들은 얘기가 있어.

부모가 아주 우수한 인간이었다는 거.

그러니까 나는 천재가 될 자격을 가지고 태어난 아주 복받은 아이였던 거야.

하지만 나와 화이트 룸의 존재는 상반돼.

시설의 최종 목표는 모든 인간을 똑같이 우수하게 키워내는 것.

요컨대 우수한 유전자를 가진 나만 특출나게 재능이 있는 것을 바라지 않아.

분명 화이트 룸에서 나라는 존재는 『실험』 중 하나였겠지.

딱히 그 실험을 부정할 마음은 없지만, 정말로 가능하다고 생각하는 걸까.

지능과 성격, 정신, 그 모든 것을 동일하게 만들기란 불가능하다고, 난 결론 내렸어.

지금 내가 나로 존재하는 게 무엇보다 큰 증거 아니겠어?

나는 어릴 때부터 일관적으로 나의 내면이 주위와 다르다는 자부심이 있었어. 눈빛을 죽이고 담담하게 임하는 척하면서 속으로는 계속 시설의 존재의의에 의문을 품었지.

화이트 룸의 이념을 위해 성장해 인생을 걸고 공헌하고 싶어?

자기가 최고의 육성 성공 사례가 되고 싶어서, 목숨 걸고 하루하루 보내는 게 소원이야?

왠지 말이야, 그거 좀 불행한 이야기라는 생각이 들지 않아? 좀 더 자유롭게 살고 싶지 않나?

적어도 난 그런데. 그런 세계에 갇혀서 평생 사는 건 싫거든.

음, 지금 할 얘기는 아닌가. 본론으로 돌아갈게.

화이트 룸에서도 특히 뛰어난 성적을 거뒀던 아야노코지 키요타카라는 존재.

물론 처음에 들었을 때는 반신반의했었어.

내가 피나는 노력으로 따낸 점수를 전부 뛰어넘다니, 믿어져?

하지만── 응, 그래. 데이터를 보고, 실제로 만나보고, 대화를 나눠보고 알았어.

그는 역시 특별하다는 걸.

그렇지만 미안해, 선배.

사실은 같은 편만 되어주고 싶지만, 그럴 수도 없네.

알고 지낸 시간으로 따지자면 선배보다 훨씬 훨씬 오래됐거든.

생각보다 내가 정 많은 사람이었구나…… 하는 생각이 들어.

선배를 숭배하는 사람으로서 『그때』가 오면 멀리서 지켜만 볼게.

○암약

거세지기 시작한 빗줄기와 짙어지기 시작한 안개.

나빠지는 시야와 시끄러운 소리 속에서, 나는 등 뒤로 누군가 다가오는 꺼림칙한 느낌을 받았다.

일부러 거칠게 땅을 밟는 듯, 질퍽한 흙 튀는 소리.

나나세도 그 소리를 듣고 상황을 알아차린 듯했다.

뒤돌아보니, 대단한 기세로 걸음을 멈춘 학생의 휘날리는 빨간 머리카락이 보였다.

"비가 꽤 많이 올 것 같네요, 선배애."

안개비 속에서 모습을 드러낸 사람은 1학년 A반 아마사와 이치카였다.

테이블이 나, 나나세와 같다는 건 이미 아는 사실이지만, 단순한 우연이라고는 도저히 생각할 수 없었다.

주위에 다른 학생의 모습도 없었고, 배낭이나 태블릿도 소지하지 않았다.

어떻게 여기까지 온 거지.

짐작 가는 가능성은 근처에 짐을 숨기고 접근한 경우.

또는 계속 짐 없이, 일찍부터 뒤를 밟은 경우.

무전기로 누군가에게 GPS 검색 결과를 듣고 접근한 패턴도 고려해볼 수 있으려나. 역시 우연일 가능성은 배제해도 되겠지.

어떤 패턴이었든 간에, 나에게는 환영할 일이 아니다.

게다가 아예 맨몸도 아니었다. 아마사와의 왼손에는 두꺼운 나무막대기가 쥐어져 있었다. 사람을 때리기에 부족함이 없는 흉기였다.

허를 찌르려다가 우리에게 들켜버린 건가?

하지만 지금은 악천후(惡天候). 습격을 노린다면 빗소리에 숨어서 몰래 뒤로 접근할 수도 있었다.

"제 뒤로 물러나세요."

아마사와가 나타난 이유를 모색하고 있는데, 다소 체력이 빠진 나나세가 내 앞으로 나왔다.

"어머? 나, 나나세 짱한테 환영 못 받는 거야? 같은 소그룹 멤버인데 쌀쌀맞아라. 아니면 내 손에 있는 이게 좀 위험해 보이는 거양?"

아마사와가 굵직한 나무막대기를 자기 발밑에 살짝 떨어뜨린 후, 이제 안심이 돼? 하고 어필했다.

하지만 나나세는 조금도 경계를 풀지 않았다.

"당신은—— 믿을 수 없습니다."

"너무해앵. 왜 그렇게 말하는 거야? 이렇게 귀여운데."

귀여움이 곧 신뢰는 아니라고 생각하지만, 지금은 별로 중요하지 않겠지.

"이유가 뭐야, 나나세."

물론 아마사와는 무슨 생각을 하는지 알 수 없는 구석이 있다.

연기력과 실행력이 비상한 학생이라고 단언해도 과대평가가 아니다.

그런 점을 보면 아마사와는 마땅히 경계해야 할 상대이지만, 그건 지금까지 겪은 일로 이미 알고 있는 사실.

그걸로는 나나세의 이상할 만큼 과도한 경계심을 설명할 수 없다.

물론 아마사와가 여기 나타난 데에 의미가 있는 것도 분명하다.

나나세가 내 편이 되어 과도하게 반응하는 것뿐이라고 생각할 수도 있지만…….

"나는 나쁜 사람이 아닌데, 그렇지? 아야노코지 선배? 그러니까 얘기 좀 해."

"귓등으로도 듣지 마세요. 저 여자는 위험한 존재입니다."

적의를 보이지 않는 아마사와에게 거침없이 부정적인 말을 던지는 나나세.

이유 없는 비판 같기도 한 나나세의 발언에 아마사와가 투덜거렸지만, 표정은 전혀 아무렇지 않았다.

"선배…… 지금까지 말씀드리지 않은 게 있습니다. 시노하라 선배 그룹이 습격당해서 코미야 선배와 키노시타 선배가 기권하셨을 때, 이케 선배와 벼랑을 올라가셨죠?"

위에서 나는 소리를 듣고 시노하라가 있음을 알아차린 이케가 달려갔을 때를 말하는 것이다.

그때는 이케를 혼자 보내면 위험하다고 판단해서 따라

갔었다.

"그 이후에 누군가 저희를 훔쳐보는 느낌이 들어서 뒤를 쫓았었습니다."

"그래서 시노하라를 찾아 돌아왔을 때 근처에 없었던 거구나?"

작게 고개를 끄덕이는 나나세.

"그래서?"

"달아나는 상대를 결국 잡지는 못했지만…… 특징적인 머리카락을 봤습니다."

그렇게 말한 나나세는 천천히 오른팔을 아마사와 쪽으로 뻗더니, 검지로 가리켰다.

"그때 그곳에서 저희를 몰래 훔쳐봤죠? 아마사와 씨."

"아핫, 역시 들켰나?"

부정하기는커녕 바로 인정하며 웃는 아마사와.

그녀의 태도에서 동요는 찾아볼 수 없었다. 들킨 것도 딱히 놀랍지 않은 듯했다.

그때 우리를 훔쳐본 사람이 아마사와였다고 판단해도 될 듯하다.

"당신이 코미야 선배와 키노시타 선배를 밀었죠?"

"어머나, 너무 단정 짓는 거 아니야? 어쩌다 근처에 있었던 것뿐일 수도 있는 건데."

"그럼 달아날 필요 없지 않나요?"

"무서운 얼굴로 쫓아오는데 도망칠 수밖에 없지. 의심받는 것도 싫고."

"도저히 못 믿겠습니다."

"그럼 나나세 짱은 내가 선배들을 뒤에서 밀었다고 단정하는 거야?"

"확신합니다. 거의 틀림없다고."

"확신하는데 거의라는 말을 붙이는구나? 사실은 잘 모르겠다고 생각하는 거 아니야?"

같은 소그룹의 두 사람이 서로를 견제하며 말을 주고받았다.

"그럼 코미야 선배와 키노시타 선배를 다치게 만든 사람이 아니라고 맹세할 수 있나요?"

"맹세할 수야 있지만, 그 맹세를 깨든 지키든 나나세 짱이랑은 상관없지."

맹세는 아무런 의미도 없다고 아마사와가 말했다.

"반대로 물어볼게. 그 짓을 한 게 나라고 치고, 했다면 어쩔 건데?"

아마사와는 나나세의 추궁에서 벗어나려 하기는커녕 스스로 그 소용돌이 안에 뛰어들었다.

나나세는 조금 기가 눌렸지만, 아마사와를 탐색하기 위해 더 깊이 파고들었다.

"왜 그런 짓을 했는지 이유를 알려 주세요. 아니, 그 전에 어떻게 학교 측에서 검색한 GPS 반응에 뜨지 않은 거죠?"

그 부분은 굳이 아마사와에게 확인할 필요도 없다.

"GPS 추적을 피하는 건 별로 어렵지 않아. 손목시계를 망가뜨리기만 하면 되니까."

그러자 아마사와는 즐거운 듯 오른팔에 찬 손목시계를 우리에게 내밀었다.

"정답~. 고의든 고의가 아니든 고장은 고장. 공짜로 교환할 수도 있고."

"하지만 직전에 GPS를 망가뜨렸어도 학교 측에서 금방 알 수 있을 텐데요?"

"그렇지. 하지만 적어도 서둘러 달려온 그 타이밍에는 알기 어려웠을 거야."

이 섬의 GPS 발신 수는 무려 400개가 넘는다. 태블릿에서 GPS 반응이 한두 개쯤 사라져도 그 자리에서 바로 알아차리기는 어렵고, 전부 확인할 시간도 없다. 교사가 우선해야 하는 것은 학생의 안부뿐.

"하지만 나중에라도 학교 측이 다시 철저하게 조사할 수 있잖아요? 특정되는 건 시간문제죠."

시노하라가 직접 누군가에게 공격당했다고 발언한 이상, 당연히 학교 측에서 자세히 알아보겠지.

그 과정에서 아마사와의 GPS 반응만이 없었다── 이럴 가능성도 충분히 있다.

그러나 문제는 지금부터다.

"만약 코미야와 키노시타가 공격당한 시간에 GPS 반응이 사라진 게 아마사와뿐이라면 학교 측에 의심을 사는 건 피할 수 없겠지. 하지만 그것뿐이야. 더 이상은 증거가 없으니 범인이라고 확정 지을 수가 없어."

"그건……."

아마사와를 직접 목격한 나나세는 그녀를 범인이라고 단정하고 싶겠지.

하지만 범행을 실증하는 것은 생각보다 훨씬 어려운 일이다. 학교 측은 억울한 죄로 아마사와가 탈락 처리되는 사태만은 반드시 피해야 하니까.

애당초 이 무인도 시험은 질서와 규칙을 지키기 위해 존재하는 『손목시계』도 쓰기에 따라 얼마든지 무효화시킬 수 있다. 부정을 막으려면 손목시계와 관련해 강력한 규제를 만드는 수밖에 없다. 고장에 의한 교환은 1회에 한한다거나 고장 날 때마다 득점을 소비하게 한다거나 고장 나면 탈락시키는 등.

하지만 규제를 강력하게 하면 할수록, 또 다른 부정 수단이 생겨난다. 라이벌의 손목시계에 장난을 쳐서 망가뜨린다거나 하는 식으로. 더군다나 강한 규제 탓에 정말 사고가 났거나 부득이하게 고장 났는데 탈락당하는 경우가 생기면 그것이야말로 받아들이기 힘든 특별시험이 된다.

"규칙의 허점을 뚫는 것은 정석. 증거만 없으면 뭐든 할 수 있지."

그 말에 다소 걸리는 부분도 있지만, 아마사와의 주장은 틀리지 않았다.

"증거가 없으면 아마사와 씨가 그 장소에 있었다는 걸 제가 증언하면 되죠."

"그래봐야 달라지지 않아. GPS 고장이랑 사건 현장에 있었다는 사실만 의심받고 끝나겠지."

만약 스도나 류엔처럼 폭력적이고 행실에 큰 문제가 있는 학생이라면 학교 측도 더 의심할지 모른다. 하지만 눈앞에 있는 것은 고등학교 1학년 여학생. 심증의 관점에서 봐도 의심할 확률이 낮다.

무엇보다 코미야와 키노시타에게서 공격받았다는 증언조차 듣지 못했고, 시노하라도 『누군지까지는 못 봤다』라고 애매한 발언만 했다.

나나세가 아마사와를 봤다고 하는 증언 역시 마찬가지.

결정적 증거가 없으면 학교 측이 아마사와를 처벌하는 것은 불가능하다.

"알겠니? 나나세 짱."

그나저나 아마사와가 이곳에 모습을 드러낸 이유를 아직 모른다.

나나세의 추궁과 아마사와의 말장난만 되풀이될 뿐, 이야기에 진전이 생길 기미가 전혀 보이지 않았다.

지금 당장이라도 무슨 짓을 저지를…… 거라고는 점점 더 생각하기 어렵다.

코미야와 키노시타를 다치게 만든 범인인가 아닌가 하는 이야기는 일단 뒤로 미루는 것이 좋겠다.

교착 상태에서 벗어나기 위해 나는 아마카와를 향해 질문을 던졌다.

"여기에는 왜 왔어? 아니, 우리를 어떻게 찾았지?"

내일 이후의 특별시험을 생각하면 셋 다 계속 비를 맞는 것은 피해야 한다.

지금 당장이라도 텐트를 쳐서 비에서 벗어나고 싶다.

"그리 급하게 굴지 마, 아야노코지 선배. 이렇게 무인도에서 만난 걸 기쁘게 생각하자."

"미안한데, 비는 우리가 생각하는 것보다 훨씬 빠르게 체력을 빼앗거든. 얼른 끝내주라."

"그럼 일단 서로 힘을 합쳐서 텐트를 치고 단둘이 밤을 보낼까?"

남녀가 같은 텐트에서 하룻밤을 보내는 게 금지라는 건 누구나 아는 사실이다.

나는 역시 이 상황이 별 의미 없는 대화로 시간을 끄는 것처럼 느껴졌다.

"아, 여러 가지로 걱정하는 거야? 괜찮아, 괜찮아, 학교라고 해서 전부 감시하지는 못할 거고."

아마사와가 가까이 다가오려고 걸음을 떼자, 바로 나나세가 나서서 팔을 붙잡았다.

"뭐야? 이 손."

"아야노코지 선배에게 손댈 생각 아닙니까?"

"언제부터 나나세 짱이 선배의 기사가 됐어? 퇴학시키

려고 호우센 군이랑 짰던 거 아니었어?”

“그건…… 그쪽이랑 상관없는 일입니다. 여기 온 목적이 뭐죠?”

“길을 잃어버려서 도와달라고 온 건데.”

이제는 뻔한 거짓말을 했다.

혹시 나나세와 나의 결착, 그리고 그 후 어떻게 되었는지 확인하려고 여기까지 온 건가?

나나세의 태도를 보면 이미 내 쪽으로 넘어왔다는 것도 파악했으리라.

아니, 그렇다면 여기서 무의미한 잡담을 이어가면서 질척이고 있을 이유가 별로 없다.

“아야노코지 선배랑 얘기하고 싶으니까 자리 좀 비켜줄래?”

“그냥 말하면 되잖아요.”

“안 돼. 화이트 룸에 관한 얘기거든.”

자신의 정체를 더 이상 감춰봐야 소용없다고 생각했는지 아마사와가 그렇게 고백했다.

나나세가 깜짝 놀라며 나를 쳐다보았다.

1학기 동안 화이트 룸생의 냄새를 계속 맡아왔지만, 정체는 붙잡지 못했었다.

그런데 설마 『자백』으로 알게 될 줄이야.

“이제 알았으면 좀 비켜줄래? 제삼자 씨?”

만약 정말 아마사와가 화이트 룸생이라면 나나세를 제

삼자라고 부르는 것도 과연 수긍이 간다.

"팔 놔줘, 나나세."

불만이 있겠지만, 나나세는 내 지시에 따라 순순히 팔을 놓았다.

"착하네, 나나세 짱. 그런 충견 같은 느낌, 난 싫지 않아."

그렇게 말한 아마사와가 나와의 거리를 약간 좁혔다.

이제 겨우 이야기에 진전이 좀 생기나.

"미안하지만 나나세가 미끼로 썼던 일도 있으니, 화이트 룸이라는 단어만 들었다고 단정할 생각은 없어."

"좋아, 증명해줄게. 그런데…… 나나세 짱이 듣는 건 좀."

무슨 말인지 알지? 하고 평소처럼 소악마 같은 미소를 지었다.

나는 나나세에게 살짝 손짓해 조금 더 거리를 벌리도록 지시했다. 아마사와를 함부로 가까이하는 것에 저항감을 느끼는 나나세였지만, 곧 지시에 따랐다. 점점 더 거세지는 빗발 속에서 몇 미터나 멀어지면, 작게 얘기하는 정도로는 나나세의 귀에 들리지 않을 것이다.

질퍽질퍽한 땅을 밟으며 아마사와가 이제는 손을 뻗으면 닿는 거리까지 다가왔다.

"그럼 어디서부터 설명할까."

어떻게 말해야 내가 이해할까, 그렇게 고민하는 동작을 취하는 아마사와.

역시 여기에 나타난 것부터가 이상하다고 말할 수밖에

없다.

화이트 룸생은 나를 퇴학시키기 위해 오늘까지 정체를 숨겼다.

그런데 눈앞의 아마사와는 무슨 짓을 하려고도 들지 않고 정체를 드러냈다.

무엇보다도 지금 와서 뭘 얘기할지로 고민하는 동작을 보이는 것 자체가 애당초 이상하다.

아무리 봐도 시간을 질질 끄는 행동 같기만 하다.

그 부분을 짚고 넘어갈지 결정하려는데, 아마사와가 입을 열었다.

"선배가 열 살 때 받은 커리큘럼은 프로젝트 5를 기반으로 한 구축 이론. 열한 살 때 받은 건 프로젝트 7을 기반으로 한 상대성 이론. 나도 둘 다 받았기 때문에 똑똑히 기억해."

같은 화이트 룸에 있었음을 증명하기라도 하듯 구체적인 이야기가 나왔다.

"실내도 복도도, 각자 배정받은 방도, 하나부터 열까지 전부 새하얀 세계."

적어도 나나세보다 훨씬 화이트 룸에 대해 잘 알고 있는 것은 분명해 보인다.

츠키시로에게 요점만 들었다고 보기도 좀 어렵다.

아무 상관 없는 사람에게는 화이트 룸의 내부 사정까지 말하지 않으니.

이제 아마사와가 『맞다』고 판단해도 되겠지.

대화 내용에서부터 하는 행동까지, 화이트 룸생과 딱 들어맞는다.

"굳이 이렇게 평소처럼 등장해 정체를 밝혀서 네가 얻는게 뭐야?"

"그렇겠지, 그게 궁금하겠지, 역시. 그건 말이야, 내가 선배의 적이 아니라는 걸 알려주기 위해서야."

"모순인데. 화이트 룸생은 나를 퇴학시키려고 보낸 자객. 적이 아니라는 말은 앞뒤가 안 맞아."

아마사와도 이제 비에 흠뻑 젖었지만 아랑곳하지 않고 계속 말을 이어나갔다.

"아야노코지 선배가 속한 4기생보다 뒷세대들은 강한 질투심에 사로잡혀 있어. 그래서 화이트 룸생을 이용하면 그 질투심으로 선배를 퇴학시킬 수 있다고 생각했겠지. 하지만 위에서 사람을 잘못 골랐어. 내가 아야노코지 선배를 속으로 동경하고 있는 소녀라는 사실을 몰랐던 거지."

"그래서 이렇게 정체를 드러냈다고?"

응응, 하고 고개를 끄덕이는 아마사와.

"그럼 입학 직후에 알렸어도 되지 않나? 내 방에 들어오는 것까지 쭉 성공했고, 말할 기회는 얼마든지 있었어."

"하지만 아무리 동경하는 사람이라도 그건 상상 속의 이야기잖아. 직접 만나 얘기해보고 아아 이 사람을 동경하길 잘했어, 하고 생각하기까지 시간이 필요하니까."

즉 아마사와가 느끼기에 내가 평가할 값어치가 없는 사

람이었다면 배제할 가능성도 있었다는 뜻. 일단 이야기의 흐름은 성립한다.

"이해됐어?"

"그렇군. 화이트 룸에 대해 이 정도까지 말할 수 있는 건 나와 같은 인간뿐이니까."

"바로 그거야. 왠지 기분이 이상해. 평범한 고등학생이 되어 학교에 다니다니."

지금까지는 나만 특수한 느낌을 맛보고 있었다. 그런데 다른 화이트 룸생도 이렇게 똑같이 유사 체험을 하고 있으니 흥미로웠다.

"만약 나와 같은 느낌을 받고 있다면, 이 학교의 흥미로운 점도 알아차리지 않았나?"

"무슨 말을 하고 싶은 건지 잘 알아, 선배. 나도 이대로 졸업할 때까지 즐겁고 재미있는 학생 역할을 엔조이할 수 있으면 좋겠다고 생각한 적이 한두 번이 아닌걸. 친구 사귀는 건 잘 못 해서 대화 상대는 별로 없지만."

그건 나랑 비슷하군.

호리키타나 이케 무리와 말하기는 하지만, 마음의 거리 같은 게 있었다.

『친구입니다』하고 거리낌 없이 말하긴 어려운 상황이 얼마간 이어졌던 게 떠올랐다.

"나, 선배처럼 소통 능력이 모자란 건 아니거든?"

내 생각을 꿰뚫어 본 듯 아마사와가 말을 정정했다.

"기본적으로 선배와 배운 건 똑같아. 하지만 한 살 아래인 5기생만 배운 것도 있지."

내가 대답하지 않자 아마사와가 혼자 말을 이었다.

"최소한의 소통 능력. 선배를 포함한 4기생까지는 개인주의가 지나친 바람에 망하는 아이도 속출했었잖아. 그래서 물론 처음부터 모자란 애는 논외로 하고, 우수한 인간은 우수한 인간이랑 소통하는 것을 허락받았어."

만약 이 말이 사실이라면 표정이 풍부한 것도 납득이 간다. 나도 단기간이라면 연기할 수 있지만, 인생의 대부분을 아무 감정 없이 살아온 버릇을 고치기란 어렵다.

"아직도 못 믿겠어?"

"전체적으로는 믿어. 하지만 네가 정체를 밝힌 이유는 아직 받아들이기 어렵군."

"내가 화이트 룸생이라는 걸 받아들인 것치고는 꽤 차분하네. 난 선배한테 위협이 못 된다고 생각하는 거야?"

그 질문에 대답하지 않자 아마사와가 웃으며 그대로 넘어갔다.

"그럼—— 선배한테 하고 싶은 말도 다 했으니 난 이만 돌아갈까 봐."

화이트 룸생이라고 인식시킨 것으로 충분하다며 아마사와가 등을 돌렸다.

"무슨 생각이야, 아마사와."

"아이참~ 말했잖아~. 난 아야노코지 선배를 동경할 뿐이라고."

다시 뒤돌아보더니, 젖은 손가락 끝으로 내 볼을 만졌다.

"그러니까 내 허락 없이 마음대로 당하지 마."

그렇게 말하고 손가락을 떼더니 어디로라고 할 것도 없이 걷기 시작했다.

마음대로 당하지 말라니, 누구한테 말인가. 츠키시로? 2,000만 프라이빗 포인트를 노리는 1학년들? 아니면…….

"아야노코지 선배, 괜찮으세요? 무슨 일 있으셨습니까?"

걱정하며 달려온 나나세에게 괜찮다고 대답한 나는 내 배낭을 쳐다보았다.

"비가 너무 많이 온다. 서두르는 편이 좋겠어."

여러 가지 정보를 정리하고 싶지만, 지금은 우선해야 할 것이 있다.

"네, 텐트를 쳐야겠군요."

"그래."

그렇게 대답하긴 했지만, 한 가지 잊으면 안 되는 일부터 끝내기로 했다.

떠난 아마사와의 족적을 확인하는 일이다.

"선배……?"

"비에 금세 족적이 사라질 테니까."

방금 떠났는데 아마사와의 발자국이 벌써 흐릿해지고 있었다.

"족적이요? 아마사와 씨의 족적을 왜?"

"코미야와 키노시타가 다쳤을 때 현장 근처에 족적이 있었어. 크기가 거의 아마사와의 족적과 같다고 봐도 될 것 같아."

즉 나나세가 목격한 대로 아마사와는 틀림없이 그곳에 있었다는 이야기.

"역시 아마사와 씨는 우연히 근처에 있었던 게 아니라, 선배들의 등을 민 범인이었던 거군요."

"그건 아직 몰라. 그때 스도와 나나세를 몰래 훔쳐본 건 아마사와가 맞겠지. 하지만 등을 민 사람이 아마사와라는 증거는 여전히 없어."

나나세는 내가 무슨 말을 하는지 순간 이해되지 않는 듯했다.

"확실한 증거는 없을지도 모르죠. 하지만 그녀로 확정해도 되지 않을까요?"

"지금 가진 정보만으로 추리하면 일단은 틀림없이 아마사와가 범인이겠지."

"저도 그렇게 생각합니다. 다시 말씀드리지만, 확실히 아마사와 씨를 봤으니까요."

그건 당연히 잘못 본 게 아니리라.

"하지만 미는 순간을 본 건 아니잖아."

"그건…… 뭐……. 하지만 아까 자백도 했잖아요."

"자백이라고 할 수 있을지 미묘해. 어디까지나 아마사와는 『민 사람이 자기라면 어떻게 할래?』 하고 말했을 뿐이지 명확하게『자기가 했다』라고 말하지는 않았어."

"녹음될까 겁냈다거나."

"이렇게 빗소리가 크니 그건 아니겠지. 게다가 우리 상태를 보면 강하게 경계할 필요 없다고 생각하지 않았을까?"

언뜻 봐도 도저히 녹음 가능한 환경 같지 않았다.

"그래도 절대라는 건 없어요. 특히 아야노코지 선배가 경계해야 할 상대라는 걸 알고 있으니, 최대한의 대처를 했다고 보는 게 타당합니다."

과연 리스크를 아예 없애려면 그게 현명한 선택이다.

"학생 두 명한테, 잘못하면 목숨까지 위험해질 수 있는 심각한 부상을 의도적으로 입혔다면 쏜살같이 달아났을 거야. 그런데 굳이 현장 근처까지 와서 나나세가 뒷모습을 목격하게 만든 이유가 뭘까."

나나세는 배낭을 회수하면서 생각에 잠겼다.

"그건—— 역시 코미야 선배와 키노시타 선배의 상태가 궁금해서가 아닐까요? 방화범이 현장에 돌아오는 심리와 같다고 봅니다."

과연 방화범은 현장에 다시 돌아온다는 말이 있다.

그 심리에는 여러 가지 설이 있지만, 이번 경우에 쉽게 대입하는 것은 위험하다. 아마사와가 범인이라고 단정 짓고 추리에 들어가면 아무리 해도 표면적인 부분밖에 보이지 않게 되니까.

"어떻게 되어도 좋다는 각오 없이는 못 저지를 대담한

짓을 벌이고, 상태가 궁금하다며 위험을 무릅쓰고 현장에 다시 나타난다는 건 말이 안 돼. 실제로도 아마사와는 나나세에게 뒷모습을 목격당했고. 아무리 그래도 츠키시로가 보낸 인간이면 그런 실수를 일부러 연기했다고 보긴 어렵지."

놓치지 않게, 점점 모양이 망가지는 족적을 추적했다.

"쫓아와서 우리에게 정체를 드러낸 이유가 뭘까."

"저는 저한테 들켜서 더는 감출 수 없다고 판단해 접촉해왔다고 생각했습니다. 학교 측에 보고하면 확실한 범행 증거가 없다 해도 문제는 되니까요. 츠키시로 이사장 대행에게 받은 임무도 위태로워지고."

"결국 그건 현장에 돌아온 것과 모순돼."

"조심성 없이 저지른 실수로 정리할 수는 없을까요?"

"말이 안 돼."

어쩌면 아마사와는 무슨 이유가 있어서 의도적으로 나나세에게 목격당한 것일 수도 있다.

그 순간, 나는 더듬어가던 족적에서 새로운 힌트를 얻는 데 성공했다.

"역시 아마사와의 행동, 그 하나하나에는 간과할 수 없는 점이 있어."

"간과할 수 없는 점이요?"

나는 금방이라도 비에 휩쓸려 사라질듯한 아마사와의 족적을 계속 더듬어갔다.

"내 뒤를 곧장 쫓아 접근한 것 같은데, 다시 되짚어 올라가 보면——."

"네?"

그제야 나나세도 처음으로 기묘한 변화를 알아차렸다.

"다른 족적이 또 있네요, 이거."

"그래."

아마사와의 것보다 훨씬 큰 발자국이 찍혀 있었다.

하지만 구체적 크기는 형태가 망가져 판별할 수 없었다.

"일단 우리 근처까지 왔다가 여기서 흐트러졌어. 아마사와의 족적과 합류한 지점이야. 그리고 여기서 이 정체불명의 족적은 발길을 돌렸고."

"아마사와 씨가 말 걸기 직전까지 다른 인물이 또 있었다는 거군요……?"

학생인지 학교 관계자인지, 현재까지는 판단할 수 없다.

"아마사와가 들고 있던 나무막대기를 좀 가져다줄래?"

"아, 네."

아마사와가 땅에 떨어뜨렸던 나무막대기를 나나세가 주워서 돌아왔다.

그걸 보고 내 추측은 하나의 답을 도출했다.

"뭐 느끼는 거 없어?"

"느끼는 거…… 말씀입니까? 이걸로 사람을 때리면 위험하겠다 정도? 앗……?"

나나세는 직접 나무막대기를 쥐어 보고서 뭔가를 깨달

았다.

"이거, 근처에 있던 아무 막대기나 대충 주운 게 아니네요."

"맞아. 흉기로 쓸 수 있도록 손에 걸리는 부분을 깎았어. 자연스럽게 떨어져 있던 나무막대기로 보기에는 너무 부자연스러운 형태야."

"이걸로 아야노코지 선배를 때릴 생각이었을까요?"

"만약 아마사와가 나를 공격할 생각이었다면 말을 걸지 않고 불시에 덤볐겠지. 하지만 무기를 쥐고 있으면서도 아마사와는 공격하려고 하지 않았어. 오히려 자신의 존재를 알아차리게 한 것 같아."

거기서 더 눈에 보이는 것.

"즉 처음부터 공격할 생각이 없었다……. 이 나무막대기를 처음에 가지고 있던 사람은 아마사와 씨가 아니라, 사라진 또 다른 인물이라는 거죠?"

그 발자국은 좁은 보폭으로 우리에게 다가왔다가 돌아갈 때는 보폭이 커졌다. 모습을 들키지 않도록, 혹은 도망치듯이 떠난 것이다.

"그런데 어째서?"

"아마사와 말로는 나를 동경한다는군. 그러니까 공격당할 뻔하던 순간에 보호하려 했다고 생각하면, 이번 일은 앞뒤가 들어맞아."

"그것만 가지고 그녀를 같은 편으로 판단하는 건 조금

위험하다는 느낌도 듭니다만······."

"물론이야. 그나저나 나를 노렸을 이 족적의 주인이 누군지 상상도 가질 않는데."

"혹시······ 학교 관계자일 수도 있지 않을까요?"

"그럴 가능성도 있지만, 난 현상금이 걸려 있으니까."

이 족적이 그 상금을 노린 학생의 것일 가능성도 충분히 있는 이야기다.

위험을 무릅쓰고서라도 강제로 퇴학시키려고 했을 수도 있다.

"아, 그렇지!"

뭔가 떠올랐는지 나나세가 소리쳤다.

"선배, 지금 당장 GPS 검색을 해봐요! 아마사와 씨가 온 지 얼마 안 됐으니까요. 정체불명의 또 다른 인물이 전속력으로 달아났다고 해도, 이런 날씨인 만큼 그리 멀리 도망치진 못했을 겁니다."

하긴 지금 GPS를 켜서 주변에 GPS 반응이 뜨면 용의자를 바로 좁힐 수 있다. 가까이 있는 반응부터 순서대로 누군지 확인하면 끝이다.

"아, 하지만 아마사와 씨가 한 것처럼 손목시계를 고장 냈다면 특정하기 힘들겠군요······."

"아니, 꼭 그렇지는 않아. 손목시계가 고장 났다는 건 GPS 반응이 사라졌다는 얘기지. 만약 지금 내가 검색해서 사라진 GPS 반응이 아마사와 이외에 하나뿐이었다면 어떨까."

"……그 인물이 범인이겠군요."

"맞아. 그러니 공격하려고 했던 상대는 절대 손목시계를 고장 낼 수 없는 거지."

"그럼 더욱 1점을 소비할 가치가 있지 않나요?"

아마사와가 나에게 말을 건 지 아직 15분 정도밖에 지나지 않았다.

전력을 다해 이곳에서 멀어졌다고 해도 지금 있는 구역에서 벗어나기란 어렵다.

운이 좋으면 사라진 족적의 주인만 있을 수도 있다.

그러니 나나세의 조언대로 지금 GPS 검색을 하는 것이 옳다…….

"GPS 검색은 안 할 거야."

"네?! 어, 어째서요?!"

"상대가 누구든 일부러 GPS 검색을 하게 만드는 전략을 세웠어도 이상하지 않으니, 전혀 무관한 사람이 튀어나올지도 몰라."

무관한 사람을 의심해서 조사하도록 유도하는 노림수가 없다고 단언할 수 없다. 아마사와가 나나세에게 일부러 모습을 보인 것, 이곳에 아마사와가 나타난 것 등 상대 쪽에서 정보를 준 상황에서는 경계하는 게 좋겠지.

"하지만 좀 아까운 생각도 듭니다."

"적어도 나라면 이런 걸로 들킬 만큼 바보 같은 짓은 안

할 거야. 만약 상대가 GPS 검색 부분을 놓친 거라면 오히려 내가 경계할 필요조차 없는 상대란 얘기지."

조금 납득하지 못하는 나나세였지만 내 결정에 순순히 따를 듯하다.

어쨌든, 생각을 정리하기 위해서라도 지금 상황이 더 이어져서는 곤란하다.

일단 이야기를 마무리 지은 나는 나나세와 함께 서둘러 텐트를 치기로 했다.

이제는 폭우라고 해도 과언이 아니게 되었을 때.

나와 나나세는 마주 보는 방향으로 붙여서 텐트를 친 다음 도망치듯 각자 텐트에 들어갔다.

젖은 체육복과 속옷을 벗은 다음 수건으로 머리와 몸을 닦았다.

예비 속옷과 옷을 갈아입은 후 닫았던 텐트 커버를 열고 바깥을 살폈다. 이제 막 오후로 접어든 시간인데도 주위는 마치 밤처럼 캄캄했다.

적어도 오늘 하루는 더 이상 움직일 수 없겠지.

빗방울이 쏟아져 들어와서 다시 커버를 닫고 누웠다.

나나세의 과거를 알았고, 아마사와가 화이트 룸생인 것도 확실해졌다.

하지만 아직 안개가 전부 걷힌 것은 아니다.

1

폭우가 계속 쏟아지는 가운데, 학교 측의 메시지가 도착했다. 충분히 예상했던 일로, 오늘 시험은 중단되었다는 발표였다. 기본 이동과 과제가 없으면 그만큼 역전하기 어려워지지만, 어쩔 수 없이 포기하는 일이 없도록 보충할 방법을 검토 중이라는 내용도 적혀 있었다.

날씨가 언제 좋아질지 기약이 없으니, 학교 측도 보충 내용을 확실히 정할 수밖에 없겠지.

다만 그게 어떤 내용이든 오늘은 중단된다는 사실은 달라지지 않는다.

종합 점수라는 의미에서는 보충이 효과가 있겠지만, 각 그룹이 이미 세워놓은 전략 플랜은 일단 전면적으로 재검토할 수밖에 없게 되었다.

그리고 나 역시 이번 중단 사태는 빈말이라도 은혜로운 비라고 말하기가 어려웠다.

후반에 피크를 이루도록 조정한 나는 전반에 체력을 다 써버려 실수가 나오는 그룹들을 제치고 점수를 쌓아갈 계획이었다. 그런데 7일째 일정이 통째로 비게 되는 바람에 모두가 이 휴식으로 체력을 회복하게 되고 말았다.

물론 쾌적한 환경에서 쉬는 것이 아니므로 피로가 완전히 풀리지는 않겠지만, 조금이라도 쉴 수 있는 것과 없는 것은 하늘과 땅 차이나 마찬가지다.

"——배."

"음?"

텐트 밖으로 굵은 빗방울이 뚝뚝 소리 내며 떨어지고 있었는데, 사람 목소리가 희미하게 들려왔다.

"선——배."

또다시 나를 부르는 목소리. 맞은편 텐트, 나나세의 것이 틀림없어 보였다. 나는 텐트 출입구 지퍼를 열고 메쉬망을 통해 바깥을 살폈다.

시야는 나빴지만, 앞에 있는 텐트 정도는 확인하기 어렵지 않았다.

"얘기를 좀 하고 싶은데요! 제가 그쪽으로 가도 될까요!"

텐트 너머로 나나세가 제안했다.

좁은 텐트 안에 남녀 둘이 몸을 딱 붙이고 있는 구도는 건전하지 않다는 걸 나나세도 잘 알 텐데, 깜빡 잊어버렸나 보다.

규칙상으로는 동침이 금지되어 있을 뿐 짧은 시간 함께 있는 것 정도는 문제 되지 않는다.

학생이 이성의 끈을 놓지 않는 한 도덕적인 문제가 발생할 일도 없겠지.

그렇지만 비가 이렇게 많이 오는데. 입구가 고작 2m도 안 되는 거리에 있어도 젖는 건 피할 수 없다.

"그건 괜찮은데, 내가 그쪽으로 갈까?"

그렇게 말했지만, 나나세는 고개를 가로저으면서 수건

을 펼쳐 머리카락을 보호한 다음 입구를 열었다. 나도 재빨리 나나세를 들이기 위해 입구를 열었다.

타이밍을 맞춰 나나세가 텐트에서 뛰어나와 민첩하게 내 텐트로 들어왔다.

물론 1초도 되지 않는 짧은 순간에도 비를 맞긴 했지만, 피해는 최소한으로 끝났다.

"휴우……. 죄송해요, 선배. 쉬시는데."

"아니, 괜찮아."

오히려 나보다 나나세가 더 피곤하겠지.

이 구역에 올 때까지 강행군을 계속하기도 했고, 오해에서 비롯했다고는 하지만 격렬하게 싸운 직후다.

무슨 이야기인가 싶었는데 나나세는 바로 말을 꺼내려고 하지 않았다.

아니, 차마 꺼내지 못하는 것 같았다.

잠시 서로를 살피듯 침묵이 이어지다가…….

"좀 뻔뻔하죠, 저."

그렇게 말하며 나나세가 미안하다는 듯 고개를 숙였다.

"조금 전까지만 해도 선배한테 적의를 품고 말도 심하게 해댄 주제에…… 이런 식으로 친한 척 말 걸어도 민폐만 되겠죠?"

지금 와서 새삼스럽다는 생각도 들지만, 나나세는 이제야 그 감정을 느끼게 된 듯했다.

"난 별로 신경 안 쓰니까 이걸 끝으로 더는 사과하지 마.

적어도 서로 적대할 필요가 없다는 건 분명해졌으니. 아니야?"

여전히 석연치 않은 부분도 남아 있지만, 지금은 특별시험 중이다.

정서적으로 갈피를 잡지 못하면 실제 시험에 임하는 행동과 생각에도 그늘이 드리워지고 만다.

"그렇……지요."

알겠습니다, 하고 나나세는 다시 한번 사죄하는 마음을 담아 머리를 숙였다.

"그래서? 이 빗속에서 하고 싶은 이야기란 게 뭐야?"

"아, 네."

용건이 떠오른 듯 나나세가 입을 열었다.

"아까 나타났던 아마사와 씨가 머릿속에서 떠나질 않아서……. 아야노코지 선배가 힘드실 걸 생각하니 저도 모르게 말을 걸어야겠다는 생각이 들더라고요."

아무래도 뭔가 목적이 있었다기보다 단순히 나를 걱정한 모양이었다.

당사자보다 더 맥을 못 추는 건 좀 문제가 있지만, 마음은 고맙다.

"저는 아마사와 씨가 코미야 선배와 키노시타 선배를 밀었다고 확신했었습니다. 아마사와 씨의 본질을 보여주지 않는 자세는 진실을 감추고 싶어서였다고 생각했거든요. 그런데 아야노코지 선배는 아마사와 씨가 한 짓이라고 꼭 단정

할 수는 없다고 말씀하시니까, 잘 이해가 되지 않아서……."

"아직 진상은 하나도 모르니까."

아마사와는 한없이 진범에 가까운 용의자이지만, 확실하게 범인이라고 할 수는 없다.

"그리고 마음에 걸리는 건 그 목적이에요. 누가 범인이든 간에, 그런 위험천만한 행동을 한 이유가 뭘까요?"

"그걸 알면 아무도 고생 안 하지. 아마사와가 범인이 아니라는 가정하에 말해볼까."

나는 다시금 코미야 키노시타 사건에 대한 내 생각을 말해주기로 했다.

서로 의견을 나누다 보면 그동안 보이지 않던 것이 보이기도 하니까.

누군가가 코미야와 키노시타를 뒤에서 밀었다. 손목시계의 GPS 반응이 없었던 점을 봐서도 우발적인 게 아니라 계획된 범죄였음이 분명하다.

그리고 다음으로——.

"앗…… 저기, 그런데 좀 이상하지 않나요?"

말을 시작하고 얼마 지나지 않아 나나세가 미심쩍은 부분이 생겼는지 눈썹을 찌푸렸다.

"만약 아마사와 씨가 아무 상관이 없다면 이상한데요? 우연히 손목시계가 망가진 타이밍에 우연히 코미야 선배와 키노시타 선배가 공격당했고, 그걸 우연히 근처에서 목격한 게 되잖아요. 그리고 우연히 제 눈에 띄었다고요?"

"계속해서 우연이 겹치면 그건 우연이라고 부르기 어렵겠지. 즉 코미야 사건에 아마사와가 전혀 관련 없다고 가정하고 추측해나가면 곧 막히고 말아."

아마사와와 가까운 인물이 코미야와 키노시타의 등을 밀었을 가능성이 떠오른다.

"아마사와 씨가 진범이 아니라고 하더라도 그 인물을 알고는 있다는 거죠. 그렇다면 아마사와 씨는 공범일 가능성도 있지 않을까요?"

"맞아. 아까 족적도 그 진범의 것일지도 모르고."

진범을 도우려고 한 것으로 생각하면 그건 그것대로 아마사와의 행동이 설명된다.

"폭력을 수단으로 삼을 생각이었다면 수법도 비슷하겠죠."

고개를 끄덕이며, 점점 이어지는 선에 느낌이 오는 듯한 나나세.

"하지만……."

그때마다…… 왠지 전혀 상관없는 것이 자꾸 마음에 걸렸다.

"하지만, 뭔가요?"

어리둥절한 표정으로 나를 올려다보는 나나세와도 관련된 일인데, 물어보기가 좀 꺼려진다.

단순히 그『구조』가 이해되지 않았기 때문이다.

이 무인도 생활도 반환점으로 접어든 7일째. 지금까지 나나세는 기본적으로 나와 같이 다녔다. 그동안 제대로 씻을 여유는 없었다.

물론 비치 플래그 과제로 수영복을 입었을 때 몸에 묻은 모래를 씻어낼 기회는 있었고, 바다 수영 때도 옷을 갈아입으면서 샤워는 했을 것이다.

그래도 하루가 지나면 흘린 땀 때문에 대부분은 불편할 터였다.

좁은 텐트 안이라 나나세의 향기가 어렴풋이 났는데 불쾌한 냄새와는 거리가 멀었다. 땀 냄새야 수시로 닦아서 없앨 수 있겠지만, 좋은 향기가 나는 것은 어떻게 해야 가능할까.

그 구조가 궁금했지만, 물어보면 분명 『적절치 못한 선배』이겠지.

"아니야, 착각했어. 신경 쓰지 마."

"그래요?"

내 발언을 깊이 파려고 하지 않고, 또 오해도 하지 않고 고개를 끄덕이는 나나세.

아무리 여자친구가 생겼다지만, 나는 이제 막 배워가는 초보 단계.

역시 이런 일에 관해서는 온통 모르는 것투성이로군.

규칙상 데오드란트나 쿨링 스프레이 같은 건 비교적 저렴하게 구할 수 있었으니, 그걸 샀다고 생각하기로 했다. 지금은 그 정도밖에 도출 가능한 답이 없다.

내가 생각해놓고 괜히 민망하다.

나나세는 아무 생각 없어 보였지만, 어쨌든 지금은 화제를 바꿔야겠다.

"아마사와가 실제로 코미야와 키노시타에게 뭘 했는지 확인할 길은 없지만, 누가 어느 테이블인지는 대강 파악했어."

내 말의 의미를 이해하지 못했는지 고개를 갸우뚱거리는 나나세.

나는 태블릿을 꺼내 나나세에게 보여주었다.

"괜찮으세요? 그게, 아야노코지 선배의 개인정보라고 할까……. 저한테 보여주셔도."

개인정보란 내가 모은 점수를 말하는 것이리라. 상위 10팀과 하위 10팀 이외의 획득 점수와 순위는 따로 공개되지 않기 때문에 중요한 정보이기는 하다.

"나나세와는 이제 어느 정도 거리감이 사라지고 신뢰가 쌓였다고 생각했는데, 나만의 착각인가?"

숨기지 않고 솔직하게 말하자 정신이 번쩍 든 듯 고개를 들었다.

"아니요! 믿어주셔서, 그러니까, 감사합니닷!"

왠지 쑥스러운 듯, 기쁜 듯, 한편으로는 미안한 듯 그렇게 대답했다.

당장은 아까 저질렀던 무례를 없었던 일로 하기 힘들어하는, 나나세다운 표정이었다.

"그리고 계속 같이 다녔으니, 잘 생각해보면 내가 받은 점수를 대충 알 수 있지 않아?"

일부 과제는 나 혼자 도전한 것도 있지만, 다른 사람도 아니고 나나세인 만큼 내가 1위를 차지했다는 가정을 두고 추측하리라.

그러니 점수가 드러나는 것을 개의치 않고 설명하려고 했다.

"아까 누가 어느 테이블인지 알았다고 말했는데——."

영리한 나나세는 바로 이상한 구석을 알아차렸다.

"앗, 선배가 모은 점수…… 생각보다 적은 것 같은데요?"

"그 말은?"

시험하듯이 묻자, 나나세는 양 손가락을 접어가며 머릿속으로 계산하기 시작했다.

"도착 보너스, 착순 보수, 그리고 과제…… 페널티 몫은 빼고—— 제가 쉬는 동안 참가하셨던 과제도 당연히 1위를 했다고만 생각했어요."

기억력도 나름대로 좋군.

그 점은 장차 어떤 식으로든 도움이 될 포인트일 듯하다.

"잘 기억했네. 원래라면 지금까지 모은 점수는 88점이어야 해."

"그런데 78점이니까 10점이나 모자라네요. 페널티를 받은 것도 아닌데……."

그럼 그 10점은 언제 어떻게, 무엇 때문에 없어진 걸까. 그걸 지금부터 설명하기로 했다.

"이 특별시험은 하루에 지정 구역이 4번 발표되어 기본 이동을 하는 구조지. 오전 7시부터 오후 5시까지 총 10시간 동안. 난 GPS 검색을 할 수 있게 된 6일째 아침 7시부터 휴식 시간인 12시를 제외하고 1시간마다 총 10번 GPS 검색을 했어."

그렇게 해서 보이는 게 뭔지 나나세는 아직 이해하지 못한 눈치였다.

"GPS 검색은 섬 전체, 모든 학생의 위치를 알 수 있는 아주 편리한 도구야. 하지만 한 번만 써서는 현재 위치 파악밖에 도움이 안 되어서 유용성이 떨어지지. 하지만 하루를 10개로 분할하여 계속 검색하면 그동안 보이지 않던 많은 것들이 보이게 돼."

점과 점이 선으로 연결되어, 하루의 궤적을 쫓을 수 있게 된다. 마찬가지로 누군가가 10회 검색하면 나와 나나세가 계속 같이 있다는 사실도 알아낼 수 있다.

"저기, 점수가 어디에 쓰였는지는 잘 알겠습니다. 과연 1시간마다 모두 어떻게 이동했는지 알면 누가 누구랑 같은 테이블인지도 파악할 수 있겠네요. 하지만 6일째부터 선배가 그렇게 오랜 시간 태블릿을 보는 모습은 보지 못했고, 또 그걸 다 일일이 기억하기란 불가능하잖아요? ……잠깐 보고도 전부 기억할 수 있다는 말씀이세요?"

"그건 당연히 불가능하지. 모두의 이름과 위치를 확인하는 것만 해도 어마어마한 시간이 드는데."

나는 사진 폴더를 열어 저장된 화면을 표시했다.

"GPS 검색을 쓴 다음에 화면을 캡처해서 저장했지. 그렇게 하면 시간이 빌 때 천천히 관찰해서 그날 어떻게 움직였는지 알 수 있으니까."

시험 중 누군가에게 메시지나 사진을 보내는 것은 불가능하다. 하지만 자기 태블릿 화면을 저장하는 건 기기의 표준 기능이다. 저장한 지도를 계속 확대, 축소해보면 모든 학생의 위치를 세밀하게 기록으로 남길 수 있는 것이다.

"시간별로 비교해보면 하루의 행적이 전부 이력으로 남아서 언제든 열어볼 수 있어."

자기 전, 아침 시험 시작 전, 휴식 중. 남는 시간은 얼마든지 있으니 그때 확인하면 된다.

지도상에는 그 시간대의 과제도 상세하게 나와 있어서 6일째에 한해서지만 각 그룹과 학생들이 어떤 방침으로 움직였는지까지 적나라하게 알 수 있다.

"……그런 걸 하고 계시는 줄은 꿈에도 몰랐습니다."

"적일지도 모르는 상대가 눈치채게 하는 바보짓은 안 하지. 6일째까지는 나나세가 어떤 사람인지 나로서는 전혀 파악할 수 없었으니까."

그 시점에 적이었던 나나세에게 내가 GPS 검색을 하고 있다는 걸 눈치채게 하는 것은 너무나 어리석은 짓이다. 태블릿이야 현재 위치 확인에서부터 과제 내용의 상세한 확인까지 아주 높은 빈도로 만질 수밖에 없으므로 화면을 본다고 해서 부자연스럽게 비치지는 않는다.

지정 구역과 과제로 향하는 자세를 유지하면서 약 1시간마다 GPS 검색 화면을 캡처해두면 그만. 나나세는 감탄하며 지도를 오른쪽으로 쭉쭉 넘겼다. 그때마다 각 학생의 GPS가 흥미롭게 위치를 바꿔나갔다.

"하지만 이런 질문, 실례인 줄 알지만 10점을 쓸 가치가 있는 행동은 아니지 않나요? 캡처 사진을 누군가와 공유할 수 있다면야 부가적인 가치가 있을지 모르지만, 혼자서는 행동 패턴을 분석하는 데만 해도 상당한 시간이 걸리잖아요."

같은 편에게 메일로 첨부해서 보내면 캡처의 가치는 물론 올라가겠지. 여럿이 더 짧은 시간 간격으로 검색하거나 시험 시간 이외의 움직임도 확인할 수 있다. 그런 규칙이 있다면 다른 반 역시 시도해도 이상하지 않다.

"개인의 범위 안이라도 활용하기 나름이지. 이 전략이 결과적으로 10점 이상의 가치가 있는지 10점 이하의 가치가 있는지는 지금부터 어찌하느냐에 달렸다고 봐도 좋아."

"……그 말씀은?"

"GPS 검색을 계속해서 얻은 정보 중에 이런 게 있어."

학생들의 움직임을 학년별로 살펴보면 새로운 측면이 나타난다.

3학년 같은 경우는 그룹마다 특이한 동향이 현저히 드러났다.

"이를테면 3학년 중 일부 그룹은 종일 이상한 움직임을 보였어. 그리고 그 이상한 그룹 가까이에는 반드시 나구모 그룹, 키리야마 그룹이 밀접하게 이어져 있었고. 파보니 흥미로운 게 보이더군."

6일째 오전 7시부터 나구모 그룹만으로 범위를 좁혀 1시간마다 상태를 확인해 보았다.

"우선 아침 7시에 나구모 그룹은 B8에 있었어."

"5일째 마지막 지정 구역이 B8이었다는 건가요."

"그럴 가능성이 크지만, B8의 최남단에 있었으니까, 그 아래인 B9일 수도 있지. 여하튼 시작할 때는 주변에 그룹 멤버들의 GPS 반응밖에 없었어."

그런데 1시간 후인 오전 8시, 나구모의 주위에 복수의 그룹이 모여들기 시작했다.

그 현상은 오전 9시가 되자 더욱 현저해져서 노골적으로 나구모 쪽으로 집합했다.

그리고 이때부터 이렇게 집단을 형성한 그룹이 움직이기 시작했다.

오전 10시, 11시를 살펴보면 이질적인 움직임이 바로 드러난다.

"많은 그룹이 뭉쳐서 움직이고 있네요……. 꼭 물고기 떼가 이동하는 것 같아요."

"전체적으로는 대수롭지 않던 것도 좁혀서 보니 완전히 다르지?"

내 설명에 고개를 두 번 끄덕이며 대답하는 나나세. 그 후로도 오후 3시까지 지도를 넘겨보았다.

"이렇게 움직이는 건 과제를 독점하기 위해서인가요?"

"분명 어떤 과제든 같은 편이 조절하기에 따라 나구모가 별 어려움 없이 1위를 차지할 수 있는 구조야."

하나도 복잡한 것 없는, 몹시 단순하면서도 강력한 전략이라 할 수 있다.

"하지만 이렇게 되면 나구모 학생회장 이외의 그룹은 점수를 모을 수 없잖아요? 전부 같은 테이블도 아닐 텐데. 서로 협력해서 특정 그룹을 이기게 만든다는 거⋯⋯. 누구나 한 번쯤 생각할 법한 아이디어지만 실행에 옮기긴 힘들어요."

다른 그룹은 다른 그룹의 지정 구역을 노려야 한다.

게다가 나구모 그룹에 과제를 양보하면 과제에서 최고 득점을 따기란 불가능하다.

"그렇지. 이 전략이 성립할 수 있는 건 무인도 시험의 대전제를 무시했기 때문이야. 애당초, 서로 도와서 특정 그룹을 이기게 만드는 게 왜 어려워?"

"그야 당연히 반 포인트와 퇴학이 걸려 있으니까요."

나는 나구모의 주위에 모인 그룹 멤버를 나나세에게 보여주었다.

"이건⋯⋯ 들러리 역할을 맡은 그룹이 전부 하위에 있는 선배들이네요⋯⋯."

"이 그룹에는 A반 학생이 하나도 없어."

"하긴 3학년은 A반을 따라잡기엔 반 포인트 차이가 절망적으로 벌어져 있죠."

"바꿔 말하면 B반이 지든 D반이 지든 전국에 영향을 주지 않아."

1학년도 2학년도 아직 반 대결을 포기할 단계는 아니다. A반을 목표로 서로 격전을 벌이고 있기에 절대 하위로 떨어져서는 안 된다고 생각한다.

하지만 3학년만은 그 틀을 무시하고 네 반이 서로 협력할 수 있다.

"이 전략의 강점은 하위로 떨어진 그룹이 시험을 치르는 동안 하고 싶은 걸 마음대로 할 수 있다는 거야. 1점밖에 없든 50점이나 가지고 있든, 하위가 받을 불이익은 어차피 똑같으니까. 반 포인트를 잃고 퇴학당하는 미래뿐이지."

"전력을 다해 특정 그룹을 지원하면 점수가 0에 가까워져야 하는 것 아닌가요? 3학년 그룹은 하위에 있어도 20점 30점은 가지고 있는데요?"

기본 이동도 무시하고, 과제도 완전히 무시하면 당연히 점수를 모을 수 없다.

오히려 페널티를 연속으로 받아 0점 부근에 깔려 있어도 이상하지 않다고 나나세는 말했다.

대답 없이 나나세가 스스로 생각하게 하자, 조금씩 깨닫기 시작했다.

그때 생각을 도와주듯 말을 덧붙였다.

"꿰뚫어 보기 쉬운 전략은 그만큼 효과가 떨어지지. 꿰뚫어 보지 못하게 하려면 어떻게 해야 할까?"

"0점 그룹이 둘이고 셋이고 있다면 그들이 뭔가 계획하고 있다는 걸 다른 학년도 알아차리게 되겠죠. 그래서 눈치채지 못하도록 몇몇 그룹은 점수를 모으는⋯⋯."

스스로 이유를 찾아냈는지, 그렇게 말하며 나를 쳐다보았다.

그렇다, 그렇기에 나구모의 우수함이 눈에 띄는 거겠지. 여러 그룹이 0점이면 너무 노골적이어서 계획을 공공연히 떠들어대고 다니는 것이나 마찬가지.

"실제로 나구모를 돕는 듯한 그룹이 여럿 있지만 다들 적어도 한 명은 지정 구역으로 움직이고 있어."

"페널티가 이어져 마이너스 누적이 늘어나지 않게끔 하는 거네요."

그렇게 하면 최소한의 득점은 유지할 수 있다.

"나구모를 돕는 그룹은 그 안에서 자기들끼리 경쟁한다고 봐야 할 듯해. 1위만 양보하면 2위 3위는 누가 차지하든 똑같으니까. 그래서 때로는 하위 안에서도 순위가 바뀌기도 하고 점수가 벌어지기도 하는 거야. 꼭 진지하게 이 특별시험에 임하는 것처럼 꾸밀 수 있고."

GPS 검색을 10번 해보지 않으면 이 전략을 간파하기는 어렵다.

수상하다고 느껴도 의심하는 선에서 멈추겠지.

"그럼 퇴학도 각오하고 나구모 학생회장이 이기게끔 하고 있다는 건가요? A반으로 못 올라가더라도 퇴학만은 피하고 싶다고 생각하는 게 정상 아닌가요?"

"물론 퇴학을 바라는 별난 인간이 있을 수도 있겠지만, 기본적으로는 나나세, 네 말이 맞아. 그러니까 이 구조의 이면에 나구모가 독자적으로 구제 조치를 마련해둔 게 있을 거야."

"독자적인 구제 조치요?"

"3학년 B반 아래로는 특별시험만 계속 쳐서는 A반으로 졸업하기란 불가능해. 하지만 나구모에게 협력함으로써 A반으로 올라갈 가능성이 생긴다면?"

"유일한 방법이라면 협력…… 할지도 모르겠군요."

B반 이하로 졸업하거나 죽이 되든 밥이 되든 A반으로 졸업하거나 두 가지 선택지뿐이라면 지원하는 사람이 나와도 이상하지 않다.

"학교 측이 시험을 내는 건지 학생회장이 시험을 내는 건지 모르겠네요."

"실제로 그렇겠지. 나구모는 학년 전체를 손아귀에 쥐고 있으니까. 규칙을 따르는 쪽이 아니라 규칙을 만들어 지배하는 쪽인 거야."

이런 상황을 만든 것은 역시 대단하다. 지금까지 고도 육성 고등학교의 역사를 통틀어, 나구모는 분명 최초이자 최후의 존재라고 해도 과언이 아닐 것이다.

물론 우리 2학년도 두 손 놓고 가만히 나구모가 원하는 대로 되도록 있는 것은 아니다.

특별시험 5일째 되던 날, 나는 류엔과 사카야나기에게 어떤 제안을 했다. 2학년 전체 중 『일부』만 서로 협력함으로써 특정 과제를 클리어하는 것. 간단히 말하면 나구모가 쓰는 전략과 비슷한 성질을 띤다. 다만 나구모처럼 특정 그룹에만 점수를 집중시켜 이기게 하는 방법이 아니다. 2학년은 2학년끼리 경쟁하기 때문에 점수가 얽히면 아무래도 합의를 이끌기 어려우니까. 그래서 점수 이외의 요소에서 서로 협력하는 조건을 걸었다. 사카야나기와 류엔 같은 애들도 자기 반끼리 편성된 몇몇 그룹에 불안을 느끼고 있다. 그래서 서로서로 보완하는 형태로 대등한 교섭에 성공했다. 이를테면 2학년 D반으로 결성된 스도 그룹의 상한 인원을 늘리게 해주는 대신, 2학년 A반으로 결성된 그룹의 상한 인원도 늘어나게 돕는 식이다.

적이라도 이해관계가 일치하면 서슴없이 손잡을 수 있다.

이런 게 2학년 리더들의 우수한 면 중 하나겠지.

물론 1학년 때였다면 이렇게 되지는 못했으리라.

1년 반이라는 경험을 다 함께 쌓아왔기에 실현 가능했다.

"잘 알겠습니다. 그러니까 선배는 정보를 얻는 대신 10점을 잃는 게 별로 위험하지 않았다는 뜻이죠?"

"상위에 오르는 걸 포기하진 않았지만, 다행히 코엔지가 잘해주고 있으니까. 오히려 언제든 우리 편을 뒷받침할 수 있는 재료가 필요하다고 생각했어."

"코엔지 선배 정말 굉장하더라고요. 혼자서 나구모 학생회장의 그룹에 덤비고 있어요."

과연 코엔지는 굉장하다. 하지만 그건 사실과는 조금 다르리라. 코엔지와 나구모 그룹은 현재 서로 엎치락뒤치락 접전을 펼치고 있다. 상위 그룹을 확인할 때마다 누구나 그렇게 생각하겠지. 『단독으로 나구모 그룹과 경쟁하고 있다』라고. 다만 사실은 나구모 그룹이 코엔지에 맞춰서 접전을 벌이는 양 연기하는 것뿐이다.

상위를 확인할 수 있는 12일째 날이 끝날 때까지 나구모는 이 상태를 유지할 것이다.

그리고 점수 확인이 불가능한 나머지 이틀 동안 스퍼트를 올린다.

그렇게 하면 막판에 힘을 소진한 코엔지를 따돌리고 나구모가 승리하는 결과만 남는다.

많은 동료 그룹을 이용해 과제를 닥치는 대로 독점했다는 사실은 드러나지 않은 채로. 뭐, 나구모가 코엔지에게 맞춰주는 거라면 그건 우리가 승기를 쥘 기회가 되겠지만.

"일단 이 정보를 바탕으로 아마사와가 6일째에 어떻게 움직였는지 알아보자."

그 말에, 이 10점을 소비한 것에 새로운 가치가 더해졌음을 나나세도 이해하게 되었다.

"아침에 아마사와는 지정 구역 안에 없었어."

원래라면 테이블이 일치하는 우리와 같은 지정 구역에서 야영했어도 이상하지 않다.

그런데 두 칸 아래 구역에 GPS 반응이 남아 있었다.

혼자 하룻밤을 보낸 것인지, 그밖에 다른 GPS는 보이지 않았다.

"지정 구역이 발표되고 1시간 후, 아침 8시의 양상이야."

"저희가 목적지로 삼은 곳은 B6이었죠."

"맞아. 아마사와는 우리와는 다른 루트를 통해 B6로 간 것 같아."

1시간 동안 이동한 거리라고 생각했을 때 꽤 빠른 이동이었다.

일반적인 걸음 속도보다도 빨랐거나, 아니면 최적의 루트를 정확하게 이동했거나.

어느 쪽이 됐든 여자 혼자 숲속에서 움직였다고 보기는 어려운 속도다.

그다음 한 시간 후 지도를 확인하니, 지정 구역보다 한 칸 오른쪽인 C6 구역에 있었다.

1시간 안에 지정 구역을 밟고 다음 과제로 향한 것 같다.

"새삼 놀랍네요. 지도상에 한 사람 한 사람의 행동이 손에 잡힐 듯 잘 보여요."

적어도 6일째 오전은 다른 학생들과 마찬가지로 시험에 임했다고 볼 수 있다.

계속해서 세 번째부터 일곱 번째 지도까지 순서대로 아마사와의 동향만 살펴보았다.

특별히 수상한 움직임은 없었고, 지정 구역을 놓치지 않았으면서도 과제를 3개 정도 참여했다. 실제로 입상했는지 어떤지는 나나세의 태블릿을 확인하면 어느 정도 알 수 있겠지만, 결과는 별로 중요하지 않다.

"적어도 6일째 오후 5시까지는 아마사와가 이쪽으로 접근하지도 않았고, 수상한 행동을 보이지도 않았어."

"……아쉽지만 수확이 0이라는 거네요."

"아니, 충분해. 적어도 아마사와는 어느 정도 진지하게 특별시험을 치르고 있는 것처럼 보여. 그리고 GPS 검색으로 알 수 있을 법한 빈틈은 보이지 않는다는 뜻이지."

특별시험 시간 이외, 그러니까 저녁부터 다음 날 아침까지 뭔가를 했다고 보는 게 틀림없다. 그 시간대의 GPS 검색도 해볼 수 있지만, 그건 점수만 버리는 짓이다.

그때, 학교 측에서 오늘 특별시험 중단으로 획득하지 못한 점수에 관한 공지를 추가로 보냈다.

『악천후로 인해 7일째 날의 기본 이동, 과제를 4분의 1밖에 소화하지 못했으므로 마지막 날 도착 보너스, 착순 보수, 과제의 보수를 전부 두 배 늘리는 형식으로 보충하게 되었습니다. 또한 일기예보에 따르면 내일 아침에는 날씨가 갠다고 합니다』

마지막 날은 첫날과 마찬가지로 하루 시험 시간이 4분의

3밖에 되지 않는다.

그런 의미에서는 보충하기에 딱 좋은 배정이랄까.

"어쩌면 역전 가능한 요소가 될지도 모르겠군요."

승부가 거의 정해졌을 마지막 날에 두 배로 늘린다면 역전도 일어나기 쉽다.

"마지막 날 점수를 두 배로 한다는 결정을 빠르게 내린 건 정답이야. 지금부터 후반전에 학생들이 어떻게 움직일지 작전을 새로 짤 시간이 주어졌어."

오늘 푹 쉴 수 있는 만큼 내일 이후의 체력 분배를 다시 해서 마지막 날까지 남기려고 하는 그룹도 나오겠지. 반대로 남들이 페이스를 떨어트리는 틈을 놓치지 않고 8일째부터 더 분발하는 그룹이 나와도 이상하지 않다. 다만 오늘 궂은 날씨를 포함해 이러한 결정은 나로서는 썩 환영할 만한 전개라고 말하기 어렵다.

잠시 태블릿을 노려보던 나는 말수가 줄어든 나나세가 꾸벅꾸벅 졸고 있는 것을 알아차렸다. 종종 의식이 달아나는지, 눈이 떠졌다 감겼다 했다.

"아직 낮이긴 하지만 잠시 눈 좀 붙이는 게 낫지 않아?"

아침부터 강행해서 산을 오른 데다가 나와 싸우면서 체력을 많이 소진했으니. 여러 차례 한계를 넘으면서 그 피로가 몰려오고 있을 터.

"아, 음…… 죄송합니다."

당황하며 자세를 고쳤지만, 졸음이란 그리 쉽게 물러가

지 않는 법이다.

하물며 만신창이가 된 지금은 더욱.

"……제 텐트로 돌아가겠습니다."

누구보다도 자기 자신이 제일 잘 알겠지.

계속 꾸벅꾸벅 졸면서 여기 남아 있어 봐야 민폐일 뿐이다.

"그러는 게 좋겠어."

이후의 비 상황을 봐도 오늘 하루는 원하는 대로 움직일 수 없겠지.

그렇다면 1초라도 더 오래 쉬어서 몸을 회복시켜야 한다.

말은 그렇게 해도 텐트 안이 쾌적하지 않다는 것이 괴롭지만.

텐트에서 나가려고 등을 돌렸던 나나세가 다시 돌아보았다.

"비가 그치는 대로 저는 아마사와 씨의 뒤를 쫓을 생각입니다. 아마사와 씨가 화이트 룸생이라는 건 분명해진 만큼 앞으로 어떻게 움직일지 마음에 걸려서요."

하긴 계속 내 옆에 붙어 있어 봐야 상황은 하나도 보이지 않는다.

나나세는 같은 그룹인 만큼 아마사와도 매정하게 굴지는 못 하리라.

"아마사와가 화이트 룸생으로서 그 나이가 될 때까지 별 어려움 없이 살아남았다는 사실은 무서운 거야. 성별과 나이에 구애받지 않는 게 중요해."

"자세한 건 모르겠지만 아주 강한 상대라는 말씀이시죠?"

단순히 전투력만 놓고 보면 스도나 류엔보다도 위라고 보는 게 좋다. 완력이야 그들이 이길지 모르나 기술에서 큰 차이가 난다. 그러니 나나세는 아무리 용을 써도 승산이 없겠지.

"그리고 네 그룹에는 호우센도 있지."

"그도 단순히 힘만 놓고 보면 제가 제압할 수 있는 상대가 아니죠."

나나세는 알고 있다며 고개를 끄덕였는데, 위험한 건 완력뿐만이 아니다.

오히려 호우센도 단순히 힘만 내세우는 상대가 아니라고 판단하는 것이 좋다.

"호우센이 화이트 룸생일 가능성은 극히 낮다고 보지만, 아마사와 일도 있으니 확실성은 없어졌어. 어쨌든 내 생각은 접어두고 네 몸부터 지켜."

나를 퇴학시키는 게 제일의 목적이 아니라는 전제를 깔고서 하는 말이지만.

"저는 퇴학이 두렵지 않아요. 아야노코지 선배를 지키기 위해서라면 뭐든 할 겁니다."

충고해준 건데 나나세는 쉽게 받아들이려 하지 않았다.

"표현을 바꾸지. 나나세의 부주의한 행동이 오히려 의도치 않게 나한테 피해를 줄 수 있어. 위험한 행동은 최대한 안 했으면 해."

나나세 본인뿐 아니라 그 뒤에 있는 나에게도 피해가 올까 봐 염려된다고 말했다.

그러자 씩씩하던 나나세의 표정이 강아지처럼 풀이 죽었다.

"그럼…… 안 되죠. 더는 아야노코지 선배께 민폐 끼칠 수 없어요."

"그렇게 생각해준다면 어찌 됐건 신중하게 행동해주길 바란다. 알겠지?"

"알겠습니다. 약속드릴게요."

이렇게 말해두면 나나세도 분별없이 굴지는 않으리라.

창피한 행동을 또 저지르고 싶진 않을 테니까.

나나세가 자기 텐트로 돌아간 후, 나는 다시 태블릿을 보았다.

상위 10팀과 하위 10팀의 점수를 확인하기 위해서다.

그리고 내 점수까지 포함해 현재 상황을 정리해본다.

『상위 10팀 일람』

2학년 코엔지 그룹　　　　168점 1위

3학년 나구모 그룹　　　　166점 2위

3학년 키리야마 그룹　　　150점 3위

3학년 미조에 그룹　　　　133점 4위

3학년 오치아이 그룹　　　133점 4위

2학년 류엔 그룹   128점 6위

2학년 사카야나기 그룹 127점 7위

1학년 타카하시 그룹   115점 8위

2학년 칸자키 그룹   104점 9위

3학년 쿠로나가 그룹   101점 10위

그리고 나는 78점으로 49위. 1위인 코엔지와 차이가 90점이나 난다.

절대 역전 불가능한 점수 차이처럼 보이기도 하지만, 착순 보수 1위를 차지하면 도착 보너스까지 합해서 11점. 그게 하루에 4번 있으므로 9회 연속으로 1위를 하면 따라잡는 것도 가능하다. 물론 상대가 1점도 따지 않는다는 전제하의 이야기지만.

만약 코엔지가 이대로 페이스를 떨어뜨리지 않고 순조롭게 점수를 계속 쌓아나간다면 최종 도달 점수는 350점 전후까지다. 내가 따라잡으려고 한다면 하루에 40점 가까이 모아야만 한다. 다른 그룹이 이 이야기를 들으면 절대 무리라며 포기할 것이다. 하지만 아무리 일반인과는 차원이 다른 코엔지라도 후반전에 들어가면 페이스가 떨어질 터.

"그나저나 10위가 101점이라니."

무인도 시험의 규칙 설명을 전부 들었을 때 나는 반환점을 돈 시점에 그룹 전체의 점수가 좀 더 높을 것이라고 예상했었는데, 상위 10팀의 점수도 그렇고 78점을 모은 내가 현재 49위인 것을 보니 초반에서 중반에 걸쳐 점수가 전체적으로 많이 늘지 않은 느낌이 강하게 든다. 이틀째와 3일째를 피크로 점점 피곤해지면서 지정 구역 도착이 늦어지거나 페널티, 과제 불참이 늘어났다.

다만 소그룹끼리 착실히 합류하기 시작해서 총 그룹 수는 조금씩 줄어들고 있다. 그 점을 잊어서는 안 된다.

내가 상위로 올라가기 위해서는 후반전에 큰 도약이 필요하다.

그리고 『10위의 득점』이 중요한 열쇠가 된다.

따라서 전반전은 무리하지 않고 조용히 시작하려고 노력했었다.

그 결실을 내일 8일째부터 맺을 예정이었건만, 7일째 일정이 폭우로 중단되어 버리는 바람에 8일, 9일째에 다시 큰 피크가 찾아올 것 같다. 또 이 일을 계기로 마지막 날 두 배가 되는 점수를 노리고 체력을 아끼는 팀도 나오겠지.

단독인 사람들은 전혀 승산 없어 보이는 이번 특별시험. 하지만 그 규칙, 기본 이동과 과제의 관계는 상반되는 면이 있다.

지정 구역에 최대한 빨리 들어가면 과제를 놓칠 위험이 있고, 과제를 노리면 착순 보수를 놓칠 확률이 올라간다. 이는 단독이든 인원이 많은 대그룹이든 공통으로 이미 정해진 사실이다. 착순 보수가 그룹의 마지막 한 사람까지 도착한 단계에서 결정된다는 규칙도, 참가 가능한 과제인가 하는 문제를 극복하고 계속해서 이겨야만 비로소 대량 득점할 수 있는 구조도 정말 정교하게 잘 짜여 있다.

비가 그칠지 어떨지 모르겠지만 어쨌든 내일 이후로 펼쳐질 후반전부터는 새로운 전략에 들어갈 생각인데, 나나세의 존재 등 마음에 걸리는 부분도 있다.

○그저 꾸준히, 묵묵하게

새벽녘까지 이어진 폭우는 학생들에게 큰 불안의 그림자를 드리웠다.

하지만 아침 6시를 맞이하자 거짓말처럼 비구름이 걷히고 그저께까지 그랬듯 맑게 개어 푸른 하늘을 되찾았다. 그렇더라도 깊은 숲은 햇빛이 들어오지 않는 만큼 땅이 말라 걷기 편해지려면 시간이 좀 더 걸릴 것이다.

"식량 문제는 수시로 해결해야겠군……."

이미 고등학생이 하루에 필요한 칼로리 권장량을 채우지 못해, 조금씩 힘이 달리기 시작했다. 의도적 기아는 훈련해 본 경험이 없기에 공복 상태를 장시간 유지하는 것은 이번이 처음이다.

최소한의 수분 공급만이라도 원활하다면 활동이야 가능하겠지만 썩 좋은 방향은 아니겠지. 면역력 저하로 이어져 질병에 걸리기도 쉽다. 야생동물이나 곤충을 먹는 방법도 없진 않지만 그건 어디까지나 마지막 수단.

포인트를 아껴뒀다가 시작 지점에 가서 살 수도 있으나 극히 일부분뿐.

즉 식량을 얻으려면 기본적으로 과제를 높은 등수로 해내거나 참가 보수를 받는 수밖에 없다.

하지만 식량을 구할 수 있는 과제는 앞으로 경쟁률이 점점 더 심해지겠지.

"준비 다 했어요."

정리를 마친 나나세가 배낭을 짊어지고 내게 다가왔다.

"아마사와는 대체로 지정 구역을 돌고 있지?"

"점수가 늘어나는 걸 봐도 틀림없지 않을까요? 그러니 별문제 없다면 첫 지정 구역까지는 같이 가게 해주세요."

나는 조용히 고개만 끄덕였다. 목적지가 같다면 여기서 헤어질 이유는 전혀 없다. 걷기 시작한 지 얼마 지나지 않아 나나세가 입을 열었다.

"아마사와 씨는 6일째 저녁 이후, 7일째 아침에 저희를 쫓아온 거죠?"

"단순히 생각하면 7일째 이른 아침에 검색해서 접근했다고 보는 게 맞겠지."

사용 이력 같은 것은 볼 수 없으므로 아마사와가 검색했다는 확실한 증거는 없지만, 7일째에 점수가 줄어든 것을 확인하면 아마사와나 호우센 중 누군가가 GPS 검색을 했다는 확증은 얻을 수 있다. 상위 10팀 또는 하위 10팀이 아니라서 그 사실을 확인할 수 있는 사람은 같은 그룹인 나나세뿐이지만.

"태블릿은 물론 확인했습니다. 하지만…… 제가 기억하기로는 7일째 아침 시점에는 모은 점수에서 1점도 깎이지 않았어요."

즉, 그 기억을 믿는다면 아마사와는 GPS 검색을 하지 않았다는 것.

"아침에 아마사와 씨가 어느 지점에 있었는지는 명확하지 않지만, 저희도 꽤 서둘렀었잖아요. 근처에 있지 않은 한 따라잡기는 쉽지 않았을 텐데요?"

"그러니까 따라잡으려고 애썼겠지."

배낭을 짊어지고 걸은 우리와 달리, 아마사와는 가벼운 차림이었다.

다소의 거리는 충분히 좁힐 수 있었다는 이야기.

"구체적인 장소까지 알아낸 부분은 뭔가 트릭이 있다고 봐야 할 것 같아."

"아마사와 씨가 누구에게 아야노코지 선배의 위치를 들었다고 봐야 할까요?"

"그럴지도 모르지."

어떤 방법을 썼든 지금은 알아내기 어렵다.

1

"선배, 여기서 일단 헤어져요."

D3에서 E3로 이동해 각자 1점씩 획득하고 나자 나나세가 말했다.

"아마사와나 호우센과 어떤 방법으로 합류할 생각이야?"

GPS 검색은 상대 위치를 알 수 있는 우수한 기능이지만,

합류에 도움이 된다고 말하긴 어렵다.

오히려 무전기처럼 직접 대화를 나눌 수 있는 도구가 더 낫다.

"무턱대고 이동해서 우연히 만날 수 있다고는 생각하지 않지만, 모은 득점을 합류하는 데 막 쓸 수도 없으니까요. 일단 방금 딴 1점으로 GPS 반응을 따라갈 생각입니다. 그렇게 했는데 못 찾으면 지정 구역을 하나하나 쫓아볼까 합니다."

최소한의 방식을 써 보고, 안 되면 시간이 허락하는 한 아마사와와 호우센을 찾아보겠다는 말이다.

지금 아마사와의 위치를 물어봐야 소용없기에 그냥 넘어가기로 했다.

"1학년의 동향은 저처럼 같은 1학년이 아니면 파악하기 힘들 테니까요. 만약 수상한 움직임을 포착하게 되면 아야노코지 선배에게 바로 달려올게요."

그렇게 의지를 다지는 나나세였지만 헛도는 게 제일 무서우니까 말이지.

"너무 무리하지는 말고."

나나세는 꾸벅 고개 숙인 후, 태블릿을 쥐고 내게서 멀어져갔다.

바로 합류할 수 있으면 좋겠지만, 이것만큼은 나머지 두 사람의 동향에 달렸겠지.

지정 구역을 항상 돌고 있다면 이야기가 빠르지만 둘 다 예측 불가능한 행동을 보여도 이상하지 않다. 나나세가 숲속으로 사라지는 것을 지켜본 나는 태블릿을 꺼냈다. 드디어 혼자 후반전을 시작할 수 있을 듯하다.

"근처에 과제는 없나."

여기서 직선거리로 400m 정도 가면 과제가 있지만, 이미 접수를 시작한 지 20분이 지난 데다가 도착하려면 15분 정도 걸릴 듯하니 총 35분. 게다가 참가 가능한 그룹이 다섯으로 그리 많지 않다.

이곳은 현실적으로 어렵다고 판단하고, 무리하지 않고 쉬기로 했다. 그 자리에서 다음 지정 구역 발표를 기다리며 체력을 회복한 다음에 움직이면 된다.

9시가 되자 나는 태블릿을 꺼내고 행동을 시작했다.

최단 거리로 지정 구역에 갈지, 아니면 과제 쪽으로 갈지는 발표 지점에 따라 달라진다.

바로 확인해 보니 오늘 두 번째는 랜덤 구역.

뜬 곳은 E6로 여기서 3칸 아래인데, 랜덤 지정이지만 꽤 가까운 위치라고 할 수 있다.

나는 바로 출발하면서도 태블릿 확인을 게을리하지 않았다.

현재 뜬 과제를 확인하면서 방향을 정했다.

한정된 하루 안에 최대한 많이 득점하려면 『효율』이 요구되니까.

그러기 위해서는 『운』에 좌우되는 요소를 최대한 배제해야 한다.

2

오후 4시 전. 참가 과제를 마치고 그곳을 떠나려 했을 때였다.

"아야노코지?"

특별시험 첫날 헤어진 이후 처음으로 호리키타를 맞닥뜨렸다.

조금 놀란 표정이었는데, 특별히 피곤해 보이지는 않았다.

"8일 만이네."

"그렇군."

우리는 F7 지점에서, 시험 시작 후 처음으로 재회했다.

"과제를 보러 왔다기보다는 단순히 지나가던 길이었나. 어디 가던 중이야?"

"난 G8. 도중에 여기를 지나치게 됐어. 넌?"

아무래도 목적 구역이 나보다 하나 앞인 듯하다.

"난 F8. 방향은 같은 것 같네."

서서 대화하는 것만큼 시간 낭비도 없으므로 우리는 자연스레 다시 걸음을 뗐다.

도중까지 같은 루트라면 이게 가장 적절하리라.

"생각보다 건강해 보이는데. 이렇게 봐서는—— 아직 단독인가?"

"맞아. 고생도 많이 했지만 혼자가 편한 면도 많지."

과연 혼자면 다른 사람을 신경 쓰거나 페이스에 맞춰 줄 필요가 없다. 하지만 여기까지 호리키타는 하위에 한 번도 이름을 올린 적이 없었을 터. 순조롭게 점수를 모으고 있다는 증거겠지만, 하나도 피곤해 보이지 않는 것은 조금 의아하다.

"내가 쌩쌩한 게 그렇게 이상해?"

"지금까지 만난 애들은 대부분 지쳐 보였었거든."

"뭐 특별한 일은 없었어?"

"특별한 일? 아아…… 그러고 보니 시노하라 사건 들었어?"

"응. 오늘 막 들은 참이야. 그런 의미에서는 너를 만나서 다행이야."

호리키타는 시작 지점 부근에 들른 모양이었는데, 거기서 2학년 A반 학생이 불러서 사카야나기와 만났다고 했다. 거기서 코미야 일행이 탈락했다는 사실을 알았다고.

그리고 내가 사카야나기에게 한 제안을 듣고 교섭을 받아들이는 흐름으로 이어졌다고 한다.

"거절 안 했네."

"거절할 이유가 없잖아. 시노하라의 퇴학은 반드시 막아야 하고. 네가 처음에 목격한 모양이던데, 자세한 사정은 파악했어?"

"아니, 딱히. 사건인 측면도 사고인 측면도 있는 것 같아."

나는 그 현장을 가까이에서 목격한 사람으로서 그렇게 설명해주었다.

물론 배후에 아마사와가 숨어 있다는 부분은 언급하지 않고.

"시노하라 그룹은 순위가 확 떨어져서 지금은 하위 7위야. 이대로 가다간 오늘 중으로 퇴학 위험 순위까지 떨어지고 말겠지. 서둘러야 해. 최악의 경우 합류할 그룹을 못 찾으면 내가 움직이려고. 너랑 만나기 전에 운 좋게 과제를 클리어해서 세 자리 만드는 데 성공했어."

그건 희소식이다. 그룹 인원수 상한을 늘리는 과제는 몇 없어서 인기가 집중되기 쉽다.

거기서 1위를 차지하기 쉽지 않았을 텐데.

"하지만 그렇게 되면 너랑 시노하라 둘이서만 점수를 모아야 하잖아. 가능하면 사카야나기와의 연대가 잘 이루어져서 안전한 그룹에 흡수되면 좋겠다."

호리키타도 같은 생각인지 고개를 끄덕이며 대답했다.

"그나저나 지난 8일간 무인도를 돌아다니면서 실감하는 건데, 상상보다 훨씬 많은 그룹이 무전기를 가지고 있더라. 사카야나기가 A반 애들한테 시노하라 일을 전달했던 것처럼 다양한 곳에서 쓰는 걸 목격했어."

"통솔이 잘 되고 여유도 있는 상위 반은 그런 경향이 특히 강할 것 같은데. 원거리에서 정보를 서로 교환할 수 있는 도구는 활용하기에 따라 포인트를 많이 지불할 가치가 충분하지."

"우리도…… 좀 더 서로를 신뢰할 수 있었다면 그게 가능했을까."

조금 상상하기 어려운지 호리키타가 입을 꾹 다물었다.

"아깝게 썩힐지도 모르지. 반드시 특별시험에서 플러스로 작용한다고만 볼 수는 없어."

"그렇지."

나는 태블릿을 꺼내 새로운 과제가 떴는지 확인했다.

그러자 근처에 참가하기만 해도 식량을 얻을 수 있는, 위험하지도 않고 덜 수고스러운 과제가 있었다.

심지어 받는 그룹 수도 열다섯 팀으로 상당히 많았다.

다만 받을 수 있는 점수가 참가상인 1점뿐이기 때문에 득점 면에서 매력은 별로 없었다.

"남은 식량이 빠듯해서. 이 과제를 하러 갈 생각인데 호리키타는 어떻게 할래?"

지정 구역의 착순 보수를 노릴 거라면 지금은 과제에 눈길도 주지 않고 직진하는 게 좋을 텐데.

"나도 남은 식량에 여유가 별로 없어서 과제 쪽으로 갈래."

서로 우선순위도 같았기 때문에 루트를 살짝 바꾸어 과제를 하러 가기로 했다.

아주 고마운 과제이긴 하지만 그만큼 참가 경쟁률이 몹시 높다.

우리는 속도를 올려 서둘러 과제 지점으로 향했다. 역시 목적지가 같은지 같은 방향으로 움직이는 1학년과 3학년 그리고 당연히 2학년 그룹을 점점 많이 발견하게 되었다. 사방이 라이벌이라는 사실을 알아차리기 무섭게 뛰어가는 그룹이 대부분이었다.

"나 신경 쓰지 말고 호리키타도 서둘러도 돼."

"너야말로 식량에 여유가 없으면 앞뒤 가리지 말고 달려야 하는 거 아니야?"

"더는 달릴 힘도 없을 뿐이야."

"나도 비슷해."

서두르고는 있었지만, 괜히 체력을 낭비하지 않으려는 자세는 나와 똑같았다.

계속 단독 행동 중인 호리키타가 어느 정도 여유로운 것도, 나와 비슷하게 페이스를 배분하여 무인도 시험에 임하고 있다는 것도 잘 알 수 있었다.

과제에 늦지 않게 참가하는 데 성공한 우리는 거기서 오랜만에 반 아이들을 만나 잠시 대화를 나누었다. 지금 서둘러서 지정 구역에 가봐야 착순 보수는 받지 못할 것이다. 그럴 바에야 차라리 아슬아슬한 시간까지 서로 정보를 공유하는 것이 후반전에서 살아남는 길이겠지.

그리고 아직 많은 학생이 시노하라가 처한 상황을 모르는 것도 있다.

이날 나는 기본 이동으로 4점, 과제 4개에 참가해 14점을 획득했다. 총 18점. 종합 점수 96점으로 순위는 23위.

5일째와 6일째보다 전체적으로 이동은 활발했던 인상인데, 그중에는 거의 움직이지 않은 그룹도 있었기 때문에 체력 비축조와 확실히 분류된 느낌의 하루였다. 격전이 펼쳐질 것으로 예상했던 8일째는 나쁘지 않은 하루였다고 볼 수 있겠지. 한편 상위 10팀의 점수는 대폭적인 갱신은 없었고, 10위는 111점으로 여전히 쿠로나가 그룹이었다.

내일은 이상적인 순위를 유지하면서, 가능하면 빨리 사카야나기도 만나고 싶다.

나는 지정 구역이 시작 지점 쪽이길 기대하면서 잠을 청했다.

○고독과의 싸움

옷에 붙은 거미줄을 떼어내면서 배낭을 천천히 내려놓았다.

9일째를 맞이한 무인도 시험은 여전히 푹푹 찌는 하루였다.

네 군데 지정 구역에 무사히 도착한 나는 크게 한숨을 토했다.

어찌어찌해서 예정대로 목적지에 도착하는 데에는 성공했군.

이마에 맺힌 땀방울이 천천히 콧등을 타고 흘러내리는 게 느껴져서 팔로 땀을 훔쳤다.

오후 3시에 풀린 네 번째 기본 이동으로 H9에서 D5까지 대이동. 목적지에 늦지 않게 도착하는 것은 당연히 뼈를 깎듯 힘든 작업이었다.

도중에 할 만한 과제도 하나 뜨긴 했지만 포기해서 페널티의 위험을 낮추었다.

두 시간 가까이 들긴 했지만 다른 테이블 학생들을 포함해 이 구역에 도착한 그룹은 많지 않아서, 착순 보수로 3위를 차지하는 데 성공했다.

전체적인 결과에 불만은 없지만, 시작 지점에 가고 싶었던 희망은 이루어지지 않아 사카야나기를 만나지 못했다.

지금부터 강행하기에는 체력을 너무 많이 썼기에 무리하고 싶지 않았다. 몇 팀인가 2학년 A반 학생이 있는 그룹과 마주치면서 말을 걸어보았지만, 공교롭게도 무전기를 가진 그룹은 없었다. 내일 아침에 강행할까? 아니…… 그건 좀 미묘하다.

　일단 사카야나기 건은 보류하기로 하고 오늘 하루를 되짚어 보았다.

　"오늘 획득한 점수까지 합해서 총 112점——인가."

　10위를 유지한 쿠로나가 그룹은 총 123점으로 점수 차이는 불과 11점. 나는 13위까지 올라갔다. 곧 오후 5시가 되니, 오늘은 이 정도 차이로 끝날 가능성이 크다.

　목표는 11위였지만 11점 차이라면 허용 범위 안으로 봐도 되겠지. 나나세 일도 있고 날씨가 나빴던 관계로 예정보다 늦어지고 말았지만, 처음에 계획했던 절호의 포지션까지 올라왔다.

　나는 이 무인도 특별시험을 시작할 때부터 11위를 목표로 삼았다. 지금은 13위로 약간 아래지만, 중요한 것은 그게 아니라 『아슬아슬하게 10위가 되지 않도록 유지하기』다.

　시상대 위에 서기 위해 점수를 모으는 작업은 피할 수 없지만, 단독이든 증원 카드에 의한 7인 그룹이든 상위 10팀에 들면 공개되기 때문에 싫어도 눈에 띄고 만다.

　그러면 라이벌들이 경계해서 일찍부터 방해 공작을 받을 위험이 크다.

그것을 피하면서 나중에 상위를 노리는 이상적 순위가 바로 11위였다. 다만 이 작전에는 허점도 몇 가지 있다. 전략의 성질상 점수 관리가 까다롭기에 점수 조절에 실패하면 한순간이라도 10위 안에 들 가능성이 있다. 그렇게 되면 전략 실패다.

그보다 큰 결점은 10위 그룹의 성적에 많이 의존하게 된다는 것이다. 10위부터 1위까지가 접전을 펼칠수록 나중에 역전하기 쉽지만, 반대로 점수가 벌어지면 벌어질수록 따라잡으려면 많은 점수가 필요하므로 역전이 어렵다.

그러니 상위 그룹들이 서로 발목을 잡는 게 중요한데…….

생각보다 그런 경향이 별로 나타나지 않고 지금은 일부 그룹의 독주를 허용해버린 양상이다.

그 대신이랄 것까지는 없지만, 현재 2학년들이 비교적 우위에서 싸우고 있는 것은 밑에서 치고 올라오지도 위에서 압박하지도 않기 때문이다. 방해 공작이란 자신을 희생하는 행위이기도 하기에, 점수에 여유가 없으면 실행하기 어려운 법이다.

마음에 걸리는 부분은 나구모의 동향이다. 1위를 놓고 경쟁하는 코엔지에게 뭔가 손을 쓸 법도 한데, GPS 상의 움직임만 봐서는 아직 방해하는 모습이 보이지 않는다. 상대를 떨어뜨리는 것보다 자신들이 점수를 모으는 데 주력하고 있어서인 듯한데…….

"내가 이기지 않아도 코엔지가 이대로 1위나 2위를 해준다면 제일 좋지."

11위 부근을 유지하면 튀지도 않고, 아마사와나 1학년의 방해 공작을 받아 시간을 빼앗기더라도 하위까지 떨어질 일도 없을 것이다.

내가 해야 할 일은 12일째 종료 시점까지 몰래 높은 순위를 유지하는 것.

나무 그늘에서 느긋하게 쉬면서 땀을 식힌 다음, 다시 배낭을 메고 마지막에 도착한 구역에서 조금 더 옆 구역으로 이동했다.

경계선에서 벗어나 탁 트인 장소로 가려고 생각했기 때문이다.

해도 지고 슬슬 오늘의 야영 지점을 찾으려는데, 먼저 온 사람이 있는지 일인용 텐트 하나가 눈에 들어왔다. 이렇게 더운데도 입구가 꽉 닫혀 있었는데 자리를 비운 것일까. 주변 정찰 또는 화장실에 갔을 수도 있다.

"여기 괜찮네."

나름 탁 트여 있고 편평한 이런 장소는 이 부근에 별로 없을 것 같았다.

나도 이곳에 텐트를 치면 여러모로 편할 듯하다.

하지만 나나세가 동행했을 때와 달리 지금은 남자 혼자.

만약 텐트의 주인이 여자라면 괜한 접촉은 갈등의 불씨가 된다.

그나저나 혼자 텐트를 치다니 무슨 일일까.

그룹과 따로 다니는 걸까, 아니면 원래 단독일까.

후자라면 틀림없이 내가 아는 사람 중 하나다.

여기 텐트를 치든 안 치든 주인은 확인하는 것이 좋다.

나는 잠시 그곳에 서서 상황을 살피기로 했다.

산책하러 간 거라면 해가 완전히 지기 전에 돌아올 테고, 텐트 안에서 소리가 난다면 그 시점에서 말을 걸면 된다.

그렇게 10분 정도 기다려 보았지만 돌아올 기색도, 텐트 안에서 소리가 날 기색도 전혀 없었다.

혹시 일찌감치 잠자리에 들었을 가능성도 있을까.

다른 동료가 합류할 기색도 없었기 때문에 결단을 내렸다.

"누구 있어?"

텐트 가까이 가서 그렇게 말해보았다.

몇 초 정도 숨죽여 반응을 살폈지만, 소리는 전혀 들리지 않았다.

"미안한데, 이 근처에 텐트를 치고 싶어. 불편할 것 같으면 말해줘."

없다는 것을 전제로 일단 양해부터 구한 다음 배낭을 땅에 내려놓았다.

물론 상대 텐트에서 적절한 거리를 벌리고.

누군지 좀 궁금해하면서 잠시 후 텐트를 다 쳤다. 작년 무인도에서 친 텐트보다 훨씬 쉬워서 새삼 감탄했다.

그뿐 아니라 다른 사람을 신경 쓸 필요 없다는 점 역시 일인용 텐트의 장점이다.

뭐, 그렇게 생각하니까 친구가 별로 없는 건지도 모르겠지만.

성격이 밝은 인간이면 오히려 여럿이 함께 잘 수 없는 텐트는 지루하다고 하겠지.

어쩌면 나도 그렇게 생각하게 될 날이 올까.

"……상상이 안 가네."

절대 오지 않을 것 같은 미래다.

"무슨 수상한 놈인가 했더니 너야?"

옷 갈아입기 등을 준비하고 있는데 뒤에서 누가 말을 걸었다.

아무래도 고독한 옆 텐트의 주인은 이부키인 모양이었다.

"시끄러웠어?"

"딱히."

짧게 대답한 이부키는 곧바로 나를 노려보았다.

뭐라고 한소리라도 할 줄 알았는데 곧장 자기 텐트 안으로 들어가 버렸다.

그 모습에 조금 위화감을 느낀 나는 이부키의 텐트를 들여다보기로 했다.

"잠깐 좀 괜찮아?"

말을 걸어 보았지만 이부키에게서 아무런 반응이 없었다. 단지 어렴풋이 소리가 들려올 뿐이었다.

"좀 물어보고 싶은 게 있어."

이번에는 그렇게 말해보았는데, 역시 반응은 돌아오지

않았다.

단순히 무시하고 있는 거겠지만, 혼자 부스럭부스럭 몰래 뭔가를 하는 듯했다.

"텐트 연다? 괜찮지?"

혹시 몰라 30초 정도 기다린 다음 텐트 입구를 열었다.

"……뭐야."

안을 들여다보니, 이부키가 몸을 웅크리고 뭔가를 입에 넣고 있었다.

"꽤—— 아니, 그런데 뭘 먹고 있는 거야?"

"육포."

"육포? ……받은 무인도 매뉴얼에는 없었는데."

그러니까 직접 생고기를 사거나 해서 말린 것이리라.

하지만 혼자서 육포를 만드는 것은 드는 품과 시간이 상당할 터. 무엇보다 이부키는 시작할 때 호리키타에게 도전적인 말을 남기고 바로 지정 구역으로 향했었다.

생고기를 가지고 걸었다면 이 무더위에 몇 시간도 채 지나지 않아 상했을 게 뻔하다.

그렇다면 2학년 B반 안에 육포를 만드는 라인이 있다고 봐야 할까.

한 그룹이 육포 만들기 작업을 통째로 떠맡았다거나.

비용 대 효과를 따져도 아주 저렴하게 끝낼 수 있으니까. 휴대식으로 좋은 것도 물론이지만, 저키 등 이미 조리되어 있고 장기 보관 가능한 음식은 포인트가 많이 들기 때문에 코스트 퍼포먼스가 나쁜 편이다. 같은 양을 준비하더라도 생고기를 사서 직접 말리면 저렴한 가격에 대량 생산할 수 있다.

류엔 그룹의 식량을 본 적은 없지만, 저키를 중심으로 한 비상식량을 소지하고 다닌다고 보는 게 좋겠지. 몇 끼만 확보해도 경쟁률이 필연적으로 높은 식량 관련 과제를 패스할 수 있다.

"이랬든 저랬든 너랑은 상관없잖아."

마음대로 상상의 날개를 펼쳐보았지만 이부키로부터 진실을 들을 수는 없었다.

그나저나——. 이부키는 단독으로 시험을 치르고 있는데, 내가 아는 한 지금까지 하위 10팀 안에 이름을 올린 적이 없다. 강행에 강행을 거듭하며 점수를 모으고 있겠지.

이부키의 경우 학력을 요구하는 과제는 상위 획득이 절망적이다.

그렇다면 주된 득점 수입원은 지정 구역의 도착 보너스와 착순 보수가 중심이 될 것이다.

또는 주로 운동신경을 묻는 과제로 좁혀진다.

당연히 쌓이는 피로가 다른 학생들보다 클 수밖에 없겠지.

그 결과 누가 봐도 알 수 있을 정도로 정신적인 타격이 큰 듯 보였다.

아니, 이미 한계를 넘어섰다고 해도 과언이 아니다.

"시험이 시작된 뒤로 다른 사람이랑 얼마나 말했어?"

"뭐라고⋯⋯?"

별로 자지 못했는지 눈 밑에 다크서클도 희미하게 깔려 있었다.

"⋯⋯호리키타랑. 그때 지지 않겠다고 말한 거 너도 들었잖아."

"결국 시작할 때 말고는 남이랑 대화도 거의 안 했다는 소리군."

끽해야 과제 신청할 때 네, 아니오 하고 대답하는 것밖에 없었으리라.

"남이랑 조금이라도 말을 하는 게 좋아."

"적이랑 말 섞을 일 없는데."

"그럼 같은 반 애라도. 어슬렁거리다 보면 마주치기도 하잖아."

"딱히 반 애들을 같은 편으로 생각한 적 없는데."

그런 식으로 혼자 껍데기 안에 갇혀 있으니까 지금 같은 상황이 됐지. 그래도 잘도 이 상태로 9일이나 버텼군. 하지만 시험은 아직 5일이나 더 남아 있다.

어디서 단 한 순간이라도 긴장의 실이 끊어지면 단번에 무너질 수도 있다.

물론 단독인 이부키는 탈락한 시점에서 퇴학이 확정된다.

하지만 이 특별시험에서 모두의 공통된 의식은 같은 학년에서 최대한 퇴학 그룹이 나오지 않았으면 하는 것이다. 최선책은 7일째 일정 중단으로 얻은 휴식 이외에 하루를 통째로 쉬는 것. 아무것도 하지 않고 종일 푹 쉬면 그것만으로도 체력이 많이 회복될 것이다. 그리고 나머지 4일간 그 회복된 체력으로 만회하는 것도 이부키라면 불가능하지 않다.

하지만 현실은 그리 안이하지 않다. 간단한 것 같아도 하루 통째로 쉬는 행동은 도저히 선택하기 어렵다.

억지로 휴식을 강행한다고 해도, 심리적으로도 회복되는지는 또 별개의 문제다.

자기가 쉬고 있는 동안 라이벌들은 점수를 차곡차곡 쌓아간다.

그러는 동안 혼자 뒤처져서 하위로 떨어지면 어떻게 하나 하는 압박감이 엄습해오겠지.

마음을 텅 비우는 것은 보통 사람은 할 수 없는 행동이다.

게다가 지정 구역을 전부 패스하는 행동도 점수의 손실로 이어진다.

또 페널티가 쌓이면 이튿날 이후로 힘들어질 수 있으니.

"그만 나가."

"……그렇게 하지."

상대가 이부키라지만 여자는 여자.

점점 어둠이 깔리기 시작한 이 시간에 이성의 텐트를 들여다보는 짓은 올바른 행동이 아니다.

만약 지금 여기에 류엔이 있었다고 해도 근본적인 해결로 이어질 수 있는지 묻는다면 회의적이다.

이부키의 텐트를 뒤로한 나는 하다 만 옷 확인을 다시 시작했다.

오늘은 비교적 바람이 부는 만큼 비교적 시원하게 하룻밤을 보낼 수 있을 것 같다.

"저기."

할 일을 대충 일단락 지었을 때 텐트에서 이부키가 나왔다.

순간 다리가 휘청했다가 금세 똑바로 걷기 시작했다.

그리고 손을 주머니에 찔러 넣고는 내게 다가왔다.

"지금까지 몇 점 모았어?"

드디어 나왔나 생각했는데 꽤 대담한 질문을 하네.

"적인데, 우리는."

"못 가르쳐 주겠다는 거냐."

쪼잔하긴, 하고 작은 목소리지만 내 귀에도 들리게 말했는데 그래도 알려 줄 수 없다.

내가 13위라는 사실을 알려줘서 득이 될 상대는 무인도 내에 단 한 사람도 없다.

"그래."

"그럼 나보다 위인지 아래인지만이라도 알려줘. 내 점수는……."

자기 마음대로 점수를 밝히려는 이부키를 손으로 막았다.

"미안하지만 어떤 형태로든 대답해줄 수 없어."

위인지 아래인지만 알려줘도 힌트가 되는 건 똑같다.

거짓말로 대답한다고 해도 그렇다.

아래라는 대답은 안전한 패 같아 보이기도 하지만, 득점 확보에 고전하고 있다는 사실을 알고 나를 강하게 몰아붙이려는 세력이 등장할 위험이 있다. 정보가 멋대로 퍼져버리는 것은 피해야 한다.

이부키는 여전히 주머니에 손을 넣은 채 혀를 찼다.

"……아, 그래? 이제 됐어. 너를 상대해봐야 시간만 낭비하는 거였어."

"그래. 그리고 너의 숙적은 호리키타잖아?"

호리키타의 이름을 꺼내자마자 지금까지 지루한 얼굴이던 이부키가 돌변했다.

주머니에서 손을 빼 가운뎃손가락을 세우고 나를 노려보았다.

"걔 만나면 이 말 전해. 절대 안 진다고."

"그거야 상관없는데, 가운뎃손가락을 세울 상대는 내가 아니지 않나."

"너도 똑같아. 호리키타랑 친하니까."

아니, 안 친한데.

그래도 이부키의 눈에는 비슷하게 보이겠지.

점수를 물어보려고 나온 것인지, 이부키는 다시 자기 텐트로 들어가려고 했다.

"잠깐만."

나는 그렇게 부른 다음 고개만 돌리는 이부키 쪽으로 걸어갔다.

그리고 노골적으로 경계하는 이부키의 팔 쪽으로 손을 뻗자, 곧바로 경계심을 최대치로 높이며 몸을 피했다.

"뭐야? 해보자는 거야?"

싸움을 거는 거라고 혼자 멋대로 판단했는지, 주먹을 움켜쥐었다.

"그럴 생각은 전혀 없지만……."

다시 재빠른 동작으로 이부키의 팔 쪽으로 손을 뻗어, 피할 틈을 주지 않고 손목을 움켜쥐었다.

"뭐 하는 거야!"

당황하며 발로 차려고 해서 다른 손으로 막았다. 더 공격할 줄 알았는데, 독기가 빠진 듯 숨을 토하며 시선을 피했다.

"너한테 못 이긴다는 건 인정하지만 언젠가 반드시 회심의 발차기를 먹이겠어."

자기 멋대로 그런 살벌한 목표를 세우지 말았으면 좋겠다.

"그래서? 나를 방해하라고 호리키타가 부탁하던?"

내 진짜 의도를 전하기는커녕 이상한 의심까지 사게 된 판국.

호리키타와 같은 반인 내 말이 전해질 리도 없나.

상식적으로 생각하면 이부키가 그리 쉽게 휴식을 받아들일 리 없으니 거의 가망 없는 일이다.

"맥박이 빠르군."

"뭐래?!"

"그리고 입이 마른 것처럼 보여. 입술도 바짝 말랐고. 딱 봐도 탈수 증상이야."

이대로 가다가는 머지않아 경고 경보음이 울려도 이상하지 않다.

아니, 어쩌면 이미 한 번은 경고 경보음이 울렸을지도 모른다.

얌전히 텐트 안에 있었던 건 쌓인 피로 때문이기도 하지만 맥박 이상에 의한 경고음을 울리지 않게 하기 위해서가 아니었을까.

"딱히 목마른 거…… 이제 괜찮거든."

"이제라는 건 원래는 안 괜찮았다는 말 아니야?"

손목을 놓아주자 이부키가 노골적으로 사나운 표정을 지으면서 거리를 벌렸다.

"네가 뭔데 참견이야. 난 하나도 힘든 거 없는데."

그렇게 말하며 돌아서는 이부키를 재빨리 앞질렀다.

"잠깐 뭐── 뭐 하는 거야!"

말로 해서 들을 상대가 아니기 때문에 이부키의 텐트에 들어가 배낭을 빼냈다.

"가방 열어봐."

"뭐? 남자한테 보여줄 수 없지. 아니, 여자라도 못 보여주지만."

"그렇겠지."

허락을 구한다고 구해질 리 없으므로 멋대로 배낭을 열었다.

"무슨 짓이야!"

　배낭 안에는 옷가지와 일용품, 육포 등의 몇 안 되는 식량이 들어 있었다.

　그리고 텅 빈 500mL 생수병 하나가 전부였다.

　쓰레기는 과제 등이 설치된 곳에서 버릴 수 있으니, 쓸데없는 물건들은 이미 다 처리한 건가. 페트병에는 물이 한 방울도 남아 있지 않아서, 이미 한참 전에 다 마셨다는 것을 알 수 있었다.

　그 이외에, 연락 수단인 무전기도 보이지 않았다.

"언제부터 안 마신 거야?"

"너한테 대답할 필요——."

"언제부터 안 마셨냐고?"

　이번에는 나도 무서운 눈빛을 보내며 강하게 힘주어 다시 물었다.

"……하루, 하고 조금 더."

"그 상태로 계속 돌아다녔어?"

"안 돌아다녔어. 오늘은 여기서 계속 쉬었어."

"다 드러날 거짓말을 하네. 오전에 여기서 GPS 반응은 없었는데."

"검색한 거야?"

　물론 안 했다. 그냥 찍은 건데 먹혔군.

호리키타를 이기기 위해 필사적인 이부키가 쉬는 선택을 쉽사리 고를 리 없다고 생각했을 뿐.

"경고 경보음 울렸어?"

"……한 시간 정도 전에. 그래서 어쩔 수 없이 일찍 쉬기로 한 거야."

손목시계의 경고 경보음은 계속 이상이 있지 않은 한 울림을 멈추는 시스템이다.

그리고 시간이 지나면 긴급 경보음으로 이행되는 게 아니라 또 경고 경보음으로 돌아온다.

"이대로 수분 보급을 안 하면 쉬어도 계속 울릴걸."

빠르게 뛰는 맥박을 진정시키지 못해서 긴급 경고음으로 바뀌게 될 것이다.

그렇게 되면 탈수도 더 진행되고, 메디컬 체크를 받게 되면 탈락 선고도 면할 수 없다.

"여기서 시작 지점까지는 거리가 2km도 넘어. 이동 중에 쓰러지면 끝이야."

"그럼 과제든 뭐든 해내면 되지."

"그게 안 되니까 지금 그렇게 고생하고 있는 거잖아."

얼토당토않은 소리에는 팩트를 들이밀어 이부키를 진정시키는 수밖에 없다.

나는 내 텐트에서 배낭을 가지고 왔다. 그리고 오늘 과제를 해서 얻은 지 얼마 되지 않은 500mL 생수병 2개를 꺼냈다.

"교환하자."

"뭐?"

"마침 난 먹을 게 부족해서 힘들던 참이야. 반대로 물은 공급 과다로 좀 남는 상황이고. 지금의 이부키라면 대등한 교환이 가능할 것 같아서 제안하는 거야."

이미 미지근해졌지만, 물이 든 페트병을 보고 이부키가 침을 삼켰다.

"어떻게 할래? 한 번 더 말하지만 대등한 교환이야. 나도 먹을 걸 그만큼 나눠 받는 거지."

"누가 너 따위랑……."

"거절해도 되지만 두 번 다시 교섭은 없어."

내가 강한 태도를 무너뜨리지 않자 이부키가 말을 멈췄다.

"이대로 탈수가 와서 탈락하면 호리키타한테 지는 건 확정이겠군. 아까 호리키타를 만났는데 안색도 좋고 식량이랑 물도 넉넉해 보이던데."

지금 이부키를 제일 잘 움직일 수 있는 중요한 키워드.

그것은 퇴학당한다는 협박이 아니라 호리키타의 이름을 언급하는 것이었다.

"알았어……. 그 교환 제안, 받아들이지. 그런데 내가 얼마만큼 주면 되는 거야?"

이부키의 식량도 이대로라면 이틀도 채 지나지 않아 동나고 말 것이다.

하지만 조금이라도 받지 않으면 대등한 교환이라고 말

할 수 없게 된다.

"남은 식량의 절반. 그렇게 정리하자."

"그거면 된다고?"

"먹을 게 없어서 잡초라도 뜯어 먹는 것보다는 훨씬 나아."

이렇게 해서 나와 이부키는 서로 가지고 있던 물과 식량을 교환했다.

물물교환이 끝남과 동시에 이부키는 페트병에 든 물을 절반 정도 벌컥벌컥 들이마셨다. 평소 같으면 아껴 마시라고 말했을 테지만, 탈수 증상이 나타나고 있음을 생각하면 한시라도 빨리 수분 보충을 해야 한다.

내가 상태를 살피는 게 마음에 들지 않았는지 날카로운 눈빛이 되살아났다.

탈수 증상이 다소 나아졌다지만, 심리 상태는 아직 확실히 정상이 아니다. 마음에 여유가 없고 강한 스트레스가 쌓인 상태로 자신과의 싸움을 계속해야만 한다.

과연 앞으로 언제까지 심신을 유지할 수 있을까?

몇 시간일까, 며칠일까. 바라건대 마지막 날까지 잘 버텨주기를.

테이블이 다른 이부키와는 여기서 헤어지면 더는 시험 중에 만날 일이 없겠지.

지금 한 마디 정도 남기는 게 좋을까.

"고맙다고는 안 할 거야. 대등한 교환이었잖아?"

"딱히 바라지도 않았어."

"그럼 뭐."

종일 신경이 날카로운 상태여서 남과의 접촉에 민감하리라. 단기전에는 도움이 되는 능력도 지금은 도리어 자기 목을 조르고 있다.

"지금 시점에서 하위로 떨어지지 않았으면 내일 하루 정도는 체력 회복을 중심으로 하면서 보내는 것도 나쁘지 않을 것 같은데? 아니면 식량과 물만 노리는 작전으로 바꾸는 것도 방법이야."

"득점을 포기하라고? 웃기시네."

내 제안에 이부키가 씩씩거렸다.

"난 퇴학당하기 싫어서 열심히 하는 게 아니야. 호리키타한테 이기는 것만이 목표라고."

그건 나도 안다.

아니까, 이길 확률을 높이기 위해 충고해준 건데…….

이부키는 내가 X였음을 안 순간부터 나를 몹시 싫어하게 되었으니까.

쓸데없는 필터가 끼인 탓에, 진심까지도 전해지지 않고 있다.

"더는 너랑 할 말 없어."

그렇게 말한 이부키는 텐트로 돌아가 버렸다.

설득해봐야 헛수고라는 건 잘 알고 있지만 어쨌든 나는 경고했다.

일단은 이렇게 해서 오늘내일 이부키의 컨디션은 걱정

안 해도 될 듯하다.

이제 자기 힘으로 일어서서 식량과 물을 확보하는 수밖에 없다.

단독인 만큼 득점도 다소 신경 쓰이지만, 승부에 강한 의지를 드러내는 모습을 보건대 하위로 떨어지는 일은 없을 듯하다.

아직 시간은 충분하지만, 오늘은 체력을 썼으니 이만 쉬기로 한다.

푹푹 찌는 시간이 계속되는 가운데, 나는 마음을 차분히 가라앉히고 하룻밤을 보냈다.

1

아침이 밝았다. 일어나자마자 밖에 나가 볼일을 마친 다음 에티켓 봉투를 가지고 돌아왔다가, 텐트 근처에서 수상한 행동을 하는 이부키를 발견했다.

"뭐해?"

"앗!"

정신없이 배낭을 뒤지고 있었는지, 놀란 표정을 감추지 못했다.

"허락도 없이 남의 태블릿이라도 보려고 한 건가? 아니면 달리 원하는 게 있어?"

공교롭게도 화면 잠금을 설정해두었기 때문에 제삼자가 보기란 불가능했다.

"아니야! 난 그저…… 정말로 대등했는지 확인해보고 싶었을 뿐이라고."

이부키는 그렇게 말하며 내 배낭에서 떨어졌다.

"네 배낭에는 뜯은 물병 하나밖에 안 남아 있던데. 이게 어디가 여유로운 상황이라는 거야?"

자리를 뜬 지 1분도 채 되지 않았는데 경솔했었나.

배낭 안을 확인하기에는 충분한 시간이었던 모양이다.

그렇다고는 해도 비난할 권리는 내게 없다. 어제 나도 이부키의 배낭을 멋대로 확인했었으니까. 어젯밤에 다 마셨다고 둘러대 봐야 빈 페트병은 어디 있느냐고 묻겠지. 무인도 아무 데나 쓰레기를 버리는 것은 규칙 위반이니까.

"나를 도와주고 나중에 갚게 하려고 한 건가?"

"네가 배낭을 뒤지지 않으면 갚을 일도 없을 것 같은데."

"윽."

정곡을 찔린 이부키의 표정이 굳어졌다.

"그러니까 진실이 어떻든 그건 대등한 교환이었다는 말이야."

"잘 납득은 안 가지만…… 알았어. 그럼 난 너한테 빚 없어."

"빚을 갚으라고 하면 갚긴 할 거고?"

"아니."

"……그래?"

단순히 자기가 납득이 가지 않아서 배낭을 뒤지지 않고는 못 배겼다는 것일까.

그 후로 더는 대화가 이어지지 않았기 때문에 나는 일단 텐트 안으로 돌아갔다.

아직 6시 반밖에 되지 않았는데, 이부키가 움직이는 소리가 들렸다.

텐트 입구를 열고 상황을 살폈다. 그러자 벌써 텐트를 접기 시작하고 있었다.

이게 특별시험 이틀째나 사흘째였다면 의욕이 넘치네, 하는 감상으로 끝났겠지만.

말 걸지 말라는 분위기가 강했기에 다시 텐트 안으로.

이윽고 아침 7시를 맞이해 첫 번째 지정 구역이 발표되었고, 나는 E4가 지정되었다. 나는 망설임 없이 GPS 검색에 1점을 소비해서 모든 학생의 위치를 입수했다.

1점을 쓸 가치가 충분한 검색이다. 10위와 점수 차가 줄어들었기 때문에 생각지 못한 형태로 앞지르고 말 수도 있다. 1점을 쓰면 나와 쿠로나가 그룹과 점수 차이가 12점으로 벌어지게 되므로, 착순 보수에서 1위를 차지해 11점을 획득해도 역전할 일은 없다.

착순 보수를 두고 경합을 펼칠 듯한 라이벌은 지도상에 세 그룹 정도가 있다.

게다가 그중에는 『강적』인 그 인물도 포함되어 있었는데,

위치가 절묘했다. 상황에 따라서는 기본 이동을 뒤로 미루고 물자 보급을 최우선으로 할 생각이었는데 마침 잘되었다. 이 검색 덕택에 나는 목적 과제 주변에 어느 정도의 학생이 있는지도 확인할 수 있었다. 즉 경쟁률이 얼마나 될지 예측 가능한 것이다.

준비를 마친 후 텐트 밖으로 나오니 이부키는 이미 보이지 않았다.

시험 시작 전에 움직여서 얻을 이익은 별로 없는데, 조금이라도 빨리 내게서 도망치고 싶어서였는지도 모른다.

2

지정 구역은 캠핑 포인트와 가까웠지만 1시간 반 정도 들여서 도착했다. 손목시계에 신호가 울리자마자 확인해 보니 착순 보수는 없고 도착 보너스 1점에서 그쳤다. 도중에 과제를 회수했기 때문이니 당연히 불만은 없다.

표고가 높은 곳에서는 조금이나마 무인도를 관망할 수 있는 경관이 펼쳐져 있었다.

"도착이 많이 늦었네, 아야노코지."

조금 떨어진 곳에서 낭떠러지 아래를 내려다보며 키류인이 내게 말을 걸었다.

"아무래도 그런 것 같군요."

미리 알아본, 나와 같은 테이블 중에 제일 성가시다고 판단한 인물이다.

"착순 보수 경쟁 상대 중에 꽤 만만치 않은 라이벌이 있다고 생각했는데 너였나?"

"글쎄요. 다른 테이블이라도 같은 구역이 되는 경우가 종종 있으니까요. 그것보다도 키류인 선배는 상위 10팀에 흥미가 없으신 줄 알았는데요."

키류인은 11위 밑에서 갑자기 고개를 내밀더니 오늘 아침에는 9위까지 치고 올라왔다.

"무인도 시험이 생각보다 재밌더라고. 나잇값도 못 하고 텐션이 올라갔지 뭐야."

나잇값도 못 한다고 말했지만, 나와 1점 차이밖에 나지 않는다.

"당분간은 지금 페이스로 해나갈 생각이야."

"1위 자리는 노리지 않는 겁니까?"

"시상대는 모두가 피 터지게 싸우면서 오르려고 하는 곳. 나도 놀이로 끝낼 수 없게 되니까. 하지만 나구모나 코엔지가 무너져준다면 이야기는 조금 달라질지도 모르지."

"무너진다고요? 지금 봐서는 절대 그렇게는 안 될 것 같은데요."

"나구모 놈이 코엔지를 그대로 자유롭게 내버려 둘 것 같아?"

아마 키류인도 앞으로의 전개가 어느 정도 눈에 보이는

듯했다.

"전력이 팽팽한 상태에서는 나구모가 반드시 이긴다고 장담할 수 없어. 지금까지는 상황을 엿보고 있었겠지만, 슬슬 움직일 때가 됐지. 즉 나구모 대 코엔지라는 전개도 충분히 있을 수 있어. 상황에 따라서는 둘 다 득점을 늘리지 못하는 전개도 일어날 수 있지."

또는 둘 중 누군가가 밟혀서 순위가 떨어지는 상황 역시 가능성은 충분하다.

"상대를 끌어내리는 것도 중요한 싸움이니까요."

언제 공격할지는 짐작할 수 없지만, 이대로라면 틀림없이 둘은 충돌한다.

적어도 나구모 쪽이 코엔지를 막을 것은 틀림없다.

"넌 상위에 관심 없나?"

"아쉽지만 도저히 10위 안에 들어갈 비전이 보이지 않아서요."

"그래? 너라면 나와 비슷하게 득점했으리라 생각했는데."

나에게 꽤 관심이 많은 모양이다.

아니, 정확하게 말하면 나한테만은 아니겠지만.

키류인은 전교생이 어떤 전략으로 싸우고 있는지 분석하고 있다.

"슬슬 그룹 다수가 효율이 떨어지기 시작할 거야. 포기하지 않고 열심히 해야 한다는 거다."

불과 얼마 전까지만 해도 모르던 존재였는데, 상당한 실

력자임을 엿볼 수 있다.

OAA만으로는 알 수 없는, 직감과 통찰력이 뛰어난 3학년.

"그건 그렇고 지금까지 태블릿만 봐선 탈락한 그룹이 하나도 없는데 어떻게 생각해?"

"한시라도 방심할 수 없는 상황이 이어지고 있다고밖에 말할 수 없네요."

"난 어제 시작 지점에 들러 정보를 입수했지. 식량과 물 부족 문제를 겪기 시작한 그룹은 다 같이 망하는 걸 피하려고 그룹 멤버를 일부 잘라내는 작전을 써서 위기에 대처하는 것 같았어."

"현명한 판단이군요."

몇 점을 모으든 간에 그룹 전원이 탈락해버리면 그 시점에서 실격이고 퇴학이 결정된다. 그럴 바에야 효율이 떨어지더라도 한 명 또는 두 명을 시작 지점으로 돌려보내는 편이 안전하다. 물은 얼마든지 구할 수 있는 데다가 위생도 지킬 수 있어 질병을 피하기 쉽다.

"하위 열 팀은 바라고 있겠죠, 어느 그룹이든 상관없으니 탈락당하라고."

"내일이 없는 사람은 무슨 수든 쓰게 되는 법이지. 방심하지 마라?"

"그건 여자인 키류인 선배가 걱정해야 할 부분이 아닌가요?"

"흐음. 하긴 연약한 소녀는 위기감을 느끼는 게 좋을지도 모르지."

농담 삼아 한 말인데 의외로 진지하게 생각에 잠겼다.

"만일의 상황이 오면 그래…… 힘으로 극복하기로 하지."

그렇게 말하며 주먹을 꽉 쥐었다.

대답은 하나도 연약한 소녀답지 않았다.

"어디까지가 진심인지 모르겠군요."

"후후, 미안하네, 시간을 빼앗아서. 나도 너도 1분 1초를 아낄 필요가 있으니까 말이야."

그렇게 말한 키류인은 가볍게 손을 들더니 걸음을 떼기 시작했다.

방향으로 볼 때 과제에 도전하러 가는 거겠지.

"너는 안 가? 지금이라면 아직 도전권이 남아 있을지도 모르는데."

"사양하겠습니다. 키류인 선배와 경쟁해서 이길 거란 생각은 안 드니까요."

현시점에서 과제의 빈자리는 최대 두 그룹 정도로 보인다. 세 그룹 넘게 라이벌이 있는데 키류인까지 가면 내가 선착순에 들어갈 가능성은 별로 없다.

눈으로 배웅하니 키류인은 서둘러야 할 상황에도 걸음을 멈추고 뒤돌아보았다.

"그런가—— 아니다, 직접 가서 확인하고 오기로 하지."

마치 내 전략을 눈치채기라도 한 듯한 말을 남기고 키류인은 과제를 향해 떠났다.

3

10일째 해도 저물고 밤 9시가 지난 시각.

상·하위 10팀과 저장해둔 GPS 정보를 확인하고 있던 때였다.

텐트 밖에서 불빛이 깜박거렸다.

"이 시간에 이동하나……?"

위험하긴 하지만, 가지 못한 최종 지정 구역까지 야간에 이동한다는 가능성은 얼마든지 생각해볼 수 있는 일이었다.

나는 아무 생각 없이 텐트 안에서 그 빛을 눈으로 좇았다. 내 쪽을 향해 비출 리는 없었고, 걸으면서 여기저기 불을 비춰보는 듯했다. 손전등 빛의 움직임이 불안정해서 뭔가 필사적으로 찾고 있는 것 같았다. 상황이 마음에 걸린 나는 텐트 밖으로 나가보기로 했다.

손전등 불빛은 숲속을 희미하게 비추면서 조금씩 내게서 멀어져갔다.

역시 누군가를 필사적으로 찾는 것처럼 보인다.

아마사와가 내게 무슨 짓을 벌이려고 접근하면서 찾고 있나?

아니, 만약 그렇다면 조심성 없이 손전등을 쓰진 않을 것이다.

GPS로 거리를 좁히고 나면 어둠을 틈타 조용히 접근하겠지.

"……유메 짜~앙……."

손전등 쪽에서 가느다란 목소리가 어렴풋이 들려왔다. 목소리의 주인이 누구인지는 모르겠지만, 짱을 빼면 유메라는 이름은 이 학교에 한 사람밖에 없다.

2학년 C반 코바시 유메가 틀림없으리라. 그렇다면 목소리의 주인은 그 반과 관련되어 있다고 봐야 할까. 생각해보니 코바시 그룹에 여학생으로 시라나미 치히로가 있었지.

어쨌든 목소리의 주인은 금방이라도 울음을 터뜨릴 것 같은 분위기였다. 이대로 무시해도 되지만 2학년 C반 학생이라면 지금은 A반 사카야나기와도 깊이 이어져 있을 터.

나는 텐트에서 태블릿을 가지고 나와 라이트 기능을 켰다.

전등으로서는 광원이 부족하지만, 상대가 알게 만드는 데에는 충분하다.

잠시 후 내가 보내는 불빛을 알아차렸는지 손전등을 비추었다.

"유메 짱?"

그렇게 말한 후 서두르듯이, 목소리와 불빛 그리고 점점 가까워지는 소리가 들려왔다.

눈 부신 불빛과 함께, 손전등을 쥔 사람이 서서히 보이기 시작했다.

"유메 짱!"

"아니, 미안한데, 유메가 아니야."

"아…….."

나무 사이로 모습을 드러낸 것은 역시 시라나미였다.

"음, 아야노코지…… 안녕."

전혀 친하지 않은 사이지만, 어딘지 조금은 안도하는 모습이었다.

그만큼 불안한 상황이었던 건가.

"혼자 밤에 돌아다니는 건 아주 위험해. 코바시랑 타케모토는?"

"아, 그게…… 장소가 어딘지, 모르겠어……. 당황해서 걷다 보니 방향을 알 수 없어져서……."

왜 밤에 혼자 숲에, 라는 촌스러운 질문은 하지 않았다.

사방으로 똑같은 풍경이 펼쳐져 있는 숲이다. 아마 이쪽이 맞을 거야, 하는 가벼운 기분으로 걸었다가는 순식간에 방향감각을 잃고 만다.

결과적으로 시라나미는 그룹과 멀리 떨어지고 말았다고 봐야겠지.

"이탈한 지 얼마나 됐어?"

"글쎄…… 15분 아니면…… 20분 정도……?"

아예 반대 방향으로 걸었다고 하더라도 절망적일 만큼 멀어지진 않았겠지만, 적어도 서로의 목소리가 닿지 않는 범위까지 와버린 것은 틀림없다.

"무턱대고 계속 걸었다간 조난할 뿐이야."

"으, 으응."

나는 앞장서면서, 태블릿 라이트로 비추며 뒤를 따라오라고 말했다. 나까지 조난하면 성가셔지니까.

텐트도 짐도 그대로 두고 시라나미와 그룹을 찾으러 갈 수도 없는 노릇이다.

많은 적든, 몇 명쯤은 이런 식으로 길을 잃어버리는 문제도 일어났을 테지.

남은 것은 운 좋게 원래 위치로 돌아갈 수 있는가, 시간이 걸리는가 하는 차이.

단, 돌아가지 못했을 경우 숲속에서 밤을 지새우는 것은 쉬운 일이 아니다.

육체적으로 큰 문제가 없더라도 정신적으로 단번에 꺾여버릴 테니까.

잠시 후 내 캠핑 포인트에 도착하자, 나는 불안에 떠는 시라나미에게 말했다.

"벌레도 많으니까 일단 텐트에 들어가는 게 좋겠어."

"뭐?!"

놀랐다기보다 약간의 공포가 섞인 목소리.

"난 안 들어갈 거니까 안심해."

내 설명에 문제가 좀 있었는지, 이해가 따라가지 못하는 시라나미를 억지로 텐트에 넣고 입구를 닫았다.

"미, 미안해⋯⋯ 쉬고 있는데⋯⋯."

"괜찮아. 그보다도 코바시랑 타케모토는 건강에 이상 없겠지?"

"응."

그럼 지금쯤 돌아오지 않는 시라나미 때문에 당황하고 있으리라.

찾으러 나설지 아니면 그 자리에 남아 있을지 논의하고 있다고 봐야 한다.

"누가 이탈했을 때를 대비해 세운 대책 같은 건?"

그렇게 물어보았지만, 시라나미는 고개를 가로저었다.

"남자인 타케모토가 혼자 널 찾으러 나설 가능성도 있지만, 2차 조난할 위험이 있어. 그렇다고 두 사람이 텐트랑 짐을 놔두고 찾으러 나가는 것도 상당히 위험하고."

텐트와 짐을 정리해 둘이서 이동하는 것은 시라나미가 혼자 돌아왔을 때 이미 아무도 없게 되기 때문에 좋은 방법이라고 말할 수 없다.

최대한 안전을 중시한다면 텐트로 돌아오지 못할 거리까지는 나가지 않고 그 근방에서 불빛과 큰 소리에 의지해 시라나미가 알아차리기만을 기대하는 수밖에 없다. 하지만 세세한 대책도 세우지 않은 상태에서 여자 혼자 이탈했는데 평상심을 유지할 수 있을지.

정신없이 찾으러 나서는 경우도 종종 있겠지.

"어떡해……."

내게 뭔가 의견을 구한다기보다는 혼잣말. 사소한 실수라고도 할 수 있지만, 시각을 달리해보면 큰 실수이기도 하다. 마음이 초조해지는 것도 절대 무리가 아니다.

문제는 그룹의 다른 두 명이다. 아니, 때에 따라서는 그 이상인가.

"그룹은 소그룹 세 명만이야? 아니면 네 명 이상으로 늘어났어?"

"그건……."

지금까지 자세하게 설명해 준 시라나미였지만, 말을 머뭇거렸다.

자기 그룹에 대해 잘 알 텐데 이렇게 주저하는 까닭은 다른 데에 있다.

이치노세의 반은 지금 사카야나기의 반을 중심으로 협력 관계를 맺고 있다.

물론 그 장벽을 초월한 우정 그룹도 있기야 하지만, 대다수는 그 근본적으로 계약에 따라 만들어졌다. 나에게 자세한 속사정을 말하는 것은 당연히 정보 누설이나 마찬가지. 그런 의미에서 그룹에 변화가 있는지 쉽게 대답하지 않은 것은 시라나미의 적확한 판단이었다고 평가할 수 있다.

"알았어. 자세한 상황은 나한테 말 안 해도 돼. 내 생각을 일단 들어줘."

그렇게 미리 말한 다음 이야기를 이어나갔다.

"만약에 내가 시라나미 그룹 멤버였다면 지금 상황을 일단 알아차렸을 거야. 돌아오는 길을 잃고 어두운 숲속을 여자 혼자 헤매고 있다고 판단했겠지."

고개를 작게 끄덕이는 시라나미.

"물론 내버려 두지는 않아. 일단 소리를 질러서 합류를 시도해볼 거야. 다만 아까도 말했지만 이렇게 했는데 반응이 없으면 다음 방법이 필요해. 만약에 예를 들어서 코바시가 혼자 이탈했다고 치면, 시라나미와 타케모토는 어떻게 할 것 같아?"

"……그냥 예상이지만…… 둘이서 유메 짱을 찾으러 다녔을 것 같아……."

"2차 조난으로 다쳐서 중도 탈락할 위험이 있는데도?"

"친구니까 그냥 내버려 둘 수 없어."

이치노세의 반다운 대답이로군. 이익, 불이익은 뒷전. A반 타케모토야 처음에는 만류할지도 모르겠지만, 아마 돕는 쪽으로 바뀌겠지. 가장 안전한 방법은 이대로 내 텐트에 있으면서 그쪽이 합류해오기를 기다리는 것이다.

여차하면 그쪽도 GPS 검색으로 여기까지 찾아오겠지.

다만 이런 어둠이면 근처에 있다 해도 검색 한두 번으로는 잘 될지 확실하지 않다.

"득점에 여유는? 검색 두세 번쯤 해도 순위에 지장은 없어?"

"그게—— 잘 모르겠어. 좋지는 않은 것 같아."

절대 높은 순위를 유지하고 있는 게 아니라는 건가. 영향이 없는 범위에서 끝날 수 있을지, 점수를 소비하는 것이 명암을 가르는 길이 될지는 시험이 끝나지 않으면 알 수 없으니.

시라나미도 점수를 써서 자신을 찾으러 오는 행위는 걱정이 되겠지.

역시 기다리는 게 가장 안전한데…… 찾으러 오지 않거나 찾지 못하는 패턴일 가능성도 절대 0이 아니다. 이렇게 되면 내가 텐트를 쓸 수 없기에 밖에서 밤을 보내야 한다. 지금까지 리듬을 무너뜨리지 않고 유지해왔던 페이스가 흐트러지는 원인이 되겠지.

움직이려면 지금……인가.

"체력은?"

"응?"

"걸을 체력은 남아 있어?"

"으, 응. 그건 괜찮은데…….

나는 텐트에서 나오라고 말하고 시라나미를 기다렸다.

"지금 합류할 수 있게 움직이자."

"하지만…… 어떻게?"

"어둠 속을 걸어서 해결될 문제가 아니니까. 이걸 쓸게."

나는 손에 쥐고 있던 태블릿을 보여주었다.

"GPS 검색을 쓰면 어느 방향인지, 그리고 대략적인 거리도 파악할 수 있어."

하지만 그렇다고 해도 합류가 쉽지는 않으리라.

이런 어둠 속에서 숲속을 똑바로 나아가기란 몹시 어려우니까.

시라나미 같은 일반 학생은 GPS 검색을 계속하지 않으면 불가능하다.

"왜, 도와주는 거야……?"

"왜냐고? 이번 시험은 일단 학년별 싸움인 측면이 있으니까."

"하지만 GPS 검색까지 써가면서……."

나로서는 1, 2점쯤 쓰는 건 별로 큰 부담이 아니다.

11위를 넘지 않는 정도의 점수야 언제든 모을 수 있으니까.

하지만 그런 걸 말한들 소용없기에 지금은 제일 그럴듯한 말로 둘러댔다.

"굳이 말하자면…… 이치노세의 반이어서, 일지도 모르겠네."

그렇게 대답한 순간, 돌아본 시라나미의 표정이 조금 굳어졌다.

"……설마──!"

내가 뭐 이상한 말을 했나?

"응?"

"설마 아야노코지, 호나미 짱이랑……."

거기까지 말한 시라나미가 입을 꾹 닫아버렸다.

나는 무슨 말을 하려다 만 건지 뒤늦게 이해했다.

저번에 만났던 이치노세의 반 아이들에게서 들은 것들이 이것저것 떠올랐기 때문이다.

"아무 사이도 아닌데."

선수 치듯 대답했지만, 시라나미의 표정은 여전히 어두웠다.

일단 화제를 끊고 검색했다. 코바시와 타케모토 두 사람의 GPS가 겹친 상태로 표시된 것을 봐서도 아직 함께 있는 건 틀림없어 보였다. 시라나미 그룹을 찾아 걷기 시작했다. 그렇게 10분 정도 코바시 일행의 GPS 반응이 있는 방향으로 걸었을까.

"치히로 짱!"

어두운 숲 사이를 나아가고 있는데, 배낭을 멘 코바시가 우리를 발견했다.

옆에 같은 그룹 타케모토도 역시 배낭을 메고 서 있었다. 배낭 하나를 더 껴안고 있는 모습을 보아 모든 짐을 챙겨서 시라나미를 찾아다닌 듯했다.

곧장 우리 쪽으로 향한 것을 볼 때, GPS 검색을 한 게 유력한가.

결과적으로 다 함께, 일단 내 캠핑 포인트까지 이동하게 되었다.

"고마워, 아야노코지. 치히로 짱을 구해줘서."

"아니, 너희도 결국에는 찾아냈을 건데, 내가 괜한 짓을 한 게 아니라면 좋겠다."

"괜한 짓이라니. 더 멀리 갔으면 다쳤을 수도 있고, 결국은 찾느라 고생했을 텐데."

반이 다른 타케모토 역시도 시라나미를 일찍 찾아 가슴을 쓸어내렸다.

시라나미를 추적하려면 GPS 한두 번으로는 모자랄 가능성이 있다.

"좀 물어보고 싶은 게 있는데, 혹시 무전기 가지고 있어?"

나는 이 타이밍을 놓치지 않고 타케모토에게 말을 꺼냈다.

"응? 무전기? 가지고 있는데?"

다소 고마워하고 있다면 거리낌 없이 빌려줄지도 모른다.

"혹시 괜찮으면 사카야나기랑 연결해줄 수 있어? 좀 걱정되는 D반 애가 있는데 시작 지점에 돌아왔는지 물어보고 싶어서."

"그런 거라면 얼마든지 돕지. 잠깐만 기다려 봐."

싫은 기색도 없이, 그걸로 보답이 된다면 하면서 타케모토가 곧바로 무전기를 꺼냈다.

학교가 제공해 준 무전기는 당연히 디지털 방식이었고, 비밀 대화 모드라고 불리는 기능이 갖춰져 있었다. 말하자면 다른 사람은 수신할 수 없고 특정 인물과만 대화 가능한 기능이다. 이번 시험에서 무전기를 마련한 그룹은 정보 누설을 방지하기 위해 코드를 만들었을 터. 타케모토는 무전기로 사카야나기를 호출했다.

잠시 후 사카야나기가 응답하자, 내게 무전기를 넘겼다.

"잠깐 둘이서만 대화하게 해줘."

세 사람이 흔쾌히 수락하자 나는 고마운 마음으로 거리

를 벌렸다. 물론 허튼짓은 하지 않는다는 것을 어필하듯이 무전기가 보이도록 잡고서. 그리고 잠시 사카야나기와 통화한 나는 타케모토에게 무전기를 돌려주었다.

"이상이야, 사카야나기. 미안하다, 밤중에."

그렇게 말하는 타케모토에게 사카야나기는 짧게 대답했다.

아무 문제 없이 대화가 끝났다는 것을 증명하고 통화를 마쳤다.

"고마워. 덕분에 필요한 정보를 사카야나기에게 얻을 수 있었어."

"그렇다니 다행이네. 그리고 사카야나기가 이걸 아야노코지에게 전해 달라고 부탁하더라."

"아, 고맙다."

나는 타케모토에게서 무전기를 건네받았다.

"고마워할 사람은 우리지, 안 그래?"

"맞아, 고마워, 아야노코지. 도와줘서."

다시 시라나미를 포함한 세 사람이 감사 인사를 했고, 이날은 여기서 넷이 함께 밤을 보내기로 했다.

평소 들을 일 없던 A반과 C반 이야기를 들으면서 나는 잠을 청했다.

○포위망. 코엔지 VS S 프리 그룹

후반전이 되어서도 약해질 줄 모르는 코엔지의 쾌진격. 『10일째』인 오늘까지 나구모 그룹을 바짝 추격하며 점수를 모아왔다. 오늘 시험이 끝난 오후 5시 무렵, 무전기로 대화를 마친 3학년 B반 키리야마는 조용히 눈을 감았다. 상위진의 득점이 공개된 4일째에 코엔지의 이름이 올라온 것에는 다소 놀랐지만, 그때까지만 해도 키리야마와 나구모는 조바심 같은 것을 전혀 느끼지 않았다.

단독인 이상 얼마 되지 않아 한계가 찾아오리라 생각했기 때문이다.

"키리야마. 나구모의 대응이 좀 늦는 것 같지 않아? 원래라면 후반전이 시작되었을 때 독주 태세에 접어들어야 했잖아. 그런데 대처가 늦는 바람에 10일째가 되어서도 결착을 짓지 못하고, 완전히 호각을 다투고 있으니."

3학년 B반 학생인 미키타니가 태블릿을 보여주면서 말을 걸었다. 태블릿에 비친 종합 점수는 나구모 그룹이 236점. 코엔지가 230점. 그 차이는 6. 착순 보수에서 1위를 차지하면 역전도 가능한 위치였다. 대그룹을 만들었고 증원 카드도 있기에 인원은 대폭으로 웃도는 나구모 그룹은 시간 내에 들어가기만 하면 도착 보너스로 7점을 확실하게 확보할 수 있다. 반면 코엔지는 1점에서 그치지만 그만큼 착순 보수를 얻기 쉬운 단독이어서, 모든 그룹을 통틀어 1위의 착순 보수 획득 수를 자랑하고 있었다.

"나구모는 이대로 아슬아슬하게 이길 수 있겠지만 넌 자칫 잘못하면 이대로 3위야. 만약 단독인 2학년한테 지면 서포트 하는 우리의 평가가 단번에 쑥 내려간다고."

키리야마 일행은 현재 총점이 188점. 조금씩 코엔지와 점수 차이가 벌어지기 시작했다.

"그러고 보니 작년에 코엔지가 입학하고 얼마간 소문이 돈 적 있었지. 2학년이랑 3학년한테 친한 척 접근해서 프라이빗 포인트 매수를 넌지시 비췄던 거 말이야. 그때는 어떻게 생각했었어?"

"부자라고 까불지 마라, 하는 정도로만 생각했지."

"학력도 그럭저럭, 신체 능력은 높아 보였지만 눈에 띌 만큼 좋은 성적도 아니었고, 그저 집이 좀 잘 살 뿐인 특이한 학생. 그게 우리 학교 학생들이 갖고 있던 이미지일 거야, 분명."

키리야마의 대답에 미키타니가 고개를 끄덕였다.

"코엔지가 평가받지 못한 최대의 원인은 태도가 언제나 진지하지 않았기 때문이야. 학생의 본분과는 반대로 행동하고, 시험도 처음부터 내팽개치는 자세가 강했으니까."

2학년뿐 아니라 3학년 사이에도 그 사실이 퍼져 있었다.

만약 코엔지가 진지하고 성실한 인간이었다면 나구모는 좀 더 일찍 경계해야 할 적으로 인식했을 것이다. 뛰어나온 말뚝이라며 망치질하는 모습을 볼 수 있었을 거라고 키리야마는 말했다.

"무슨 일이 있었는지는 모르겠지만, 이 무인도 시험에서 코엔지는 말 그대로 진짜 힘을 드러냈어. 그리고 그 결과, 모든 학생 중에 가장 강한 적이 되어버린 거야. 특히 피로가 전혀 느껴지지 않는 힘이 무시무시해. 끝까지 그 상태 그대로 돌파할지도 모르고."

단독으로 움직일 수 있다는 이점을 최대한으로 살리면서, 지칠 줄 모르는 체력으로 쭉쭉 나아가고 있다.

이렇게 되면 3학년도 대처 방법을 고민할 수밖에 없다.

이대로 내버려 두면 코엔지는 틀림없이 상위 세 그룹 안에 들며 시험을 종료할 것이다.

어쩌면 나구모를 잡는 전개가 펼쳐질지도 모른다.

후배에게 지는 것 자체도 문제인데, 단독 그룹에 진다면 역사에 길이 남을 수치다.

반드시 쓰러트려야만 하는 상대다. 한시라도 빨리 처리해야 한다.

물론 거친 방법은 최대한 피해야 할 터.

가령 3학년이 코엔지를 기습 공격해서 다치게 만들어 탈락시킨다면 당연히 문제가 된다.

상위 진입을 막기 위해 힘을 썼다고 하면 심의는 필연적이다.

최대한 원만하게 코엔지를 끌어내려야 한다.

"어떻게 할지 방법은 정했어? 키리야마."

"어. 역시 프리 그룹을 써야겠어."

프리 그룹. 그것은 나구모가 B반에서 D반까지 각 반에서 다섯 그룹씩 선출해 만든 3인 1조 그룹으로, 나구모의 수족이 되어 활동하고 있다. 총 15그룹이고 한 그룹당 두 사람이 지시에 따르는 역할이고 나머지 한 사람은 페널티를 받지 않도록 지정 구역에 들어가는 역할을 맡았다.

요컨대 한 그룹마다 자유롭게 움직일 수 있는 학생이 두 명 있는 셈이다.

"뭐, 그렇게 해야겠지. 얼마나 쓸 건데?"

"내가 담당한 여섯 그룹 전부. 모조리 동원할 거다."

"여섯? 진심이야? 상대는 고작 한 명이잖아, 아무리 많아도 내 그룹까지 합해 네 그룹이면 충분할 텐데. 나머지 두 그룹은 너희 그룹에서——."

그런 미키타니의 말을 끊듯이 키리야마가 말을 이었다.

"위협이 되는 건 코엔지뿐이야. 나머지는 코엔지를 끌어내린 후에 해도 충분히 커버 돼. 득점 열람이 가능한 건 12일 자정까지. 내일부터 이틀 동안 코엔지를 철저히 봉쇄한다. 단독인 코엔지는 한 번이라도 추진력을 잃으면 두 번 다시는 위로 올라오지 못할 테니까."

설령 어느 그룹과 합류한다고 하더라도 마찬가지.

"맞다, 나구모가 달리 신경 쓰이는 그룹이 있다고 말하지 않았어? 남은 그룹을 전부 코엔지한테 쓰면 그쪽에 할애

할 인원이 부족한데."

그 그룹이 어디인지 미키타니는 듣지 못했지만, 상위 10팀 안에 있다면 2학년 류엔 그룹 아니면 사카야나기 그룹, 또는 우토미야가 있는 1학년 그룹 중의 하나이리라.

"그 걱정은 이제 안 해도 되잖아. 나구모의 기우로 끝났다는 말이야."

어느 그룹을 경계했는지 당연히 키리야마는 알고 있다.

하지만 그 그룹은 지난 10일간 한 번도 상위 10팀 안에 들어온 적이 없다.

지금 와서 빠른 속도로 득점한다고 해도 시상대 위에는 도저히 올라올 수 없을 것이다.

"그 점은 나구모가 실수한 거지."

"……웬일일까, 나구모가 그런 판단 실수를 다 하고."

"보이지 않는 망령이 어깨를 붙잡은 거야, 무리도 아니지."

나구모가 유일하게 인정했던 남자, 호리키타 마나부가 남긴 유일한 존재.

전국(戰局)을 훤히 내다볼 수 있는 나구모의 눈이 흐려진 것도 무리가 아니다.

"그럼 여섯 그룹에 코엔지를 맡기고 우리는 하던 대로 점수를 모으기만 하면 된다는 거지?"

"아니, 코엔지를 봉쇄하는 작전의 지휘는 내가 직접 맡는다."

"네가? 효율이 좀 떨어지는 거 아니야? 내가 할게."

현재 3위인 키리야마 그룹이 코엔지의 약진을 막는 데 나선다면 점수에 영향이 미친다.

"너한테 지휘를 맡기라고?"

"난 이번이 『승부처』야. 승리를 결정지은 너와 달리 나구모의 평가를 잘 받아야 한다고. 맡겨주라."

미키타니가 그렇게 부탁했지만, 키리야마는 듣는 척도 하지 않았다.

"그건 안 돼. 프리 그룹을 여섯 개나 움직였는데도 실패로 돌아가면 타격이 크니까."

"하지만 너도 2위 해야 하는 거 아냐? 괜한 데 시간 낭비하지 말라고."

성과에 목마른 미키타니가 집요하게 매달렸다.

"나와 나구모 이외에 코엔지를 막을 수 있는 녀석은 없어. 이 이야기는 이걸로 끝내자고."

그 말을 듣고 미키타니는 미간을 살짝 찌푸리며 기분 나쁜 표정을 지었다. 하지만 키리야마는 미키타니를 보지 않았기 때문에 알지 못했다.

학생 하나를 막으려고 키리야마가 이끄는 여섯 개의 그룹이 저녁 무렵, 갑작스러운 이동을 시작했다.

일반적인 상대라면 모를까, 코엔지의 바닥이 보이지 않는 실력은 키리야마의 눈에도 꺼림칙하게 비쳤다.

문제는 11일째인 내일 아침 7시 시점에 발표되는 지정 구역이 어디인가 하는 점이다.

코엔지가 동서남북 어디로 이동하느냐에 따라 포위망의 범위도 달라진다.

그래서 캠핑 포인트를 잡고 이동을 멈출 저녁 시간대부터 다음 날 아침 7시까지 코엔지를 표적으로 한 포위망을 완성하는 것이 이상적인 흐름이었다.

다행히 코엔지가 현재 있는 B3와 키리야마 무리가 있는 E3는 비교적 가까운 거리에 있었다.

상위 그룹의 득점을 볼 수 있는 것은 12일째가 끝나는 시간까지여서 성과 유무는 내일과 모레, 남은 이틀간밖에 확인할 수 없다. 12일째 종료 시점까지 적어도 나구모와 코엔지의 차이를 30점은 만들어놓아야 했다.

"오늘은 어디까지 진군할 계획이야?"

긴 이동의 시작, 미키타니는 지루함을 달랠 겸 키리야마에게 물었다.

"갈 수 있는 데까지. 야간 이동이 위험한 것은 알지만 못해도 코엔지가 있는 곳 사방으로 1칸 안에는 들어가고 싶어. 아침 7시까지 따라잡을 필요가 있으니까."

한 번 이동을 시작해버리면 잡을 난이도가 두세 배는 올라가 버린다.

"뭐, 이틀이나 있으니 끌어내리는 건 식은 죽 먹기나 마찬가지지만. 우리 쪽은 키리야마 그룹 여섯 명을 포함해서 총 일곱 그룹, 합해서 18명이나 있잖아."

미키타니가 몸을 돌리니 3학년 16명이 보였다.

"방심하지 마라. 숲은 넓어, 놓칠 위험도 있다고."

"2학년치고는 위험한 놈이라는 거 잘 알지만. 그래도 우리보다 어린 건 틀림없는 사실 아니냐."

키리야마도 미키타니도 코엔지의 경이로운 신체 능력을 직접 목격한 적이 없기에 아무래도 정확하게 평가하기 어려웠다. 그래도 몇 개 정도 과제를 같이 했던 3학년들로부터 코엔지의 신체 능력에 관한 정보를 어느 정도 입수한 상태였다.

"신중하게 가자. 놈을 최대의 적으로 인식해라."

"최대라."

역시 미키타니 같은 인간한테는 맡길 수 없다고 키리야마는 속으로 혼자 중얼거렸다.

쓰러트려야 할 적으로 결정했으면 숨통을 확실히 끊을 작정으로 덤벼야 한다.

어중간하게 대응했다간 도리어 자신들이 당하는 쪽으로 전락할 수 있다.

1

다음날, 11일째 아침 6시 반이 지난 무렵.

키리야마 그룹과 미키타니를 포함한 프리 그룹 여섯 팀이 코엔지를 포위하는 데 성공했다.

"상황은?"

"아직 텐트에서 움직임은 보이지 않는 것 같아. 태평하게 자고 있겠지. 컨디션이 안 좋아서 하루 푹 자주면 우리도 편한데 말이야."

미키타니가 프리 그룹 멤버와 이야기를 나누기 시작했다.

"야, 텐트에서 나오기 전에 에워싸고 방해하는 건 어때? 짐을 정리 못 하게 하면 코엔지 놈도 움직일 수 없잖아."

미키타니가 그렇게 제안하자 프리 그룹 멤버들도 그거 편하겠다며 동조했다.

"하긴 정리하는 걸 방해하면 그만큼 지정 구역으로 가는 시간을 늦출 수 있겠지. 하지만 그 장면을 누가 보면 뭐라고 변명할 생각인데? 방해하더라도 노골적으로 드러나는 어설픈 행동은 삼가야 해."

규칙을 어긴다고 해도 위험성은 최대한 배제해야 한다.

"GPS 검색하면 되지, 어차피 버릴 점수는 얼마든지 있으니까."

"우리 태블릿으로는 선생들 위치까지는 파악이 안 돼. 검색이 만능은 아니라는 걸 잊지 마. 당초 계획했던 대로 코엔지가 텐트를 정리하고 이동하려고 할 때 움직인다. 만약 1학년이나 2학년 또는 과제를 준비하러 가는 어른들을 맞닥뜨리게 되면 그 즉시 코엔지로부터 2m 이상 거리를 벌리고."

서로가 닿는 거리까지 좁혀서는 안 되다고 키리야마가

못 박았다.

7시가 다 되어 가자, 마침내 상황에 변화가 찾아왔다.

"움직이기 시작했어, 코엔지가."

이들이 감시하고 있음은 꿈에도 모르는지, 콧노래를 흥얼거리며 텐트를 정리하기 시작했다. 7시가 되기 전에 출발 준비를 끝낸 듯했다.

그리고 태블릿을 들고 7시 시험 개시를 기다렸다.

"가자."

나가기에 최고의 타이밍이라고 판단한 키리야마가 코엔지 쪽으로 걸음을 뗐다.

조금 거리를 두고 뒤따르는 미키타니와 프리 그룹 멤버들.

조용히 접근하는 키리야마 무리의 존재를 아는지 모르는지, 코엔지는 태블릿을 끊임없이 만지며 고개를 들 기색조차 보이지 않았다. 총 18명에게 포위당한 후에도 그 태도는 변함없었는데, 마치 주위가 눈에 보이지 않는 듯 행동을 계속했다.

알고 있으면서 모르는 척하고 있다고 판단한 미키타니가 바짝 다가가려고 하자, 키리야마가 눈빛으로 가볍게 말렸다.

"잠시 시간 좀 내주실까, 코엔지."

이름을 불렀는데도 코엔지는 시선을 태블릿에 둔 채 고개를 들려고 하지 않았다.

"나한테 무슨 볼일?"

선배를 대하는 태도라고는 도저히 볼 수 없었지만, 키리야마는 조금도 화내지 않고 말을 이었다.

"이번 특별시험에서 네가 이 정도로 활약할 줄은 몰랐다. 그렇게 실력이 있었으면서 왜 지금까지 진지하게 하지 않았지?"

"그게 지금 여기서 말할 내용인가? 곧 있으면 아침 7시야, 그대들도 어서 지정 구역으로 갈 준비를 해야 하지 않을까?"

"알잖아, 코엔지. 넌 점수를 지나치게 많이 받았어."

하나도 못 알아듣겠다는 말투지만, 사실은 그렇지 않을 거라며 키리야마가 말했다.

"오늘 하루, 넌 이 자리에서 움직이지 않았으면 좋겠다."

"나보고 점수를 벌지 말라…… 그 소리인가?"

"맞아."

당연히 그런 말을 듣는다고 코엔지가 고개를 끄덕여 줄 리가 없었다.

"그대가 누구인지는 모르겠지만 무리인 부탁이라는 건 조금만 생각해도 알 수 있는 일. 그런데도 여기에 우르르 몰려왔다는 건…… 내가 받아들이지 않았을 때는 이동을 방해하기로 각오했다는 거겠군?"

"이대로 특별시험을 계속해봐야 넌 1위 못 해. 단독인 너와 달리 1위 나구모는 7명 그룹이고, 지금 3위인 우리 그룹도 6명이다. 네가 거기까지 올라간 건 인정하지만 이제 많이 지쳤을 후반전, 획득 가능한 점수도 점점 줄어든다고 봐야지."

"그럼 나한테 상관 안 해도 되지 않나?"

"만일의 경우라는 게 있으니까. 그리고 단독인 너와 상위를 놓고 경쟁한다는 것 자체가 3학년 입장에서 받아들이기 어려워. 물론 순순히 따르면 너도 나쁘지 않을 거야. 학생회장인 나구모를 네 편으로 만들면 앞으로의 학교생활이 훨씬 안정적일 수 있어."

강경 수단으로 제압당할 것인가, 순순히 따라서 나구모의 은혜를 입을 것인가라는 두 가지 선택을 코엔지에게 제시했다.

마침 7시가 되어 태블릿에 11일째의 첫 지정 구역이 표시되었다.

그것을 확인한 코엔지는 배낭에 천천히 태블릿을 넣었다.

움직일지 움직이지 않을지, 키리야마 무리가 상황을 지켜보고 있는데.

"난 서둘러야 해서 이만 실례."

거부와 동시에 코엔지가 재빠르게 몸을 움직여 프리 그룹 사이를 뚫고 달려 나갔다.

"야, 야!"

포위했다지만 사람이 지나갈 정도의 여유는 충분히 있었는데, 그 틈을 노린 것이다. 키리야마까지 포함한 모두가 털끝만큼도 방심하지 않았다고 하면 거짓말이리라. 3학년의 명령을 무시하고 도망칠 확률은 낮다며 안이하게 생각했었다.

"쫓아!"

그렇게 소리치는 미키타니였지만, 그러는 사이에 코엔지는 숲속 깊이 모습을 감추었다.

"당황하지 마, 코엔지의 페이스에 말리면 우리만 골치 아파."

"지금 느긋하게 굴 때야?! 놓쳤는데!"

"착순 보수는 딸 수 있을지 몰라도 거기까지야. 만약 코엔지가 도망치는 쪽을 선택했다면 여유롭게 과제에 참가하기 힘들어지지. 반대로 당당하게 과제에 참가하려고 하면 거기서 잡으면 되고."

코엔지가 어느 구역으로 향했는지 달아난 방향만으로 단정 짓는 것은 위험하지만, GPS 검색이 있는 이상 완전히 숨기란 불가능하다는 것을 키리야마는 잘 이해하고 있었다.

그래도 불안한지 미키타니는 뛰다시피 코엔지의 뒤를 쫓기 시작했다.

2

미키타니를 선두로 키리야마 무리와 프리 그룹은 코엔지를 추적했다.

"코엔지의 위치는?"

"그게, 아까부터 전혀 움직이질 않아. 세 번 검색했는데 계속 그대로야."

휴식 시간도 아닌데 전혀 움직이지 않는다는 것은 부자연스럽다.

이해할 수 없는 코엔지의 행동이 뭔가 싶어서 키리야마도 태블릿을 들여다보았다.

"근처에 과제가 뜬 것도 아닌데."

"어. 그리고 앞으로 200m 정도만 더 가면 코엔지를 따라잡을 수 있을 것 같아."

"이번에는 방심하지 말고 확실하게 몰아붙인다. 알겠지?"

"당연한 소리."

코엔지를 놓치긴 했지만, 쫓은 지 약 6시간이 지나서 의외의 형태로 다시 보게 되었다.

그가 움직이지 않았던 이유는 한낮임에도 불구하고 자고 있었기 때문이다.

3학년들은 어이가 없어서 서로 얼굴을 마주 보았다.

대표로 미키타니가 다가가 코엔지의 얼굴을 내려다보면서 거칠게 말을 내뱉었다.

"일어나라, 코엔지. 도망쳐놓고 낮잠이라니 참 한가롭군. 아니면 열흘이 넘도록 전력으로 뛰어다니는 바람에 기진맥진해서 안 잘 수가 없었나?"

자고 싶지 않아도 잘 수밖에 없었다.

도망치는 와중에 잠들어버린 이유를 생각해보니 미키타니는 그것밖에 떠오르지 않았다.

천천히 눈을 뜬 코엔지가 조용히 미소 지었다.

"당연하잖아? 나도 그대들과 똑같은 인간인데."

"그럼 그대로 오늘 하루 얌전하게 쉬어라. 피로가 이렇게 많이 쌓였잖아? 선배들의 친절한 충고에 귀를 기울이는 거야."

"오늘 하루 쉬라고? 이상한 소리를 하네."

포위당한 상황에서도 당황하지 않고 코엔지가 자리에서 일어났다.

코엔지가 누워있을 때는 미키타니가 내려다보고 있었는데, 키 180cm가 넘는 코엔지가 일어서니 시선이 자연스레 역전되었다.

눈에 활력이 넘치는 것이, 조금 전 코엔지보다도 훨씬 커 보였다.

"……무리하지 마라. 조금 쉰다고 피로가 다 풀리면 누가 고생하냐?"

위압을 느끼면서도 강한 어조로 몰아붙이는 미키타니.

"걱정할 필요 없어. 내 체력은 이미 퍼펙트하게 회복되었으니까. 일반인이랑 똑같이 생각하면 곤란하다고."

단순한 허세 같기도 했지만, 키리야마는 여유를 보이는 코엔지에게 입을 열었다.

"확실히 쌩쌩해 보이긴 하네. 하지만 미키타니가 말한

대로 넌 열흘 넘게 누구보다도 전력을 다해 달렸어. 착순 보수 1위를 계속해서 받은 걸 봐도 의심할 여지가 없지. 하지만 아무리 상식에서 벗어난 힘의 소유자라도 이미 예전에 한계를 맞이했을 텐데."

"한계를 맞이하는 건 상식에서 벗어난 사람이 아니라고 난 생각하는데."

"그러니까 넌 아직 한계가 오지 않았다는 말인가?"

의심하는 키리야마에게 코엔지가 바로 대답했다.

"난 초 쇼트슬리퍼거든. 극단적으로 렘수면이 적은 체질이지."

"뭐? 렘수면이 적어서라니 뭔 소리야. 안 그래?"

코엔지의 발언에 그렇게 쏘아붙이는 미키타니였는데, 여기서 처음으로 키리야마의 표정이 굳었다.

"쇼트슬리퍼라……. 그게 사실이라면 중대한 문제인데."

"무슨 말이야, 키리야마."

"사람의 하루 평균 수면 시간은 7시간에서 8시간 정도가 이상적이지. 건강을 유지하는 데 있어서, 그 이상도 그 이하도 쾌적한 수면이라고 말할 수 없거든. 하지만 쇼트슬리퍼는 6시간 미만을 자도 건강을 유지할 수 있는 체질이야."

수면은 렘수면과 비렘수면의 반복이다. 렘수면이란 이른바 뇌가 활동해 깨어 있는 단계. 반면 비렘수면은 뇌가 잠자고 있는 상태다.

쇼트슬리퍼는 렘수면 시간이 적기 때문에 조금만 쉬어

도 뇌와 몸이 충분한 휴식을 취할 수 있다.

"당당하게 자기에 이상하다고 생각했는데 그런 이유 때문이었나……."

범상치 않은 체력을 가진 코엔지라도 장기간에 걸친 힘든 이동과 과제를 거듭하다 보면 피로가 점점 쌓이게 된다.

지정 구역 도착 후 남은 시간과 과제가 가까이에 없는 시간.

이때 푹 잠으로써 코엔지는 높은 수준으로 체력을 유지하는 데 성공했다.

초 쇼트슬리퍼라는 발언이 정말이라면 코엔지는 체력이 일반인을 능가할 뿐만 아니라 회복력 역시 상식에서 벗어났음을 의미한다.

이제야 비로소 키리야마는 조금씩 초조해지기 시작했다.

페이스 배분을 고려하면서 움직이지만, 누구나 피곤을 느끼기 마련이다.

걷는 것만으로도 다리는 쉬고 싶다고 비명을 지르고, 더는 시험을 치르고 싶지 않다며 포기하고 싶어진다.

그것이 학생들의 마음속 깊은 곳에 자리 잡은 공통 인식이다.

그런 전제가 있기에 코엔지를 봉쇄하는 것이 어렵지 않으리라고 생각했다.

그런데 전제가 무너졌다면——.

"그런데 아직도 나한테 볼일이 있나?"

"체력이 있든 없든 상관없어, 얌전히──."

짜증이 난 미키타니가 코엔지에게 명령하려는데 키리야마가 도중에 끼어들었다.

"딱히 용건은 없어, 우리는 신경 쓰지 마라."

직접적 표현을 최대한 피하고 원만하게 일을 진행하려고 했다.

그런 미적지근한 태도에 미키타니는 불만을 느꼈지만 일단 따랐다.

"후후, 말은 그렇게 하면서 꽤나 호전적인 태도인데."

3학년의 충고 또는 위협을 조금도 개의치 않았다.

대화를 나누는 사이 세 번째 지정 구역이 발표되자 코엔지는 태블릿을 확인한 후 곧바로 그 방향으로 걷기 시작했다.

"충고 따위를 들을 놈이 아니라고, 키리야마."

"그럴지도 모르지."

"그리고 초 쇼트슬리퍼고 어쩌고 지껄였지만 백 퍼센트 뻥이야."

하지만 이미 많은 학생이 페이스가 떨어지는 가운데, 코엔지는 초기부터 거의 변함없이 좋은 페이스를 유지하고 있다. 매일 쉬지 않고 몸을 단련하고 있는 것은 분명했고, 무인도 특별시험 역시 트레이닝으로 여기고 있을 뿐이다. 그런 식으로 분석했다.

"어쩔 수 없군, 전략을 바꾼다. 과제를 못 하게 막는 거야."

여기서 마침내 키리야마도 결단을 내려, 모두에게 코엔지를 궁지로 몰아넣도록 지시를 내렸다.

하지만 그 내용에 불만이 있었는지 미키타니가 입을 삐죽거렸다.

"지금 지휘를 맡은 사람은 나야. 혼란 주지 마라, 미키타니."

"쳇……."

늘 마이페이스인 코엔지에 곤혹스러워하면서도 3학년들은 넓게 퍼져 작전에 들어갔다.

18명이 삼각형 모양으로 진형을 짜고 그 중심에 코엔지를 두었다.

또 키리야마는 무전기로 연락을 주고받으며 동료를 불러냈다.

앞으로 무슨 일이 벌어질지 생각조차 하지 않고 코엔지는 계속해서 걸었다.

행동을 그만하거나 걸음을 멈추지 않았다.

키리야마가 세운 계획은 총 세 가지. 첫 번째는 단순히 말로 설득해 코엔지가 1위를 포기하게 만드는 것. 물론 그 과정에서 몇 명 정도 포위해 압박 등을 하는 방법도 포함되어 있었다. 그리고 두 번째 작전은 제지해도 듣지 않고 행동하는 코엔지를 포위한 채 이동하는 것. 마지막 세 번째는 코엔지가 노리는 과제를 선수 치는 것.

프리 그룹 여섯 팀에 키리야마까지 총 일곱 그룹이 방해하면 필연적으로 과제 참가의 문턱이 몹시 높아진다. 게다가 코엔지를 망하게 하기 위해서만 전원이 움직인다면 과제 승률을 낮추는 것 역시 가능하다.

과제는 각각 참가 조건이 다르지만, 패턴은 정해져 있다. 『각각 인원수만큼 참가 가능한 것』, 『그룹 단위로 참가 가능한 것』. 이 두 가지.

후자의 경우 그룹이 전원 모인 게 아닌 프리 그룹은 참가 조건을 만족하지 못하지만, 어차피 그룹 단위로 참가 가능한 과제는 기본 두 명 이상인 것이 대부분. 요컨대 단독으로 움직이는 코엔지는 혼자서도 참가 가능한 조건의 과제만 할 수 있기에 이 자리에 있는 3학년들도 참가 자격이 똑같은 셈이다.

얼마간 차분하게 따라붙던 3학년들은 조금씩 초조한 마음이 들기 시작했다.

코엔지의 걸음 속도는 남이 보기에 경보나 다름없을 정도로 빨라서 쫓아가는 것만으로도 체력 소모가 상당했다. 단순히 같은 속도로 걷기만 할 뿐인데도 강한 피로감이 몰려왔다.

익숙하지 않은 보행 속도에 억지로 맞춰야만 했기에 금세 지친 것이다.

차라리 뛰어주는 편이 나을 정도다.

"코엔지! 센 척하지 말라고!"

객기 부리는 것뿐이라고 생각한 미키타니가 짜증 나서

소리쳤다.

"쯧쯧, 시끄럽네. 그럼 속도를 조금 올려볼까."

그 말과 함께 코엔지가 다시 달리기 시작했다.

"이번에는 놓치지 마! 포위해!"

거리를 두고 뒤쫓던 3학년들이 동시에 코엔지를 압박했다.

하지만 코엔지는 갇히기 전에 포위망을 단숨에 빠져나갔다.

"말도 안 돼——!"

그런 3학년들의 목소리가 바람에 실려 사라졌다.

달리기 시작한 코엔지의 다리는 마치 잘 정비된 운동장이라도 뛰듯이 가벼웠다.

게다가 육상선수도 울고 갈 속도로 나무 사이를 헤치고 달려 나갔다.

열두 명으로 구성된 프리 그룹 멤버는 대부분 체력에 자신 있는 사람들.

OAA상의 신체 능력은 모두 B 이상.

많은 과제를 독점하기 위하여 나구모와 키리야마가 모은, 이른바 병사들이었다.

"쫓아! 절대 놓치면 안 돼!"

"잠깐, 미키타니, 네 멋대로 굴지 마!"

"시끄러워! 두 번 놓칠 것 같아?! 잡아서 억지로 끌고 와 눕혀버려!"

미키타니는 지시를 무시하고 코엔지를 뒤쫓았다.

"멍청한 놈⋯⋯."

쫓아갈지 순간 망설였던 키리야마는 냉정하게 태블릿을 보며 전략을 수정했다.

코엔지가 아무 의미 없이 뛰기 시작했다고 보기는 어렵다.

지정 구역을 노리는 건지 과제를 노리는 건지 파악했다.

"근처에 코엔지가 참가할 수 있는 과제는 E3 한 군데. 하지만 보수는 1위가 8점인가⋯⋯. 착순 보수 1위인 10점을 최우선으로 삼아도 이상하지 않은데⋯⋯. 놈의 지정 구역이 어디지?"

방향으로 봐서는 D4가 유력하지만, 그곳이 아니라 랜덤 구역일 수도 있다.

"⋯⋯분석이 쉽지 않은 상대로군."

사고가 뒤죽박죽하고 이론이 통하지 않는 상대라는 것을 키리야마는 통감했다.

3

결국 코엔지가 노렸던 곳은 E3의 과제였다.

순식간에 목적 과제에 도착해 참가 접수를 마치고 바로 이동을 멈췄다.

몇 분 늦게 미키타니 무리가 코엔지를 따라잡았다. 하지만 코엔지 뒤에 한 사람이 접수하면서 정원이 다 차, 과제가 끝나기만을 기다릴 수밖에 없었다. 과제는 『영어』 테스트. 1학년부터 3학년까지 참가자가 섞여 있지만, 내용 수준은 통일되었다.

결과적으로 3학년 중에서도 수재로 평가받는 도미치가 1위를 차지했는데, 근소한 차이로 코엔지가 2위를 획득. 4점을 따냈다.

교사들의 보는 눈이 있기에 미키타니 무리는 코엔지가 과제 장소에서 벗어나자마자 포위할 계획이었는데, 감시의 눈이 멀어지기도 전에 코엔지가 먼저 달리기 시작했다.

도저히 쫓아갈 수 없는 속도의 코엔지를 따라가기에만 급급했다.

미키타니 무리가 다음으로 코엔지를 에워싼 것은 세 번째 지정 구역에 도착한 오후 3시 전.

세 번째 포위에 성공했다.

"그대들도 참 용쓰는구나."

"우리도 지금 남들 눈 신경 쓸 때가 아니야!"

11일째, 과제란 과제는 모두 선수 치려고 했는데 한 번도 성공하지 못했다.

3학년의 자존심이 산산조각 났다고 말해도 과언이 아니다.

그 결과를 알면 나구모는 몹시 실망하겠지.

이렇게 된 이상 원만이라는 단어는 아무 의미도 없다.

"이게 마지막 경고다, 코엔지."

키리야마는 프리 그룹에 코엔지를 포위하라고 명령한 후 그렇게 선고했다.

"내일 하루만이라도 좋아. 우리 말에 따라 아무것도 하지 말고 가만히 있어라. 요구는 그것뿐이다."

하루만 잡아둔다면 나구모는 1위인 채 확실하게 거리를 벌릴 수 있다.

중요한 것은 코엔지가 또 1위를 하지 않는 데에 있다.

"야, 나구모는 이틀 동안 붙잡아두라고 했는데……! 내일이랑 모레여야 하는 거 아니야?"

"모레는 더 이상 상위 그룹을 확인할 수 없어. 맹추격할 그룹은 없겠지만, 누군가를 붙잡아두는 것보다 자기 점수를 늘리는 데 집중해야지."

이건 코엔지의 상황을 가까이에서 본 키리야마의 독단이었다.

"코엔지에게 총 사흘이나 할애하는 건 좋은 방법이라고 할 수 없잖아."

"그럼 최소한 감시라도 붙여서 이틀간 발을 묶으면 되잖아!"

"그걸 코엔지가 받아들일 것 같아?"

하루만이라면 코엔지는 상위 2위나 3위를 유지할 가능성이 충분히 있다.

하지만 이틀이나 가만히 있으면 시상대에서 내려올 위험도 생기고 만다.

"지는 상황을 순순히 받아들일 리도 없어."

"그건 하기 나름이지."

불만을 품고도 키리야마를 따르던 미키타니가 여기서 결국 반기를 들었다.

"……너는 할 수 있다고?"

"할 수 있어. 내가 해내면 나한테 A반행 티켓을 주는 거다."

그렇게 말한 미키타니는 키리야마를 밀어내듯 한 걸음 앞으로 나왔다.

그리고 코엔지에게 말했다.

"이야기 들었지? 내일이랑 모레, 너는 여기서 가만히 있어야겠다."

"그런 부탁인가?"

"아니, 명령이야."

"들어줄 수 없는 부탁인데, 거절하면 어떻게 되지?"

"최악의 경우 넌 퇴학당하게 되겠지."

그렇게 말한 미키타니가 멤버 몇 명을 이끌고 코엔지에게 접근했다.

말로 하지 않았지만, 폭력을 써서 제압하리라는 것은 불 보듯 뻔했다.

그런 위협에도 코엔지는 여전히 기분 나쁜 미소를 머금은 채 3학년들이 어떻게 나오는지 지켜보았다.

"대답하지 않는 건, 따르겠다는 걸로 받아들여도 되나?"

"난 아무도 안 따를 건데."

"그럼 따를 수밖에 없도록 만들어 주마. 그래도 되겠지? 키리야마."

"코엔지가 따를 때는 네 판단에 맡기지."

미키타니는 비웃으며 강경한 자세를 무너뜨리지 않았다.

하지만 11일째 마지막 지정 구역이 발표됨과 동시에 코엔지가 자리에서 일어났다.

그 모습을 보고 당황한 미키타니도 직접 지시를 내리고 그를 에워쌌다.

"말했잖아. 여기 가만히 있으라고."

살이 닿을 정도로 가까운 거리여서 코엔지가 이동하려면 억지로 3학년들을 밀어내는 수밖에 없었다.

"아름다운 상황이라고 말하기 어렵군. 남자한테는 취미 없는데."

"그럼 어떻게 할래. 만약 네가 뚫고 나가려 한다면 선전 포고로 받아들이겠다."

"후후, 그래?"

코엔지가 웃으면서 한 발짝 앞으로 나왔다.

물론 그 큰 한 걸음은 눈앞에 있는 미키타니와 닿기에 충분했다.

하지만 힘으로 어떻게 하려는 행동은 보이지 않았다.

그냥 평소대로 걸었기 때문에 어깨와 어깨가 충돌하는 형태가 되었다.

요컨대 손을 들지 않고 힘으로 강경 돌파하려는 시도.

들이받기로 볼 수도 있었지만, 미키타니는 체구가 좋아 버티기에는 자신 있었다. 다리가 빠른 것과 힘은 별개의 문제임을 증명할 좋은 기회였다.

"윽!"

하지만 큰 바위에 서서히 부딪히는 듯한 감각을 맛본 미키타니는 정신을 차렸을 땐 마치 길을 터주기라도 한 듯 옆으로 밀려나 있었다.

반면 코엔지는 장애물에 걸린 느낌조차 없이 유유히 걷기 시작했다.

"야, 기다려!"

미키타니가 허둥지둥 코엔지의 어깨를 붙잡았지만 어중간한 힘으로는 그를 멈추게 할 수 없었다.

여기서 두 눈 빤히 뜨고 코엔지를 보내버린다면 바보 같은 전개만 반복하게 될 것이다.

그렇게 판단한 미키타니가 저항했지만 코엔지의 다리는 멈출 줄 몰랐다.

키리야마에게 그런 모습을 보인 미키타니는 혀를 찬 후 작전을 바꿨다.

멤버 하나를 불러서 둘이 함께 코엔지에게 달려들었다.

질질 끌려가는 형태로 코엔지의 발 묶기에 동참한 모로오카의 자세가 무너졌다.

그리고 과장되게 넘어지더니 아프다며 데굴데굴 굴렀다.

그 모습을 보자마자 미키타니는 정면을 가로막아 코엔지의 걸음을 강제로 멈춰 세웠다.

"으아악! 팔 부러진 것 같아!"

축구 선수의 할리우드 액션처럼 빽빽 비명을 질러대는 모로오카.

"사고 쳤군, 코엔지. 모로오카가 다쳤잖아."

"꼭 자해 공갈단 같군."

"네가 뭐라고 지껄이든 모로오카를 넘어뜨린 사실은 달라지지 않아."

입장이 역전되기라도 했다는 듯, 모두 코엔지를 놓치지 않으려고 단단히 포위했다.

조금 전까지 소극적이었던 전략은 종적을 감추었다.

"역시 나로서도 간과할 수 없는 전개가 된 것 같군. 자, 어떻게 할까."

"우리 선배들을 때려눕혀서라도 가겠다는 표정이네. 하지만 조금이라도 건드렸다간 문제가 더 커질걸?"

건드릴 수 있을 리 없지, 하고 미리 못 박았다.

하지만 코엔지는 그 말을 부정하지 않고 미키타니의 뒤를 이어 말했다.

"난 내 진격을 막는 인간을 봐줄 생각이 없어. 하물며 이를 드러내고 덤빈다면."

폭력도 불사하겠다는 대답에 미키타니의 표정이 순간 굳었다.

"우리가 학교에 신고하면 어떻게 될까?"

"어떻게 되고 자시고 다수가 후배 하나를 밟으려고 한 너희 3학년의 이름에 오점이 새겨지게 될 뿐 아닐까?"

미키타니 무리의 손목시계가 정상적으로 움직이고 있음은 확인할 것까지도 없었다. 그렇지 않다면 코엔지보다 먼저 과제 엔트리에 들려는 노림수 자체가 성립할 수 없으니까.

"슬슬 비켜주실까? 그대들을 상대하느라 착순 보수 획득에 그늘이 지기 시작했으니."

지정 구역이 발표된 지 벌써 10분 이상 지났다.

라이벌들은 속속 코엔지가 가야 할 지정 구역으로 가고 있겠지.

지금부터 반격하면 1위를 차지하는 것도 가능하겠지만, 어떻게 될지 불투명하다.

"미안하지만…… 못 가."

굳은 결의를 바탕으로, 미키타니가 코엔지와의 싸움도 불사하겠다고 말했다.

"계속 친절하게 대해줄 수 없다고, 나도."

"그러니까 나에게 이를 드러내겠다는 건가?"

지금까지 코엔지의 존재감에 정신을 빼앗겼던 3학년들은 이제야 자신들의 역할을 떠올렸다. 다수가 후배 한 명을 에워싸는 한심한 그림이라는 것을 알았지만, 그게 살아남기 위한 유일한 방법이라면 체면을 차릴 때가 아니었다.

원래라면 그런, 더는 물러설 데 없는 분위기를 상대도

느끼게 되기 마련이지만 코엔지는 달랐다.

자신 이외에는 흥미 없는 이 남자는 여기서 어떻게 대처하는 것이 아름다운 전개가 될까만 생각했다. 무인도 생활 중에도 손질을 게을리하지 않았던, 여자들에게도 뒤지지 않는 찰랑거리는 금발. 살짝 엉클어진 앞머리를 살짝 만지며 미소 지었다.

그 모습에 순간 공포를 느낀 미키타니가 거리를 벌렸다.

"타임 이즈 매너, 얼른 덤벼."

싸움 태세를 갖춘 코엔지가 두 팔을 천천히 펼치고, 3학년들의 공격을 받아들이는 동작을 취했다.

"괜찮은 거지? 미키타니. 진짜로 해버려도."

"……그래. 여차하면 코엔지랑 같이 자폭하는 것뿐이야. 하자!"

함성과 동시에 3학년 학생들이 일제히 코엔지에게 달려들었다.

한 명이 등 뒤에서 날갯죽지를 조르려고 해서 나머지 두 사람은 정면과 왼쪽을 맡았다.

언뜻 보기에는 동시에 덤빈 만큼 코엔지가 대처하기 어려울 것 같았지만, 사실 이 세 사람은 특별히 싸움을 잘하지도 않았고, 손발이 잘 맞는 것도 아니었다.

단순히 같은 타이밍에 코엔지에게 달려들었을 뿐.

아무도 진심으로 때리려고 하지 않는, 구태여 말하자면 나 말고 다른 애가 때리겠지 하는 사고가 중심이었다.

코엔지가 그 모든 공격을 아름다운 스텝으로 피하면서, 깜짝 놀란 3학년들끼리 정면충돌했다.

"앗, 야, 정신 똑바로 안 차려?!"

"너나 차려!"

환상의 콤비와는 거리가 멀었다. 3학년들이 으르렁대며 서로를 탓했다.

"야! 다들 본질을 잊지 말라고. 코엔지를 노려야지!"

여기서 싸움에 익숙한 미키타니가 자폭하는 멤버들에게 소리쳤다.

4

잠시 후, 코엔지의 주변에는 힘이 다 빠진 3학년들이 무릎을 꿇고 거친 숨을 내쉬고 있었다.

한 번도 주먹을 휘두르지 않고 공격을 계속 무효로 만들자, 좌절해버린 것이다.

"하아, 하아…… 젠장, 뭐야, 너……. 진짜 괴물이었네. 아니 아까도 우리를 따돌리는 게 더 간단하지 않았어……?"

미키타니가 겁먹고 뒤로 물러섰을 때도 얼마든지 빈틈을 뚫고 나갈 수 있었음을 알아차렸다.

"언제까지고 계속 따라붙으면 성가시니까. 낙엽이 계속 내 뺨을 때리는 건 기분 좋은 일이 아니거든."

그 말을 들은 키리야마는 이 괴로운 상황에서도 당황하지 않고 분석했다.

"그렇군. 하긴 미키타니는 너를 끝까지 쫓을 각오였으니까. 이 정도로 압도적인 실력 차이를 보여주면 마음이 꺾이겠지. 그나저나 반격도 하지 않고 상대를 좌절시키다니 정말 대담하다. 그렇게 마음먹는 것도, 실천으로 옮길 수 있는 것도 너뿐일 거다."

지정 구역의 착순 보수를 버려서라도, 여기서 3학년의 반격의 싹을 자른다.

그렇게 판단한 코엔지에게 키리야마 무리는 허를 찔리고 말았다.

"괜찮아? 미키타니."

"아, 어어. 다친 데는 없어…… 으윽."

넘어지고, 자폭하는 형태로 땅에 처박힌 학생도 있었지만 대부분 크게 다친 곳은 없었다. 기껏해야 손이 살짝 긁힌 선에서 그쳤다.

압도적인 힘 앞에 주먹을 휘두를 것도 없이 차이가 드러난 것이다.

"나는 이만 갈 건데 상관없겠지?"

"마음대로 해, 코엔지."

"그럼 실례. 아듀."

더는 아무도 막지 못하고, 코엔지가 가버렸다.

그 후 미키타니가 상처 입은 마음으로 중얼거렸다.

"뭐야, 쟤. 진짜로 고등학생 맞아?"

"계산대로 되지 않는 상대는 언제 어디든 있기 마련이야. 나구모처럼."

"결국 우리는 죽을 때까지 이렇게 땅만 기어야 하는 거냐."

한심한 자신의 모습에 화가 나서 주먹으로 땅을 쳤다.

"저런 또라이 후배한테! 바보한테까지! 당하고! 젠장! 젠장!"

"우리의 싸움은 아직 끝나지 않았어."

이제 모습이 보이지 않게 된 코엔지가 사라진 방향을 응시하면서 무전기를 들었다.

"너, 내 실패를 나구모한테 보고할 생각이야?"

"그렇게 해서 뭘 얻겠어. 난 이미 승리하기로 작정한 인간이야."

"그, 그랬지."

"걱정하지 마, 미키타니. 코엔지가 규격에서 벗어났다는 건 애초에 예상했어. 하지만 어떤 상대든 반드시 약점은 있지. 큰 것은 작은 것을 대신할 수 있다잖아."

미키타니는 키리야마의 말에 왠지 고마움을 느끼면서 조용히 고개를 끄덕였다.

한편 키리야마는 처음부터 일이 이렇게 되리라는 것을 예상했기 때문에 조금도 동요하지 않았다.

확실하게 장애물을 배제했다고 확신하고 있는 코엔지의 허를 찌르는 전략.

다수가 방해했지만 실질적 피해는 거의 입히지 않았다. 그 결과 코엔지는 3학년 따위 별거 아니라는 인상을 강하게 갖게 되었으리라. 그것이야말로 키리야마의 노림수였다.

5

11일째 오후 5시 전. 마지막 지정 구역 J10에 아슬아슬하게 도착한 나는 펼쳐진 경치에 순간 시선을 빼앗겼다. 과제를 통해 득점과 물품을 모으는 것은 중요하지만, 그 이상으로 신경 쓰는 부분은 점수 조절. 항상 11위 부근을 유지하는 게 의외로 어렵다. 지정 구역에 들어가서 페널티를 받지 않아야 하고, 10위의 득점에 맞춰서 달라붙듯이 점수를 받아야 한다.

시험 10일째였던 어제는 F4 다음으로 세 번째 기본 이동이 랜덤 지정되어 B9이 발표되는 바람에 일찌감치 단념했다. 다음 네 번째도 C9여서 가지 못하고 두 번 연속으로 패스했다. 오늘 아침 첫 번째 기본 이동인 C8에서 어떻게든 만회해 페널티를 피하기가 무섭게 그다음은 랜덤으로 H9 구역이어서 제때 도착하지 못했고, 다시 I9으로 만회하는 빡빡한 시간이 이어진 하루였다.

한 번이라도 장거리를 움직여야 하는 구역이 지정되면, 그에 휘둘리게 되고 만다.

전체 득점이 늘지 않는 가장 큰 이유를 새삼 통감했다.

힘든 비탈길, 돌 많은 길을 지나 도착한 J10이었는데 앞에서 대화를 나누는 남녀의 목소리가 들려왔다.

바람을 타고 와 제대로 들리지는 않지만, 왠지 귀에 익숙한 목소리였다.

아는 사람일지도 모른다는 생각에 살짝 엿보기로 했다.

그 목소리는 서쪽, 즉 바다 방향에서 나고 있었다.

그곳에서 나는 한 그룹과 조우했다. 2학년 B반 여자 셋으로 구성된 그룹이었는데, 멤버는 이소야마 나기사, 모로후지 리카, 시이나 히요리였다.

……그리고 2학년 다른 그룹 세 명도 있었다. 이렇게 본 것은 시험 시작 이후 처음인가.

이시자키 다이치, 니시노 타케코, 츠베 히토미였다.

테이블이 다를 텐데 이번에 지정 구역이 겹쳤나?

"어머? 아야노코지 군이네요."

다섯 명은 한창 대화를 나누는 중이라 나를 아직 보지 못하고, 내 앞에 있던 히요리만 알아차렸다. 눈이 마주치자 손을 흔들었다.

"생각보다 기운 있어 보이네."

"다들 열심히 해주고 있거든요. 그룹 최대 인원수는 여섯 명까지 늘어났어요."

그렇게 해서 이시자키 무리랑 합류했다는 건가.

솔직히 능력 면에서는 부족한 학생도 많지만, 히요리는

두뇌 쪽으로 크게 공헌할 수 있을 테니까. 그 부분으로 돕겠지. 다만 그만큼 신체 능력은 빈말이라도 높다고 말하기 어렵다. 그룹 멤버들을 따져볼 때 기능적으로 균형을 잘 이루고 있는 셈이다.

"처음부터 이시자키 무리랑 합류할 계획이었어?"

"네. 합류 우선순위가 몇 군데 있었는데 그중 한 그룹이에요."

부정하지 않고 인정하면서 바라본 쪽에는 이시자키 무리가 피로를 풀 듯이, 곧 지기 시작할 해를 보며 담소를 나누고 있었다.

기본적으로 2학년 B반으로만 구성된 그룹이어서 사이는 좋을 것 같았다.

유일하게 다른 반인 츠베 역시 잘 융화되어 있었다.

"아야노코지 군은 컨디션 괜찮나요?"

이외에 아무도 다가오지 않는 것을 보아 다들 특별히 히요리를 신경 쓰지 않는 모양이었다.

"응. 아직은."

"걱정할 필요는 없겠지만 조심하세요. 한 번의 부상으로 탈락해버릴 위험도 있으니까요."

"알고 있어."

오라고 손짓해서, 나는 히요리의 옆에 가서 앉기로 했다.

"이제 3일 남았네요."

"그러게."

딱히 깊은 의미가 있어서 말한 것은 아니겠지.

그리고 우리는 조용히 바다를 바라보며 기운을 충전했다.

보통 친구나 그 비슷한 사람을 만나면 현재 상황이 어떤지 물어보는 경우가 많다.

생존을 건 싸움인 이상 아무래도 궁금할 수밖에 없으니.

그런데 히요리는 나에게 점수가 어떤지 조금도 물을 기색이 없었다.

흥미가 없다기보다도 내가 퇴학당할 리 없다고 굳게 믿고 있다는 게 느껴졌다.

"야, 아야노코지잖아!"

마침내 나를 알아본 이시자키가 무슨 영문인지 굉장히 기쁜 듯이 웃었다.

나머지 멤버들도 곧 나를 알아차렸지만 내게 오려는 이시자키의 어깨를 붙잡았다.

"왜 이래?"

"방해하지 마."

"뭐? 딱히 아야노코지가 싫어하는 것도 아니잖아?"

"그런 말이 아니라……."

"자자. 저런 게 이시자키의 장점 아니겠어?"

"아니, 장점이라니? 단순히 눈치가 없는 것뿐인데."

"그건…… 응, 부정을 못 하겠다."

니시노와 츠베도 제법 친해졌군.

무인도에서 장기간에 걸쳐 싸우면서 많은 그룹에서 볼

수 있는 광경이리라.

함께 퇴학을 피하고자 최선을 다해 서로 돕다 보면 사소한 장벽이야 얼마든지 뛰어넘을 수 있다.

하지만 그건 동시에 잔혹한 일이기도 하다.

이 특별시험이 끝나면 다시 반별 싸움이 시작되어 서로를 밀어내는 미래가 기다리고 있다.

그때 정상적인 판단이 불가능해지는 학생도 적잖이 나오겠지.

"방해해서 미안."

D반인 내가 있으면 그동안 쌓인 얘기도 나눌 수 없겠다고 판단하고 이만 가려는데, 이시자키가 허둥지둥 달려와 내 어깨를 붙잡았다.

"남자 혼자라 기가 눌린다고. 너도 같이 있자, 아야노코지~."

"같이 있자니……."

"어차피 오늘은 시험도 끝났고 너도 I9 부근에서 캠핑할 예정이었을 거 아냐?"

지정 구역인 J10은 바람도 강하고 바닥이 온통 돌이라서 텐트를 치기에 적합하지 않았다. 그런 의미에서는 이시자키의 말대로 해변을 피해 I9 부근으로 가려고 하긴 했는데……

"멋진 아이디어네요."

찬성이라는 듯 히요리도 일어나 가까이 다가왔다.

이 두 사람은 비교적 나와 친하기에 별문제 없겠지만 다른 여자들은 어떨까.

"괜찮지 않아? 아야노코지는 세상 무해해 보이고."

"맞아."

아무래도 반대 의견은 하나도 없는 듯했다.

뭐랄까, 혹독한 특별시험 중이라는 사실을 잊어버릴 만큼 편하고 따뜻한 분위기를 가진 그룹이란 생각이 들었다.

이런 분위기는 원래 이치노세 반에서 많이 볼 수 있는데, 류엔의 반도 조금씩 변화가 생기기 시작한 거겠지.

6

"아야노코지 선배, 아야노코지 선배……!"

잠들어 있던 깊은 밤, 나를 부르는 소리에 눈을 떴다.

그 목소리는 정적에 휩싸인 주위에는 들리지 않을 듯 작았고 내 텐트 바로 옆에서 들려왔다.

손목시계로 확인한 시각은 새벽 2시 반을 지나고 있었다.

"저예요, 나나세입니다."

바로 정신을 차리고 텐트 밖으로 얼굴을 내밀었다. 어둠 속에서 비친 태블릿 불빛에 나나세의 당황한 얼굴이 드러났다.

"이런 시간에 무슨 일이야……. 다친 데는 없어?"

"괜찮아요, 선배와 같은 I9에 있었거든요. 사실은 저녁에 멀리서 선배를 봤는데 호우센 군과 같이 다녀서 접촉은 피했었습니다."

"⋯⋯그래서?"

"급히 전해드려야 할 이야기가 있어서⋯⋯. 오늘⋯⋯ 아니, 이제 날짜가 바뀌었으니 정확하게는 어제입니다만, 호우센 군으로부터 12일째 되는 날 1학년들이 아야노코지 선배를 상대로 대규모 공작에 들어간다는 얘기를 들었습니다."

"대규모 공작? 나나세도 거기에 끼라고 했어?"

"앗, 아니요. 음, 순서대로 말씀드릴게요."

호흡을 가다듬은 나나세가 설명을 시작했다.

언제인지는 정확하지 않지만, 호우센이 타카하시와 야가미, 츠바키, 우토미야의 호출을 받았는데 무시했다. 그런데 9일째 되던 날, 그 멤버들의 심부름꾼으로 보이는 학생이 무전기를 들고 나타나 호우센에게 다시 협력을 요청했다. 그 내용은 이랬다.

무인도 시험 막바지에 나를 탈락으로 내몰 거라고.

또 단독으로 움직이는 상급생도 똑같이 궁지로 내몰아 탈락시킬 계획이라고.

구체적인 내용은 당일에 연락하기로 했고, 무전기는 지금도 호우센이 가지고 있다고 했다. 하지만 호우센은 협력할 마음이 조금도 없으며, 협력하는 척하면서 이용할 속셈이라는 말을 들었다는 것이다. 역시 마지막에 움직이는 건가.

『미리』손 써둔 보람이 있다.

"결행일과 구체적인 내용을 아슬아슬한 순간까지 전하지 않은 건 현명하군."

만약 날짜와 내용까지 내 귀에 다 들어왔다면 대책도 세우기 쉽다.

실제로 배신할 가능성이 있는 호우센은 아직 상세한 작전 내용을 알지 못한다.

"지휘하는 사람은?"

"몰라요. 다만 무전기로는 츠바키 씨가 주로 말했습니다."

"별로 나서서 뭘 하는 타입으로는 보이지 않았는데."

"저도 그렇게 생각해요. C반은 말하자면 우토미야 군을 중심으로 움직이는 인상이었으니까요. 다만 우토미야 군과 호우센 군은 사이가 나쁘다고 할까요, 말을 섞으면 금세 싸움으로 번지기 때문에 의도적으로 츠바키 씨가 중개 역할을 맡았을 가능성도 있어요."

그런 것도 있고, 야가미와 타카하시 같은 인물이 뒤에서 실로 조종하고 있을 수도 있다.

"결행일을 안 것만으로도 고맙네. 아무리 깊은 밤이라지만 너무 오래 머물지는 않는 편이 좋아. 나한테 정보를 흘렸다는 사실이 알려지면 여러 가지로 힘들어질 수 있어."

나는 둘째치고, 나나세는 앞으로의 학교생활에 지장이 미칠 가능성이 있으니까.

미우나 고우나 호우센과는 1학년 D반에서 같이 지내야

한다.

나는 호우센이 알아차리기 전에 돌아가라고 말했다.

"네, 또 뭔가 커다란 움직임이 보이면 연락드리겠습니다."

"아니, 말은 고맙지만, 이번 시험에서는 이걸로 충분하니 이제 됐어. 만약 1학년의 움직임을 알아내도 나한테 알려주러 올 필요 없고, 괜히 도우려고 하지 않아도 돼."

"하지만……."

"나나세는 충분한 정보를 줬어. 이제는 호우센 아마사와 그룹의 멤버로서 해야 할 일을 하는 게 좋아."

여기서 나나세가 신뢰를 완전히 잃어버리면 앞으로는 정보를 얻지 못할 것이다.

그렇게 되면 이용 가치도 뚝 떨어지고 만다.

"아야노코지 선배가 그렇게 말씀하신다면…… 알겠습니다."

그렇게 정해졌다면, 하고 나나세가 깊이 머리 숙여 인사한 후 총총 달려 어둠 속으로 사라졌다.

뒷모습이 보이지 않게 되자 나는 태블릿을 꺼내고 잠시 생각에 잠겼다.

잠이 완전히 달아났고, 화면과 마주하는 시간이 시작되었다.

나나세가 들은 정보 자체는 진짜라고 판단해도 되겠지만, 그 정보대로 일이 진행될지는 별개의 문제다. 1학년 D반의 자세한 사정은 모르지만, 호우센은 류엔과 비슷하게 힘으로 반을 제압해서 행동하는 인간. 다만 호우센은 류엔과 다르게, 장애물을 만나면 자기가 중심이 되어 돌파하려는 경향이 있다.

그러면서도 입학 초기부터 호우센은 나나세를 곁에 두었다.

물론 나나세는 일반적인 고등학교 1학년과는 차원이 다른 강인한 정신력을 가지고 있다. 게다가 학력과 신체 능력도 나름대로 높기에 중요한 존재라는 사실은 의심할 여지가 없다.

하지만 나나세에 대한 호우센의 신뢰도는 전혀 알 수가 없다.

만약 신뢰하지 않는다면 나나세에게 1학년의 기습 작전을 알려줄까? 나나세가 나에게 붙었다는 생각을 호우센 혼자서는 못 하겠지만, 위화감 같은 것을 느꼈어도 이상하지는 않다. 아마사와가 관여하면 비밀이 누설될 가능성도 있는데…….

어찌 됐든 1학년의 습격 계획은 별로 놀랄 일도 아니다. 어차피 현상금이 걸려 있는 나를 무인도 시험에서 노리는 것은 처음부터 예상했다. 나나세가 보고하러 와준 것은 고맙지만, 내 계획은 바뀌지 않는다.

7

조금 더 눈을 붙인 후 아침 6시가 되었을 무렵 GPS를 켰다. 만약 오늘이 디데이라면 호우센을 포함하여 주요 1학년들에게서 특이한 움직임을 볼 수 있을 것이다.

"위치는—— 특이한 구석은 없군."

유일하게 같은 테이블인 호우센은 가까운 위치에 있었지만, 나머지는 모두 세 칸 이상 떨어져 있었다. 지금은 아직 무슨 수작을 걸 기색이 보이지 않았다. 남들이 보는 곳에서 공격하지는 않을 테니 근처에 이시자키 무리가 있는 동안에는 안전하다고 봐도 되리라.

히요리와 이시자키 등도 하나둘 일어나며 오늘 12일째 시험 준비를 시작했다.

모두 준비를 마치자 일제히 출발했다.

"아침부터 여기를 올라가야 한다니, 괴롭다."

아직 잠이 덜 깬 이시자키가 불만을 토로했다.

"어쩔 수 없잖아. 갑자기 지정 구역을 밟아버리면 손해니까."

그런 이시자키에게 니시노가 핀잔을 주었다.

이런 식으로 열흘 넘게 대화해왔겠지.

나머지 멤버는 한 귀로 흘리고 걷는 데 집중했다.

"아야노코지 군, 시험 내내 혼자여서 외롭다고 느낀 적은 없나요?"

옆에서 걷던 히요리가 내게 물었다.

"딱히 그런 적은 없어. 오히려 편하다는 마음이 컸어."

"저는…… 역시 좀 외롭거나 무서울 것 같다는 생각이 들어요."

"무서울 것 같다고? 히요리가 무서워하는 모습은 상상이 안 가는데."

늘 태평해서 그런 쪽의 화제에도 둔감한 이미지가 있다.

심령 현상이 일어나도 『굉장하네요~』 하면서 손뼉을 칠 것만 같다.

"이래 봬도 저 꽤 겁이 많답니다. 아야노코지 군은 정말 굉장하다 싶어서 솔직히 감탄스러워요."

"나보다 호리키타나 이부키가 더 잘하고 있지 않아?"

고독과의 싸움을 오래 끌수록 정신 상태도 약해져서 생각하지 않아도 될 일까지 생각해버리게 된다.

바람 소리, 나뭇가지들끼리 부딪히는 소리에 있지도 않은 것을 느끼곤 한다.

"하긴……. 여자 혼자 무인도 생활이라니…… 저는 무리예요."

히요리가 상상해보더니 조금 무서운 듯한 표정을 지었다.

평소에 보기 드문 면을 볼 수 있는 것도 무인도 시험이어서일까.

"그런데 너희 꽤 친해 보인다?"

앞서 걷던 이시자키가 어느새 뒤돌아 우리를 쳐다보며 말했다.

"넌 쓸데없이 참견 좀 하지 마."

바로 니시노에게 목덜미를 잡혔지만, 이시자키는 아랑곳하지 않고 계속 말했다.

"그냥 둘이 사귀어버려! 그래서 우리 반에 오는 거야. 어때?"

"비약이 너무 심하다고!"

니시노에게 주먹으로 세게 얻어맞은 이시자키가 머리를 잡고 비명을 질렀다.

"재미있네요, 이시자키 군."

후후후 웃으며 히요리가 신경도 쓰지 않는다는 듯 대답했다.

뭐, 이시자키의 말을 일일이 진지하게 받아들이면 큰일이니까.

나 역시 한 귀로 흘리기로 했다.

"아프다고. 아야노코지를 우리 편으로 끌어들이는 데 필요한 일이라고 생각 안 해?"

"응, 안 해. 너야말로 아야노코지한테 너무 집착이 심한데?"

세세한 사정까지 모르는 니시노 입장에서는 그게 더 이상하겠지.

시험에서 만점을 받은 것만으로는 과도한 권유처럼 보이는 것도 무리가 아니다.

"그야, 뭐라고 할까? ……대화가 통한다고, 대화가."

"통하긴 개뿔. 너랑 대화가 통하는 애가 정말 있을까?"

니시노의 신랄한 지적에 이시자키는 견디지 못하고 도움을 요청하는 눈빛을 보내왔다.

"꼭 그렇지는 않아요. 이시자키 군은 이렇게 보여도 좀 그러니까."

히요리가 감싸듯이 말했지만 모두 동시에 고개를 갸우뚱거렸다.

"그렇다니?"

"그냥 그렇다고요. 더는 대답해드릴 수가 없네요."

"……그, 그래? 어쨌든 잘됐네. 시이나한테 칭찬도 다 받고."

"으, 응! 그렇다는 게 무슨 말인지는 잘 모르겠지만, 칭찬받으니까 기분 나쁘지 않네!"

아마 구체적인 이유가 떠오르지 않은 것뿐이겠지.

하지만 그런 잔인한 말을 할 수는 없으니, 나는 잠자코 넘어갔다.

그 후 아침 7시를 맞이해 발표된 첫 번째 지정 구역은 H10이었다.

히요리 일행은 J9로 지정 구역이 달랐기 때문에 서로 경쟁할 일은 없을 듯했다.

같은 학년끼리 경쟁하는 것은 유쾌한 상황이 아니니 잘되었다.

"여기까지네, 아야노코지. 그럼 또 보자."

"그래. 시험도 이제 얼마 안 남았으니까 방심하지 말고 힘내."

이시자키가 하이파이브 하자고 해서 응해준 다음 각자 다른 길로 걷기 시작했다.

조금 걷고 있는데 등 뒤에서 목소리가 들린 듯한 느낌이 들었다.

뒤돌아보니 이시자키와 히요리가 나를 향해 손을 흔들고 있었다.

나도 손을 흔들어 인사한 다음 H10으로 향했다.

이날은 아낌없이 한 시간마다 GPS 검색을 반복했지만, 1학년들의 동향에 별다른 특이사항 없이 오후 5시를 맞이했다.

나나세가 위험을 무릅쓰면서까지 전해준 12일 공작 정보는 엉터리였던 것. 나나세의 배신을 알고 있는 아마사와가 정보가 새어 나갔다고 지적했거나, 아니면 오늘 결행할 예정이었는데 어떤 불상사가 생겨서 연기 또는 중지되었거나.

어찌 되었든 내일, 13일째와 마지막 날에도 방심하면 안된다. 오늘의 기본 이동 세 번째와 네 번째는 랜덤 구역의 영향으로 두 번 다 패스할 수밖에 없었다.

순위는 별로 떨어지지 않았지만, 검색의 영향으로 16위가 되었다.

내일은 어떻게 해서든 지정 구역을 밟아야 한다.

○각자의 생각

시간은 나나세가 아야노코지와 헤어진 다음 날인 무인도 시험 9일째로 거슬러 올라간다.

3인 그룹을 구성하고도 첫날부터 줄곧 단독 행동을 해왔던 호우센은 아침 7시에 첫 지정 구역이 발표된 후에도 텐트에 누워 있었다.

아침 8시가 지났을 때, 그런 호우센에게로 그림자 하나가 다가왔다.

"좋은 아침이에요, 호우센 군."

"뭐야?"

"저예요, 나나세입니다."

"그딴 건 목소리로 알아. 왜 왔어?"

"왜 왔냐니요? 우리는 같은 그룹이니 접촉하는 게 이상할 건 없죠."

진지한 대답이 돌아오자, 호우센은 코웃음 쳤다.

"네 입으로 할 소리냐? 아야노코지와 꽤 재미있어 보이던데, 성과는?"

"……없었어요. 제가 이길 수 있는 상대가 아니었습니다."

"핫, 보나 마나 여자의 무기도 쓰지 않고 정면 도전했겠지?"

"여자의 무기……라니요?"

무슨 소린지 모르겠다는 대답에 호우센이 어이없어하며 말을 이었다.

"가슴은 그렇게 크면서 머리는 영 못 쓰겠군."

"가슴 크기와 머리의 상관성을 전혀 모르겠습니다만."

"됐어. 그래서? 그거 보고하려고 왔냐?"

태블릿을 꺼낸 호우센이 망설임 없이 GPS를 켰다.

나나세가 누구에게 붙었는지 모르는 이상, 주위를 경계할 필요가 있다고 판단했기 때문이다. 하지만 주위에는 호우센이 마크하는 인물이 보이지 않았다.

"저 혼자 아야노코지 선배를 퇴학시키려고 시도했던 것은 실패로 돌아갔습니다. 그래서 호우센 군의 도움을 빌리고 싶어서 찾아온 거예요. 계획이 있으면 들려주세요."

멋대로 행동해놓고 지금 와서 같은 편이 되어 달라는 나나세를 호우센은 쉽게 믿지 않았다. 아니, 애초에 남을 믿는 사람이 아니었다.

"꺼져, 나 혼자 할 거니까."

"……생각이 바뀔 때까지 기다리겠습니다."

"지정 구역에나 가라. 네가 할 수 있는 일은 페널티를 받지 않는 거야."

그렇게 말하며 가라고 했지만, 나나세는 꼼짝도 하지 않았다.

그녀를 무시한 호우센은 눈을 감고 시간을 보내려고 했다.

10분 정도 지나자 나나세가 다시 말을 걸었다.

"호우센 군."

"아직 안 갔냐. 시간 낭비라니까?"

"손님이 온 모양입니다."

호우센이 눈을 게슴츠레 뜨자 나나세 이외에 실루엣 하나가 더 늘어나 있었다.

"저, 저기 호우센 군…… 저예요."

"누군데. 내가 어떻게 알아, 너 따위를."

이름도 말하지 않고 말을 건 인물에게 위압적으로 대답했다.

"윽…… C반의…… 카, 카타기리입니다."

"모르는데."

"제가 대신 듣죠. 무슨 일인가요?"

"그게, 저기, 호우센 군에게 꼭 전달해야 하는 것을 가지고 왔어요."

"꼭 전달해야 하는 것? 그게 뭔가요?"

"그, 그건 호우센 군한테만 말하라고……."

흥미 없다는 듯 귀를 기울이던 호우센이 생각을 고쳤는지 텐트 밖으로 얼굴을 내밀었다.

그리고 몸을 일으켜 그 거구로 몸집이 작은 카타기리를 내려다보았다.

"시답잖은 거면 맞는다?"

"윽…… 이걸!"

눈을 질끈 감고, 바들바들 떨면서 손에 들고 있던 무전기를 내밀었다.

"무전기, 네요."

"이, 이걸. 우토미야 군이랑 얘기할 수 있어요."

호우센을 무서워하면서도 그렇게 전하는 카타기리.

"핫, 굳이 조무래기를 보내면서까지 나랑 연락하고 싶다는 건가."

빼앗듯이 무전기를 잡았다.

"굳이 이런 식으로 나랑 연락하려고 하다니 뭐 하자는 거야. 놀아주길 바라나? 우토미야."

그렇게 무전기에 대고 말했지만 상대에게서 대답은 돌아오지 않았다.

호우센은 그사이에 태블릿을 켜 지도상으로 우토미야의 위치를 확인했다.

"모르는 건지 무시하는 건지는 모르겠지만, 처음이자 마지막 기회다?"

최종 경고에 상대방의 반응이 돌아왔다.

『……너한테 연락하고 싶지는 않아. 하지만 계획을 수행하려면 피할 수 없네.』

"계획? 뭔 소리야."

『벌써 6일째 날인 걸 까먹었어?』

"아, 그러고 보니 비밀리에 모이자고 했었지. 미안하지만 까먹었다."

아야노코지와 있느라 아무 정보도 없었던 나나세의 표

정이 살짝 굳었다.

그 모습을 곁눈질하면서, 호우센은 자리를 피하지도 않고 무전기에 귀를 기울였다.

『네가 무시하는 것도 계산하긴 했지.』

"그래? 그래서?"

『우리는 조만간 1학년을 구제하기 위한 작전에 들어갈 거다.』

"1학년을 구제해?"

그렇게 대답하고 난 호우센은 일단 우토미야에게 음성을 보내는 것을 중단했다.

나나세가 서둘러 배낭에서 태블릿을 꺼내 하위 10팀을 표시했다.

현재 시점에서 1학년은 총 네 그룹이 퇴학 위기에 몰린 상황이었다.

"우리 D반도 두 그룹이 들어가 있어요."

"핫. 그따위 쓰레기가 사라지는 거야 아무래도 상관없지만. 설마 반 애를 구하기 위해 나더러 움직이라는 말인가?"

"방심하지 마세요. 뭔가 꿍꿍이가 있을 것 같습니다."

"닥쳐."

그딴 건 이미 잘 안다며 호우센이 다시 송신을 껐다.

"잘 모르겠지만 그거랑 내가 무슨 상관이지?"

이미 어떤 힘겨루기가 시작되었다는 것만은 피부로 느끼는 나나세.

일단 소리 죽여 엿듣고 있었지만, GPS에 위치가 다 드러나 있다.

틀림없이 호우센의 주위를 알아본 다음 말하는 것이리라.

상대도 굳이 그 부분은 언급하지 않는 인상이었다.

『구제하는 데 필요한 존재니까…….』

무전기여서 우토미야의 표정은 알 수 없었다.

하지만 호우센은 진심이 아닌 부분이 언뜻 보인다고 생각했다.

그것도 꿰뚫어 보지 못할 정도로 바보가 아니었으니까.

"누구한테 그런 말을 들었을까? 재미있네."

『거절하려면 해. 난 절차대로 하려고 말한 거지, 애당초 네가 없어도 문제없으니까.』

"그럼 이걸로 끝이군. 거절한다."

호우센은 짧게 대답한 후 송신을 끝냈다.

그리고 금방이라도 던져버릴 듯 무전기를 움켜쥔 채 가만히 반응을 기다렸다.

『……호우센.』

우토미야가 초조한 목소리로 호우센의 이름을 불렀다.

하지만 호우센은 침묵으로 답을 대신했다.

『너의 협력을 얻을 수 없다는 거지?』

우토미야의 성격상, 원래라면 호우센이 거절한 단계에서 일단락 지을 것이다.

그런데 그렇게 하지 않는다는 것은 다른 누군가의 생각

이 얽혀 있기 때문이라고 호우센은 짐작했다.

"잠깐. 아무도 협력하지 않겠다고 말 안 했는데?"

『……뭐?』

무전기 너머로 우토미야가 살짝 당황했다.

거절당할 것까지 각오하고 말했음을 알 수 있었다.

"여기 와서 나한테 무릎 꿇고 부탁하면 도와줄 수도 있고?"

『웃기고 있네. 누가 너한테 머리 따위 숙일 것 같아?』

"그럼 이 이야기는 없던 걸로. 그렇게 하면 되겠지? 츠바키."

우토미야의 맞은편에서 이야기를 듣고 있었을 츠바키에게 호우센이 말했다.

『알고 있었어? 아니면 GPS 검색?』

"훤히 다 보이는데 1점을 쓰겠냐? 수상한 여자라는 건 일찌감치 알고 있었지."

그것은 거짓말이었다. 아까 쓴 GPS 검색으로 우토미야와 츠바키가 같은 장소에 있음을 알았는데 자신의 직감인 양 말했다.

『역시 우토미야한테 다 맡길 수는 없을 것 같네.』

호우센은 우토미야와 츠바키의 대화를 듣고 살짝 웃었다.

"우토미야를 못 믿는다는 말인가?"

『호우센에 한해서는 그래. 두 사람이 견원지간인 건 다 아는 사실이고, 쓸데없는 감정이 개입되어 교섭이 결렬되는 건 바라는 바가 아니니까.』

"그래서, 1학년 구제라는 게 무슨 소리지?"

『이미 알잖아? 하위 10팀 중 4팀이 1학년. 심지어 거기서 두 팀은 1학년 D반이야. 이대로 특별시험이 끝나면 우리 1학년 그리고 호우센의 반이 입을 피해가 커.』

1학년 D반을 이끄는 사람이 보기에는 본래 중대한 사태.

어떻게든 손써야 한다며 불안해하지 않으면 이상하다.

하지만 호우센은 움직이기는커녕 태연하기만 했다.

"그래서? 설마 하위에 있는 1학년을 전부 구제하자는 말은 아니지?"

『대답하기 전에 한 가지. 나나세를 같은 편으로 인식해도 되겠지?』

여기서 처음으로 나나세의 존재를 언급하는 츠바키.

어설픈 머뭇거림이나 침묵을 통해 정보를 얻으려 하고 있었다.

"일단은. 쓰레기만 있는 D반에서 그나마 쓸 만한 인간이니까."

『그래. 그럼 신경 쓰지 않고 말하겠는데, 네 말이 맞아. 현재 하위 네 팀도, 앞으로 하위 다섯 팀에 속할 듯한 그룹도 전부 구제할 계획이야.』

"아주 대단하다는 듯이 말하는데, 네가 할 수 있겠냐? 지금까지 이렇다 할 활약도 없었으면서. 의미도 없이 내 귀중한 시간을 빼앗는 거면 용서 안 한다?"

『귀중한 시간이라고 말한 것치고는 제법 느긋해 보이는데.』

츠바키의 그 말은 호우센을 일찍부터 GPS로 감시하고 있었음을 알려주고 있었다.

"심심한데 쓰임새가 없어진 카타기리를 반쯤 죽여서 돌려보낼까?"

표정이 험악해지자 눈앞의 카타기리가 위축되었다.

호우센의 사소한 기분 변화에 학생 대부분은 겁에 질린다.

『까불지 마라, 호우센. 만약 카타기리를 건드렸다간 내가 널 손봐줄 테니.』

『잠깐, 우토미야. 지금은 방해하지 마.』

『하지만──.』

저쪽에서 자기들끼리 말을 주고받으면서 통신이 잠깐 끊겼다.

"뭐 하는 거야, 엉?"

"히익!"

호우센의 미소가 꺼림칙했는지 카타기리가 자기도 모르게 도망치려고 했다.

"칫, 시시한 놈이네. 넌 이만 꺼져라."

"하, 하지만 무전기가……."

"이건 내가 맡아둘 테니."

"하지만……."

"카타기리 군, 나쁜 말은 안 해요. 지금은 호우센 군에게 맡기는 게 좋지 않을지."

나나세가 중간에 끼어들어 그렇게 설득했다.

괜히 더 물고 늘어졌다간 어떻게 될지 몰라요, 하는 눈빛을 보내면서.

등 뒤에서 노려보는 호우센의 눈동자가 카타기리의 심장을 바스러뜨려서, 겁먹고 뒤돌아 달리기 시작했다. 도중에 넘어질 뻔하면서 달아났다.

"한심한 놈."

"강제적이네요."

"그게 내 방식이야. 너도 이미 알잖아."

그런 두 사람의 대화 후 츠바키의 응답이 돌아왔다.

『많이 기다렸지. 대화를 재개해도 될까?』

"그건 상관없지만, 카타기리 놈이 무전기를 두고 어디로 도망갔는데."

『네가 위협했겠지?』

추리할 필요도 없다며 츠바키가 짧게 대답했다.

"싸움 못하는 놈은 괴롭겠다니까. 승부 보기도 전에 이미 결과가 나와 있으니까. 그건 너도 마찬가지지? 츠바키."

『물론 싸우면 내가 무슨 수를 써도 못 이기겠지. 하지만 이것만은 별개야.』

"이것?"

『머리, 두뇌를 말하는 거야.』

농담으로 생각할 수 없는 진지한 대답에 호우센이 무심코 웃었다.

"하…… 정말로 나보다 머리가 잘 돌아간다면 대단한

거고."

『위기 그룹을 강제로 구제할 방법이 있어. 다만 한 사람이라도 더 많은 협력자가 필요해. 이미 상급생은 같은 전략을 쓰고 있는 것 같은데, 1학년 D반의 힘도 빌리고 싶어.』

그래서 이렇게 멋대로 구는 호우센에게도 도움을 청한 거라고 츠바키는 말했다.

"협력하고 싶은 마음은 굴뚝같지만, 할 일이 있어서 말이지. 지금도 아주 바쁘거든."

지정 구역이 발표되어도 움직이지 않았기 때문에 시간이 남아돈다는 것은 츠바키 일행도 잘 아는 사실이지만, 일부러 그렇게 말하고 반응을 살폈다.

『아주 바쁘다니…… 네가 아야노코지 선배를 퇴학시키려 한다는 말이야?』

"바로 그거야. 반에 쓰레기 몇 명쯤 사라져도 상관없다고."

『하지만 무슨 수로 퇴학시키려고? 8일째 아침이 되어도 아야노코지 선배는 단독으로 다니고 있어. 그런데도 하위 10팀에 이름이 없어. 퇴학 조건은 규칙상 이 특별시험에서 그룹이 탈락하거나 득점 순위가 낮거나 둘 중 하나밖에 없잖아.』

그리고 득점에 의한 하위는 누가 봐도 가망 없는 상황.

『그리고 지금까지 일주일간 탈락한 학생은 몇 명 있는 것 같지만 그룹이 탈락한 건 아직 0. 환경이 힘들어지기 시작한 지금부터 남은 일주일 동안 탈락 그룹이 나올지도 모르지.』

츠바키의 옆에서 우토미야의 목소리도 들렸다. 그들은 식량난에 허덕이는 1학년 그룹에 이미 몇 번이나 먹을 것을 지원하여 구제해왔다.

『만약 그 다섯 그룹이 탈락해버린다면 아야노코지 선배를 퇴학시키는 건 실질적으로 불가능하잖아? 1학년을 구제하는 것이 아야노코지 선배의 퇴학에 도움이 된다고 생각할 수 있지 않아?』

여기서 처음으로 호우센의 미소가 옅어지고 진지한 빛을 띠기 시작했다.

"그래서 1학년을 구제하겠다고? 뭐, 나쁜 이야기는 아닌 듯하지만…… 방법을 들어볼까."

『아까도 말했잖아, 다른 상급생들처럼 학년이 하나로 뭉치는 거야. 하위로 떨어진 그룹을 여유 있는 그룹이 흡수하고. 필요하면 2학년, 3학년 하위 그룹에서 과제를 빼앗는 방법도 쓰고 싶어.』

"그리 쉽게 뭉쳐지는 거면 더 일찍 했겠지. A반과 B반도 있고. D반이랑 C반을 도와줄 거란 생각이 안 드는데."

『그 걱정은 안 해도 돼. 이미 도와주기로 되어 있으니까. 호우센이 받아들이기만을 기다리는 상황이야.』

1학년 D반이 결속하기로 약속만 하면 움직여지는 상황이라고 말했다.

"나쁜 이야기는 아니지만, 그렇게 해서 이긴다는 보장이 없는데. 결국 같은 전략을 써도 무대만 같아질 뿐. 경험치의 차이만큼, 1학년이 패배하는 결과는 변함없다고."

이야기를 대충 듣는 것처럼 굴면서도 호우센은 머릿속으로 츠바키의 작전을 그려보았다.

그리고 1학년 구제 확률은 올라가지만 불리한 상황에서는 벗어날 수 없다고 결론을 내렸다.

『그렇지. 이대로라면 1학년에서 희생자가 나오는 걸 0으로 만들기는 불가능할지도.』

"말이 이상한데. 1학년을 전원 구제하자는 거 아니었나?"

『모든 학년이 같은 전략을 쓰면 불리한 건 1학년. 그건 호우센이 생각하는 대로야. 그러니까 마지막 날이 종료되기 전까지 탈락 그룹을 만들어내면 되지 않아?』

여기서 츠바키의 본질, 그 목적이 선명해졌다.

『상급생 중에는 아직 단독으로 다니는 사람들이 몇 명 있으니까 그들을 끌어내리면 돼.』

"그렇군, 단독 그룹이 다섯 팀 떨어지면 1학년은 모두 구제되겠군."

『승부는 모두가 피폐해지기 시작한 타이밍을 노릴 생각이었어. 그래서 원래는 후반전이 시작되는 8일째부터 10일째를 예정했는데, 좀 예상 못 한 일이 생겨서.』

호우센이 6일째에 모습을 드러내지 않은 것.

궂은 날씨에 7일째 일정이 거의 통째로 날아가 모두 체력을 회복하고 말았다는 것.

호우센도 곧바로 생각이 미쳤다.

"그래서? 나한테 부탁하고 싶은 걸 구체적으로 말해봐."

『이 시험의 주최자한테서도 제안이 있었겠지. 폭력 행위로 끌어내려도 상관없다고. 호우센은 아야노코지 선배를 힘으로 누를 계획이지?』

"뭐, 그 방법밖에 없으니까."

그렇게 대답한 호우센이었지만 사실은 달랐다.

그밖에 몇 가지 전략이 있다고 해도 아야노코지를 쓰러트릴 때는 자기 손으로 직접 처리하고 싶다.

『하지만 계속 이동하는 아야노코지 선배를 혼자 제압하기란 힘들어. 그래서 지금까지 호우센이 기회를 잡지 못한 거야. 하지만 포위망이 넓다면 이야기가 달라져.』

그 역할을 츠바키가 맡겠다고 말했다.

『1학년 중에 우토미야나 호우센을 비롯한, 싸움에 자신 있는 사람이 얼마나 있는지 알아봤어. 철저하게 포위하면 달아날 길을 막을 수 있어.』

"그 자리를 세팅해줄 테니 협력하라는 말인가."

『맞아.』

"그런 위험한 다리를 그 녀석들이 건널까? 우토미야는 둘째치고 아무 대가도 없이 해줄 것 같지 않은데."

『물론이지. 협력하는 사람에게는 성공 보수로 50만 포인트를 주기로 하고 동의를 받았어. 호우센이 가져갈 몫이 줄어드는 건 필요 경비로 여겨줘.』

아야노코지를 퇴학시키고 얻는 프라이빗 포인트를 나누

자는 제안.

『잠깐만, 츠바키. 폭력은 원칙적으로 금지인데, 50만에 움직인다고?』

작전 내용을 구체적으로 들은 것은 우토미야도 처음인 듯했다.

그런 목소리가 무전기 너머로 들려왔다. 여기서 호우센은 우토미야가 몰랐다는 사실을 츠바키가 의도적으로 흘렸음을 알아차렸다.

보통 무전기는 버튼을 누른 상태에서만 상대에게 음성이 전달된다.

적절하지 않은 말을 우토미야가 한 거라면 버튼을 누르지 않으면 된다.

자신이 비밀주의임을 간접적으로 알려온 것이다.

『물론 이걸 첫날 부탁해봐야 무리지. 몸도 마음도 지친 후반전. 학생들이 받는 스트레스는 상당해. 다들 편해지고 싶은 마음과 과격해지고 싶은 마음, 두 가지가 서로 충돌하고 있는 상태야. 물론 첫 일격을 가하는 데에는 강한 저항감을 느끼리라 생각해. 그래서 호우센이 선두를 맡아줬으면 좋겠어.』

츠바키는 냉정하게 분석해 실현이 어렵지 않다고 말했다.

『차량 통행이 적은 곳에서는 신호등이 빨간불이라도 무시하고 싶은 사람이 많지. 하지만 남들 보는 눈이 있으니까 첫 한 걸음은 좀처럼 내디딜 수 없어. 하지만 한 사람이 먼저 건너기 시작하면 상황은 달라져.』

그 역할을 호우센이 해줬으면 좋겠다고 츠바키가 말했다.

"뭐, 방식은 나쁘지 않지만, 학교 측도 바보가 아닌데."

『그때는 싸운 양쪽 다 처벌. 폭행에 폭행으로 응수했다고 둘 다 퇴학시켜버리면 그만이잖아. 1학년에게 지시를 내린 주모자로 내가 책임지고 퇴학당할게.』

"뭐?"

『난 이 학교에 미련 같은 거 없어. 그러니까 당장이라도 그만둘 수 있다는 느낌? 나랑 그룹이 된 애들한테는 프라이빗 포인트랑 반감 카드를 줄 거고.』

계획을 세운 자신뿐 아니라 그룹이 책임을 져야 한다고 해도 상관없다고 츠바키가 대답했다.

"자폭할 수 있는 인간은 무서운 법이지. 다시 봤다."

여기까지 와서 강력한 무기를 쥔 츠바키에게 호우센이 감탄사를 날렸다.

『우토미야 너한테는 말하지 않은 얘기인데, 계획에 반대해?』

『……아니. 오히려 어설프게 잔꾀 부리는 게 더 무의미하다고 생각하던 참이야. 나 나름대로 아야노코지를 관찰했는데, 2,000만이라는 타깃이 된 건 단순한 우연이 아니야. 분명히 보통이 아닌 존재이기 때문에 표적이 되었다고 생각해. 규칙 안에서 함정에 빠트리려고 하면 분명 잘 빠져나가겠지. 네가 그렇게 각오했다면 나에게 막을 권리는 없어.』

우토미야는 폭력에 반대한 것이 아니라 안이한 계획을 염려했다.

츠바키가 모든 책임을 지겠다고 한다면 상황이 달라진다.

호우센과 우토미야 입장에서 어디까지나 쓰이는 처지라면 이야기가 다르니까.

어떤 페널티를 받을 가능성은 있지만, 학교 측이 퇴학자를 수십 명이나 만들 것이라고 보기는 어렵다.

『아야노코지 선배를 정면 공격해서 퇴학시키기란 힘들 거야. 그러니까 이 무인도라는 감시의 눈이 닿지 않는 무대가 준비된 거라고 봐.』

『그렇군. 우연이 아니라는 얘기인가.』

호우센은 태블릿의 지도를 일단 끄고 녹화 모드로 전환했다.

"폭력을 써서 아야노코지를 탈락시키는 계획, 너 혼자 생각한 거지? 츠바키."

『그래.』

"네 말에 따르면 우리 1학년에 퇴학자는 나오지 않는다. 보장할 수 있지?"

『약속할게. 그리고 만일의 사태가 벌어지면 내가 다 책임질게.』

그 말을 듣자 호우센은 만족하고 녹화를 끝냈다.

『증거 확실히 찍어뒀어? 내 증언이면 안심하겠지?』

꿰뚫어 본 츠바키의 말에 호우센은 만족스럽게 웃었다.

"그래서? 언제 할 건데."

『그건 아직 말 못 해. 결행 정보를 쉽게 흘릴 순 없으니까.』

"나를 못 믿는 건가. 비밀주의도 좋지만, 그렇게 나오면 협력할 것도 못 하는데."

『그걸 위해 무전기가 있는 거야.』

카타기리에게서 빼앗은 무전기는 처음부터 호우센을 위해 준비된 것.

빼앗겼지만 결과는 똑같았다는 말이다.

"그런 거냐."

『때를 봐서 다시 연락할 테니까 잘 부탁할게.』

그렇게 말한 츠바키는 일방적으로 통신을 끝냈다.

"방심할 수 없는 여자네."

그렇게 말하며 웃은 호우센은 무전기를 주머니에 넣었다.

"어떻게 할 건가요?"

"어떻게 하고 자시고 츠바키의 전략에 따라도 손해 볼 거 없잖아. 어차피 난 혼자서도 아야노코지를 쓰러트릴 계획이었으니까."

그러려면 GPS 검색을 계속해야 한다.

그런데 그것까지 츠바키 측에서 전부 준비해준다면 올라타는 것이 이익이라고 판단했다.

"나는 자유롭게 주먹을 쓰고, 책임은 전부 주모자인 츠바키가 지고. 최곤데."

"반대로 수상한 느낌도 들지 않나요……? 이용당하는

거라든지."

"그건 또 그것대로 환영한다고. 뭐, 어쨌든 그렇게 한다."

"……저도 돕겠습니다."

"뭐?"

"1학년 D반 그룹은 저도 지키고 싶으니까요. 츠바키 씨에게서 상세한 정보가 올 때까지 옆에 있게 해주세요."

나나세의 부탁에 호우센은 좋을 대로 하라는 한 마디만 남겼다.

1

그리고 때는 특별시험 13일째, 현재진행형인 오전 6시 51분으로 바뀐다.

우토미야는 텐트 옆에서 하늘을 올려다보는 츠바키를 바라보았다.

"무슨 생각 해? 츠바키."

"머릿속으로 최종 예행 연습 중. 뭐 할 말 있어?"

"아니, 일단 작전 결행 전에 말이라도 붙여볼까 싶었을 뿐이야. 어쩌면 츠바키와의 관계는 여기까지일지도 모른다는 생각이 들어서."

"그렇구나."

이게 마지막 대화가 될 가능성도 있기에 서로의 생각을

솔직히 털어놓았다.

"왜 나랑 말할 때만은 무전기를 쓰지 않은 거야?"

"얼굴 보고 말하지 않으면 상대방의 진심을 모르니까. 호우센과 나눈 대화를 들었으니 잘 알겠지?"

"그렇군. 무슨 생각을 하는지까지는 모르겠지만, 절대 신뢰할 수 없어."

"신뢰할 수 없는 건 호우센이어서겠지?"

정곡을 찔린 우토미야가 민망한 듯 고개를 돌렸다.

"내가 1학년 중에서 믿는 사람은 우토미야뿐이니까. 작전을 직접 듣고 생각을 바로 말해주길 바랐거든."

왠지 자조적으로 느껴지는 미소를 지은 후 츠바키는 다시 무표정으로 돌아왔다.

신뢰하고 있다는 이야기를 들은 우토미야는 확인해야 할 것이 있음을 떠올렸다.

"준비는 어떻게 되어가고 있어?"

"아까 GPS를 켰을 때 한 장 캡처해 놨는데 볼래?"

그렇게 말한 츠바키는 태블릿을 켜고 저장해 둔 GPS 화면을 보여주었다.

아야노코지의 캠핑지는 E5. 1학년들은 D4와 E6에 진을 치고 있었다.

"배치는 츠바키의 계획대로 완벽하군."

"뭐, 그만큼 공들여서 준비했으니까. 지형도 우리를 돕고 있고."

화면을 집어삼킬 듯이 보는 우토미야를 츠바키가 천천히 올려보았다.

그런 두 사람 쪽으로 한 명이 다가왔다.

"츠바키 씨, 잠시 괜찮습니까?"

우토미야와 같은 그룹에 1학년 B반의 리더 같은 존재 야가미였다.

"준비는 다 마쳤으니까 말할 시간 정도는 있지만……."

미심쩍은 표정을 지은 츠바키는 야가미에게 불만을 드러냈다.

"사실은 꼭 알아야 할 이야기가 있습니다."

"미안한데 잠시만. 그 전에 야가미랑 할 말이 있어."

츠바키에게 말하려는 야가미를 우토미야가 강한 어조로 불러 세웠다.

"뭐죠?"

"어제 갑자기 사라져서 어디 갔었어?"

"미안합니다, 손목시계가 고장 나서 서둘러 시작 지점으로 돌아갔었습니다."

그렇게 말하며 왼팔에 찬 손목시계를 보여주었다.

"고장 났다고? 이걸로 두 번째로군."

왠지 의심스러운 듯 우토미야가 경계심을 한층 높였다.

"무슨 꿍꿍이야, 야가미."

"손목시계가 고장 난 걸 두고 꿍꿍이가 있다는 의심을 받다니 어이가 없군요. 우토미야 군도 며칠 전에 손목시계가 고장 나지 않았었나요? 그것도 의심할 일인가요?"

"내 경우는 단순 오류였고."

"저도 비슷한 겁니다."

시종일관 웃는 얼굴인 야가미를 노려보는 우토미야.

"잠깐, 두 사람 다 이런 때에 싸우지 마. 일단은 친구 사이잖아?"

"……미안. 작전 전에 좀 예민해졌었나 봐."

"저도 말이 좀 지나쳤습니다, 사과드리죠."

"손목시계 교환한다고 하루를 다 쓴 거야? 다른 이유가 있으면 들려줄래?"

"오늘 작전 실행과 관련해서 츠바키 씨에게 선물 하나를 준비했습니다."

"선물?"

"아야노코지 선배를 궁지로 모는 전략 말입니다만, 꼭 성공한다는 법은 없잖습니까?"

중요한 작전 실행 전에 야가미가 불길한 소리를 했다.

그에 과민한 반응을 보인 것은 츠바키가 아니라 옆에 서 있는 우토미야였다.

"무슨 소리야, 야가미. 이 작전이 실패한다는——."

"실패할 마음으로 작전을 실행할 생각은 없는데."

우토미야의 반발을 덮듯이 츠바키도 약간 강한 어조로 대꾸했다.

"물론 츠바키 씨가 세운 전략은 완벽합니다. 개미 한 마리 기어나갈 틈도 없는 포진이라고 할 수 있죠. 우리 1학년이 준비할 수 있는 최대 세력으로 도전하는 거고요. 그러니 성공을 의심할 여지는 없습니다. 다만 쓸 수 있는 수단은 모두 쓰는 게 좋다고 생각하지 않나요?"

술술 잘도 말하는 야가미가 수상하면서도 츠바키는 조용히 물었다.

"난 변칙은 쓰고 싶지 않지만, 이야기는 들어볼게."

실제로 야가미의 제안을 받아들일지 말지는 다 들은 다음 판단하면 된다고 츠바키는 속으로 중얼거렸다.

"지금부터 츠바키 씨는 GPS 검색을 반복해서 아야노코지 선배의 위치를 파악하며 궁지로 몰 생각이지만, 그러려면 대량의 점수를 소비해야 하죠."

"그래서 예비 그룹의 태블릿도 준비했는데."

그렇게 보충 설명하는 우토미야에게 야가미는 알고 있다며 달래듯 말했다.

"하지만 그건 효율적이라고 도저히 말할 수 없습니다. 왠지 아십니까?"

"아야노코지 선배의 지정 구역이 어딘지 모르니까 행동을 예측할 수 없어서."

츠바키의 대답에 만족한 듯 야가미가 고개를 끄덕였다.

"맞습니다. 아야노코지 선배가 지정 구역으로 향하는 것인지, 아니면 과제를 하러 가는 것인지, 단순히 도망치기 위해서인지, 무엇을 우선으로 하고 무엇을 포기하려고 하는지……. 그걸 읽어낼 수 있다면 효율은 비약적으로 올라갑니다."

"그걸 쉽게 알 수 있으면 아무도 고생 안 하지. 그러니까 몇 번이고 GPS 검색을 할 수 있도록 태블릿을 여러 개 준비한 거 아냐."

"저 나름대로 뭔가 도움이 될 만한 게 없을까 고민하고 시간을 들여서 조사해봤습니다. 열두 가지 테이블 중에서 아야노코지 선배가 어느 테이블에 속해 있는지를 말입니다."

지금까지 흥미를 보이지 않던 츠바키가 머리카락을 만지작거리던 손을 멈췄다.

그와 동시에 우토미야의 반론도 멈췄다.

"네가 안다고?"

"네. 정확하게는 제가 아니라 이『태블릿』이 알려주는 것뿐이지만요."

그렇게 말한 야가미는 태블릿을 하나 꺼냈다.

"이건?"

"1학년 B반, 제 친구 그룹에서 빌린 겁니다. 이 태블릿의 주인은 아야노코지 선배와 같은 테이블이거든요."

"그러니까 이게 있으면 오늘 아야노코지 선배의 움직임을 실시간으로 바로 알 수 있다는 거네."

천천히 고개를 끄덕이는 야가미.

아야노코지의 지정 구역을 동시에 알 수 있으면 선수 치기도 쉽다.

"정말로 아야노코지와 같은 테이블의 태블릿이라고 단언할 수 있어?"

급한 마음에 아야노코지를 그냥 부른 우토미야는 거들떠보지도 않고 야가미는 츠바키와 대화를 이어나갔다.

"어떻게 알아냈는가 하면——."

"GPS 검색을 반복해서 테이블을 특정했겠지."

생각할 것도 없다며 츠비키가 방법을 알아맞혔다.

"……역시. 제가 괜한 행동을 한 건가요?"

츠바키를 깜짝 놀라게 할 줄 알았던 야가미가 도리어 놀랐다.

"아니, 그 태블릿을 빌릴 수 있으면 고맙겠어. 지금부터 쓸 점수를 생각하면 쓸데없는 타격은 최대한 피하고 싶으니까. 그런데 괜찮겠어?"

"일련탁생 해야죠. 츠바키 씨의 성공은 곧 저의 성공으로 이어집니다. 게다가 1학년을 대표해 저와 우토미야 군의 그룹이 고군분투했지만, 1위에서 3위 안에 들기는 어려워졌습니다. 이렇게 되면 다른 부분에서 분발하는 수밖에 없으니까요."

오늘 여기 모인 것도 벌어들이는 점수에서 큰 의미를 찾을 수 없게 되었기 때문이다.

만약 1위를 노릴 수 있는 위치에 있다면, 태평하게 모일 여유 따위 없다.

야가미는 계속해서 말을 이었다.

"게다가 이 제안을 받아들이지 않으면 보험을 준비하는 것도 불가능하니까요."

"보험? 도대체 무슨 소리야."

"최우선은 츠바키 씨의 작전대로 아야노코지 선배를 궁지로 몰아 강제 탈락시키는 것. 하지만 그게 어떠한 원인으로 인해 실패로 끝나버릴 수도 있죠. 이를테면 그날 하루, 아야노코지 선배가 제삼자와 함께 행동할 경우입니다. 남이 있는 데서 공격할 수는 없으니까요."

"그럴 걱정은 없어. 8일째 이후로는 줄곧 혼자 다니고 있으니."

다 알아봤다고 반론하는 우토미야였지만, 야가미가 고개를 가로저었다.

"하지만 13일째 날에도 그럴 거란 보장은 없습니다."

"하긴. 그래서?"

"예상치 못한 일 때문에 실패로 끝날 경우는 지정 구역을 전부 패스하게 만드는 방법으로 전환해서 점수를 빼앗는 겁니다. 그리고 내일 최종일인 14일째에도 세 번의 이동이 있는데, 그걸 막는 거죠."

"그러니까 페널티를 5회 받게 하자는 건가?"

"아닙니다. 최대 7회까지 받을 수 있어요. 아야노코지 선배의 테이블은 어제인 12일째 세 번째 지정 구역이 랜덤으로 거리가 먼 D4였고 그 후 네 번째 지정 구역 D2도 가지 못하면서 총 2회 패스를 했습니다. 과제를 하는 방향으로 전환한 건 이미 확인을 마쳤습니다."

"만약 7회 패스하면 마이너스 28점……. 무시할 수 없는 점수네."

남은 시간은 고작 이틀. 그 사이에 28점을 잃는 것은 상당히 뼈아프다.

우토미야는 야가미가 생각한 보험 전략의 스케일을 알아차렸다.

"아야노코지 선배는 현재도 단독입니다. 몇 점이 있는지는 모르지만, 단독이니까 그리 많지는 않겠죠. 게다가 우리의 습격 때문에 GPS 검색도 쓸 거고요. 먼저 가서 과제도 못 하게 막으면 하위 다섯 그룹에 들 가능성도 충분히 있습니다."

"뭐, 하긴 그러네."

"이 보험으로 아야노코지 선배의 탈락에 성공했을 경우, 제 몫은 500만 포인트, 츠바키 씨 일행이 1,000만 포인트를 가지는 게 어떻습니까? 나머지 500만 포인트는 실패한 그룹에 나눠주는 걸로 해서 납득하게 하고요."

"나쁘지 않은 아이디어네, 그렇게 생각하지 않아? 츠바키."

야가미의 제안에 진심으로 놀란 우토미야와는 대조적으로 츠바키는 반응이 뜨뜻미지근했다.

"츠바키, 난 보험을 들어둬야 한다고 생각해."

야가미의 제안을 받아들여야 한다고 다시금 츠바키에게

의견을 피력했다.

"뭐, 같은 테이블의 태블릿까지 준비해줬으니, 안 할 재간이 없네."

하지만── 하고 잠시 말을 머뭇거리다가 츠바키가 다른 태블릿을 꺼냈다.

그리고 자신의 태블릿, 예비 태블릿까지 총 세 대를 보여주었다.

"그 태블릿은?"

"아야노코지 선배와 같은 테이블의 태블릿."

"뭐라고? 언제……."

야가미가 테이블을 특정할 필요도 없이, 이미 츠바키의 손에 필요한 것이 다 갖춰져 있었다.

"츠바키 씨는 제 상상 이상이로군요. 이 보험 전략까지 다 생각했었던 거네요……."

"그럼 그렇다고 왜 말하지 않았어?"

"좀 마음에 안 들어서. 지정 구역을 패스하게 만든다는 전략을 야가미도 생각했다는 게. 시치미 떼려고 했는데 너무 똑같은 나머지."

왠지 어린애 같은 이야기에 야가미와 우토미야의 눈이 순간 마주쳤다.

"그런 거라면 제가 보수를 받을 수는 없겠군요. 500만 포인트는 포기하죠. 그럼 저는 멀리 떨어진 곳에서 지켜보도록 하겠습니다."

"고마워. 솔직히 신뢰할 수 없는 사람이 가까이에 있으면 움직이기 어려운데, 그렇게 해준다니 고맙네."

대놓고 그렇게 말했는데도 야가미는 불만 없이 받아들였다.

야가미가 멀어지자, 우토미야가 입을 열었다.

"츠바키. 만약에 아야노코지를 물리적인 방법으로 쓰러트리면 정말로 탈락 처리가 될까?"

"강제적인 방법이니까 문제가 없는 건 아니겠지. 최악을 상상해보자면 공작을 펼친 우리 1학년만 퇴학당할 가능성도 전혀 없지 않아."

"만약에 협조한 그룹까지 걸리면 상당한 인원이 퇴학당하고 말겠지."

1학년만 퇴학당하는 것을 상상한 우토미야의 표정이 굳어졌다.

"하지만 실제로 그럴 확률은 거의 0에 가까워. 가장 무거운 죄를 짊어질 사람은 주모자인 나뿐일 거야. 학교도 1학년을 10명이고 20명이고 퇴학시킬 수는 없으니까."

"그건 그것대로 문제지. 정말로 혼자 죄를 다 떠맡을 생각이야?"

"애초에 예의 특별시험이 개시되었을 때부터 아야노코지 선배를 퇴학시키자고 말을 꺼낸 사람은 나잖아. 우토미야는 거기에 동조해줬을 뿐이고."

"그건 그렇지만……."

우토미야는 입학 초기에 2학년과 짝을 이루어 치렀던 특별시험을 떠올렸다.

아야노코지 키요타카를 퇴학시키면 2,000만 포인트를 얻을 수 있다는 특수한 시험. 당시 이 특별시험에 혐오감을 드러냈던 우토미야는 1학년 C반의 방관을 제안했었다.

하지만 츠바키는 그런 우토미야를 계속 설득해 자기 편으로 끌어들였다. 앞으로 1학년 C반이 윗반을 노리기 위해서는 2,000만 포인트가 큰 자산이 될 거라고.

무슨 수를 써서 퇴학시키느냐고 물어본 우토미야에게 츠바키는 바로 대답했다.

자신이 아야노코지와 팀을 이루어 일부러 시험을 내팽개치고 자폭하겠다고. 츠바키는 퇴학당하고 보수인 2,000만 포인트는 협력자인 우토미야에게. 그리고 그 포인트를 써서 1학년 C반의 미래에 보탬이 되길 바란다고 말했다.

"처음에 이 계획을 말해줬을 때 깊은 사정은 묻지 않기로 했었지."

"궁금해? 내가 퇴학당해도 좋다고 생각하는 이유가?"

"……궁금하지 않다고 말한다면 거짓말이지. 입학하자마자 퇴학당해도 된다고 하니 이상하잖아."

"뭐, 생각 이상으로 1학년 C반이 지내기 편했다는 건 인정해. 그래서 더, 이왕 퇴학당할 거라면 반을 위한 일을 하고 그만두자고 생각했던 거야."

그렇게만 대답한 츠바키였지만, 역시 사정을 말하지는

않았다.

우토미야도 더 이상 묻는 것은 규칙 위반이라며 태도를 고치고 시선을 숲 쪽으로 돌렸다.

"역시 나도 가야 하지 않을까? 나는 아야노코지와 1 대 1로 싸워서 이길 자신이 있는데."

"그건 안 돼. 우토미야는 1학년 C반에 꼭 필요한 인재야. 그리고 내가 책임지는 과정에서 너도 똑같이 심판받을 가능성도 있으니까. 아야노코지 선배는 다른 애들한테 맡겨."

"일반적인 상대라면 그걸로 충분하겠지. 하지만 아야노코지는 2,000만 포인트라는 현상금이 걸려 있는, 일반적인 상대가 아니야. 선수 쳤던 호우센이 제대로 성공하지 못한 이상, 모든 수단을 다 써야 한다고 봐."

"그래. 적어도 호우센 수준은 된다고 생각하고 덤비는 편이 확실하겠지."

그래도 츠바키는 우토미야에게 GO 사인을 보내지 않고, 여기에 남으라고 지시를 내렸다.

"……알았어. 난 가까이에서 네 싸움을 지켜볼게."

"있지, 우토미야."

방해되지 않도록 거리를 벌리려는 우토미야의 등에다 대고 츠바키가 말했다.

"응?"

"꽤 강한 것 같던데, 어디서 싸움을 배웠어? 불량했던 건 아니지?"

"딱히 별거 아니야. 쓸데없이 캐물을 필요는 없잖아, 피차."

"그렇지. 하지만 일단 물어보는 거야. 나한테 뭐 감추는 건 없겠지?"

"감추는 거? 아무것도 없어. 내 머릿속에는 싸움밖에 없으니까."

"그럼 됐고."

그리고 시험이 시작된 아침 7시. 무전기를 한 손에 들고 또 다른 손에는 태블릿을 쥔 츠바키가 입을 열었다. 태블릿에 표시된 아야노코지의 행선지는 C3.

"각 그룹에 통보. 적이 향하는 지정 구역은 C3. D4에 있는 그룹은 현 위치 대기, E6에 있는 그룹은 북쪽으로 올라가 협공해. 적을 발견해도 허락할 때까지는 접촉 금지야."

츠바키는 그렇게 지시한 후 조용히 무전기 송신을 마쳤다.

"아야노코지 선배의 배제가 끝나면 학교에 내 존재가 들키기 전에 2학년과 3학년 단독 그룹 몇 팀을 격파—— 누굴 노리는 게 좋을까."

츠바키는 누구를 표적으로 삼을지, 마지막으로 생각을 정리하기 시작했다.

2

내가 이변을 알아차린 것은 아침 7시를 맞이하고 지정
구역 C3가 발표된 단계에서였다.

지난 며칠 습관이 된 GPS 검색으로 우선 착순을 두고
경합할 라이벌을 찾아보았다.

그리고 거기에 1학년 주요 멤버 『우토미야』, 『츠바키』,
『야가미』가 항상 포함되어 있다는 사실을 알아차렸다. 우
토미야와 야가미는 같은 그룹이니 별로 이상할 게 없지만,
츠바키가 있는 게 마음에 걸렸다. 그리고 그 이외의 주요
그룹 멤버의 모습이 보이지 않았다.

얼마 전 나나세에게서 들은 이야기가 떠오르면서 직감
했다. 1학년이 움직이는 것은 오늘이라고.

1학년 그룹은 당연히 섬의 각지에 흩어져 있는데, 어제
저녁에 확인했을 때부터 위치에 큰 변화가 생겼다. 나를
에워싸는 D4와 E6에 상당한 수의 그룹이 집결해 있었다.

"시작한 건가."

넓은 무인도라고는 하지만 적이 GPS 검색을 한계까지
쓸 작정이라면 계속해서 정면충돌을 피하기란 어렵다. 나
나세와 내가 같은 테이블이라는 사실은 며칠이면 알아낼
수 있었을 테니 내가 갈 지정 구역이 들켰다고 확신해도
될 것이다.

그렇다면 이대로 혼자 C3로 가는 것은 피해야 하지만,
마지막까지 와서 페널티를 범해버리면 상당히 위험하다.

어제 나는 지정 구역을 두 번 연속 패스하고 말았다. 나

머지 7번의 지정 구역을 밟지 못하면 순위가 과연 어디까지 추락할지……. 두 번 패스한 타이밍을 노린 건지 우연의 일치인 건지는 모르겠지만, 공작을 펼치기에는 절호의 기회라고 할 수 있다.

"최소한 싸우는 방법은 아는 것 같군."

무리해서 한밤중이나 이른 아침에 덤비지 않은 것은 옳은 선택이다.

만약 시야가 나쁜 한밤중에 덤볐다가 나를 놓쳐버리면 아무리 GPS 검색이 있어도 잡기 불가능하다. 반대로 이른 아침에는 내 지정 구역을 모르기 때문에 방침을 정하기 어렵다.

그나저나 수가 상당히 많다. 호우센 등 극소수의 실력자들이 뭔가 수작 부릴 가능성이 있다고는 염두에 두고 있었지만, 예상했던 규모를 넘어섰다.

호우센은 어젯밤과 다름없이 D4에 있었다. 지정 구역으로 가면 딱 맞닥뜨리겠는데.

1학년들의 공격을 받았다고 하면 학교 측은 나를 보호할 가능성이 크다.

하지만 동시에 학교 전체에 내 존재가 불온하고 기묘한 이미지로 정착될 것이다.

평범한 학교생활을 보낸다는 목표를 동시에 잃어버리게 되는 것이기도 하다.

아무것도 모르는 교사들마저 평범하지 않은 학생으로

인식을 바꾸겠지.

과제 지점에는 교사도 있기에 안전은 보장되지만, 다수에게 따라잡히는 것은 현명한 선택이 아니다. 다른 학생들과 함께 움직이는 방법도 있지만, 1학년은 물론이고 나구모의 입김이 닿은 3학년도 적이라고 봐야 한다.

1학년의 체력이 다해 추적을 포기할 때까지 계속 달아나는 것만이 지금 취할 수 있는 선택지이다.

텐트를 접고 준비를 마친 1분 후 다시 GPS를 켜니, 나를 포위한 1학년들의 GPS 반응이 점점 가까워지고 있었다.

이대로 있으면 나나세가 말한 『발견 즉시 폭력 사태로 번진다』라는 말이 실현된다.

이 전략을 지휘하는 인물은 퇴학을 두려워하지 않는다.

만일의 사태가 벌어지면 주모자로서 책임질 각오를 단단히 하고 있는지도 모르겠군.

그렇다면 혹시라도 내가 부주의하게 교전을 벌이는 것은 최대한 피해야 할 터. 어제까지 합해 총 여섯 번의 지정 구역을 전부 무시해서라도 말이다.

산과 강으로 둘러싸인 상황이라, 무심코 산을 넘어 달아나고 싶어졌지만, 배치 관계상 현명한 선택이라고 보긴 어렵다. 다소 위험하더라도 남쪽으로 빠져나가는 게 좋겠다.

아마 지정 구역에서 멀어지는 선택지를 고르면 적도 집요하게 따라붙지는 못할 것이다.

나는 배낭에서 어떤 것을 꺼낸 다음 걷기 시작했다.

3

"상황이 어떤가요, 츠바키 씨."

오전 8시, 순조롭다면 1학년 그룹이 아야노코지와 접촉했을 무렵.

아직 무전기로 그런 보고가 들어오지 않는 것이 마음에 걸린 야가미가 물었다.

"당황하지 마, 여기까지 전부 계획대로니까. 무서울 정도로 순조롭게 진행되고 있어."

"그렇다면 다행이네요."

아야노코지는 거리를 좁혀오는 1학년 그룹에 잡히지 않으려고 깔끔하게 우회하고 있었다. 팀이 어느 정도 되는지는 모르겠지만 정기적으로 GPS 검색을 하는 게 분명했다. 1점이라도 더 많이 토해내게 할 수 있다면 그보다 더 좋은 일은 없다. 츠바키는 폭력도 불사할 계획이었지만, 거기까지 가지 않고 쓰러트리는 것이야말로 가장 이상적이라고 생각했기 때문이다.

이대로 계속 패스하게 된다면 비접촉으로 승리하는 길도 보인다.

견디지 못하고 강행 돌파를 시도한다면 그때 가서 힘을 쓰면 그만.

코너로 몰아넣을 수 있음에도 그렇게 하지 않고, 달아나기 쉬운 길을 살짝 만들어 주는 상황이었다.

츠바키는 그동안 쓸어 모은 점수를 써서 10분 간격으로 GPS를 켰다.

어제까지 12일간 시험에서 이기려고 점수를 닥치는 대로 모은 게 아니다.

이 순간에 모든 점수를 쓰기 위해서.

오전 9시가 지나자 아야노코지의 세 번째 패스가 확정되었다.

다음으로 태블릿이 알려준 아야노코지의 행선지는 D2. 현재 C6로 달아난 아야노코지는 굳이 방해하지 않아도 지정 구역을 밟기 어렵다.

두 그룹이 아야노코지 키요타카를 궁지로 몰아넣으려고 계속해서 이동하고 있었다.

10분 간격의 갱신으로도 그 움직임을 잘 알 수 있을 정도였다.

이대로 가면 아야노코지는 B4, C5 사이를 빠져나가 북상할 가능성이 있다.

그래서 나머지 세 그룹에 C4에 집결하도록 지시를 내렸다. 얼마간 상황을 살펴도 된다고 판단한 츠바키는 1시간 동안 검색을 중단하고 휴식에 들어갔다. 오전 10시가 지났을 때, 상황 확인을 하려고 모두의 위치를 확인했다. 아야노코지는 츠바키의 예상대로 B4, C5 사이를 지나가려고 하고 있었다. 그를 추적하는 두 그룹도 B5에 진입하는 중이었다.

"빠져나갈 수 없어."

C4에 들어간 그룹에 아야노코지가 하산하는 곳을 노리라고 지시를 내렸다.

앞질러서 B4, B3 쪽으로 유도하려는 속셈이었다.

여기서부터 다시 10분 간격으로 검색해서 전체의 위치를 파악하는 츠바키. 예상대로 아야노코지는 앞질러 간 1학년으로부터 달아나려는 듯 B4를 북쪽으로 나아갔다. 그것을 보고 세 그룹을 C4에서 북상시켜 달아나지 못하게 코너로 몰았다.

"하나만 괜찮을까요, 츠바키 씨."

"……뭐?"

떨어진 곳에서 동시에 태블릿을 만지던 야가미가 시선을 보냈다.

"더 세밀하게 지시를 내리면 아야노코지 선배를 궁지로 몰아넣을 수 있지 않습니까? 조금 느슨한 진행처럼 보여서요."

"귀찮네……."

야가미에게 들리지 않게 작은 목소리로 중얼거린 츠바키는 그냥 무시하기로 했다.

30분 정도 더 지나자 문제가 발생했다.

C4에서 북상하라고 명령을 받은 세 그룹이 거의 이동하

지 않았다.

이동 중에 무슨 문제가 생겼다고 해서 세 그룹이 동시에 멈출까?

이번에는 10분보다 더 짧은 5분 간격으로 GPS의 위치를 새로 갱신했다.

"역시 안 움직이네……."

아야노코지가 B3로 빠져나가려 하고 있는데 세 그룹은 아직 C4에서 벗어나지 못했다.

이대로라면 C3까지 달아나게 만들 위험이 있다.

"왜 그래? 무슨 일 있어?"

무전기에 대고 말해보았지만, 반응이 없었다.

"이상하네."

이것이 단순한 그룹 내 사고가 아님을 깨달은 츠바키.

"왜 그러시죠, 츠바키 씨."

표정에서 그늘을 본 야가미가 허락도 구하지 않고 태블릿을 들여다보았다.

"무슨 일 있습니까?"

"보낸 1학년 다섯 그룹 중에 세 그룹이 움직임을 멈췄어. 그 세 그룹의 공통점은 2학년 그룹이 겹쳐지듯이 같은 위치에 있다는 거야."

400명이 넘는 무인도 시험에서는 다양한 그룹과 마주치는 것도 그리 드물지 않다.

그래서 지금까지는 츠바키도 별로 신경 쓰지 않고 있었다.

"응답해."

츠바키가 재차 무전기에 대고 말했지만, 아무리 기다려도 응답은 돌아오지 않았다.

"단순 사고일 수도 있지 않습니까? 여기 무인도에서는 많은 그룹이 항상 지정 구역과 과제를 찾아 이동하고 있으니, 단정 짓는 건 오히려 위험하다고 봅니다."

"우연히 세 그룹 모두 2학년한테 저지당했는데?"

"그건 그렇지만……."

그로부터 5분, 조급한 마음을 참고 또 참은 츠바키가 GPS를 갱신했다.

"일단 다시 움직이기 시작했지만, 상당히 느린 것 같네요."

"2학년 그룹이 딱 달라붙어 있어."

그러는 사이에도 아야노코지는 B4를 빠져나가 B3에서 하산, C3로 향하고 있었다.

이렇게 되면 뒤를 쫓고 있는 두 그룹에 맡기는 수밖에 없나……. 아야노코지의 뒤를 쫓던 두 그룹도 어느새 움직임이 멈춰 있었다.

그리고 동시에 2학년 그룹이 달라붙어 있었다.

"정말로 2학년의 방해를 받는 것처럼 보입니다만…… 그렇다면 누군가가──."

멋대로 태블릿을 만지며 자세한 상황을 확인하려는 야가미.

"방해하지 마."

"앗?!"

뿌리치듯 야가미를 밀어냈다.

"일단은 같은 편이니까 여기 있게 해줬지만, 네 멋대로 손대는 것까지 허락한 기억은 없는데."

살벌한 눈빛으로 노려보자 야가미가 한 발짝 뒤로 물러났다.

"……알겠습니다. 하지만 의견은 말하죠. 발을 묶은 2학년이 누구인지 확인하는 편이 좋지 않은가요?"

"나도 알아."

들을 것도 없이 이미 확인하려고 했던 츠바키가 조작을 시작했다.

방해 공작을 하는 것으로 보이는 2학년 멤버들.

하지만 다섯 그룹 중에 마음에 걸리는 학생은 한 사람도 섞여 있지 않았다.

"2학년의 리더 격 인물은 포함되어 있지 않나 보네요."

"심지어 A반에서 D반 학생까지 골고루 섞여 있고 이렇다 할 편향이 없어."

"즉 특정 반만이 아니라 2학년 전체의 의지로 움직이고 있다는 겁니까?"

야가미의 말대로였지만 츠바키는 뭔가 마음에 걸렸다.

아야노코지를 지키기 위해 학년 전체가 하나로 똘똘 뭉쳤다고 생각하기란 도저히 어려웠기 때문이다.

"……그런가."

이 상황에서 엿볼 수 있는 한 가지 답.

"이 다섯 그룹은 자신들이 방해자 역할을 맡은 이유를 모르고 있어."

"아무것도 모르고 협력하고 있다고요?"

"이유 따위 아무래도 좋은 거겠지. 2학년을 지키기 위해 1학년의 기본 이동과 과제를 방해하고 오라고 한, 가벼운 심부름 정도의 느낌 아닐까?"

이 상황을 인식한 후 오늘의 GPS 검색 기록을 되돌아보았다.

캡처 화면을 넘기면서 2학년이 어디에 있었는지 눈으로 좇았다.

"지나치게 능수능란해. 우리가 오늘 공격한다는 걸 처음부터 알고 있었다. 그렇게 생각할 수밖에 없어."

"남은 특별시험은 이틀밖에 없었습니다. 저쪽의 경계가 심해진 건 이상하지 않다고 생각합니다. 아야노코지 선배 본인도 현상금이 걸려 있다는 사실을 알고 있을 테니 미리 손쓴 거겠죠."

후반으로 가면 갈수록 공격당할 날이 좁혀지니 이상한 일은 아니라고 야가미가 말했다.

"공격하는 우리는 지금만 습격하는 데 시간을 할애하면 그만이야. 하지만 2학년은 온종일 아야노코지 선배를 지킬 수는 없는 거잖아? 특별시험이 있으니까."

남은 이틀은 1점이라도 더 많이 득점하고 싶은 시간대이기도 하다.

"하긴 그렇군요……."

"그리고 또 하나 마음에 걸리는 건 우리 그룹이 쉽게 말렸다는 거. 따로 움직이면서 다섯 그룹의 발을 묶기란 쉬운 일이 아니야."

어떻게 그럴 수 있는지 야가미는 대답하지 못하고, 입가에 손을 댄 채 생각에 잠겼다.

"그게 어떻게 가능한지 모르겠어? 저쪽에 지휘관이 숨어 있다는 증거지."

"츠바키 씨처럼 통솔하는 인물이 뒤에 숨어 있다는 겁니까……?"

츠바키가 고개를 끄덕이며 섬 전체 지도를 열었다.

이 GPS 반응의 어딘가에 지금의 자신처럼 전국을 살피고 있는 인물이 있다.

그리고 적확한 지시를 내려 1학년 그룹을 잡았다.

"제 생각에는 작전을 일시 중단하는 것도 검토해야 하지 않을까 싶어요."

"왜?"

"설마 강행 돌파할 생각입니까? 위험합니다."

"그렇게 하진 않아. 지금 잡혀 있는 다섯 그룹 애들로는 그렇게 대담한 짓을 하기도 불가능하고."

"그럼 왜 중단하지 않는 겁니까?"

"어차피 똑같으니까."

"똑같……다고요?"

이 상황은 츠바키가 애초에 예상했던 일.

오히려 방해하는 그룹이 나타나 준 것이 고마울 지경이었다.

"지휘하는 상대가 누군지 모르지만, 눈에 보이는 정보만이 전부가 아니라는 걸 알려줄 거야."

"도대체 어떻게 할 생각이죠?"

"아마 저쪽 지휘관은 움직인 1학년 다섯 그룹을 어젯밤에 알아차렸을 거야."

"그렇군요, 밤에도 검색을 계속했다는 겁니까."

"아까도 말했듯이 2학년에게는 2학년의 시험이 있어. 우리가 다섯 그룹을 준비한 것처럼 저쪽도 마찬가지로 다섯 그룹을 내세워서 잘 대처하고 있어. 여섯 팀 일곱 팀씩 만들면 특별시험 쪽에 소홀해지기 마련이니까."

"하지만 혹시 모른다고 한두 개 정도 더 많은 그룹을 준비해두었을 가능성도 있지 않습니까?"

"그렇지. 하지만 지금까지 봐선 불규칙한 움직임을 보이는 2학년 그룹은 다섯 팀뿐. 같은 숫자로 대처할 수 있다고 판단한 자신감 넘치는 인물 아닐까? 하지만 그게 결정적 실수야."

츠바키는 무전기를 쥐고 새로운 지시를 내렸다.

"이제 방해할 상대는 사라졌어. 지금이라면 네가 원하는 전개가 가능해."

"누구한테 연락한 거죠? 주위에 움직일 수 있는 그룹은 이제 하나도……."

"말했잖아. 눈에 보이는 정보가 전부는 아니라고."

지시를 내린 후 츠바키는 머리를 굴렸다. 누가 이 전국에 관여하고 있는지를.

"아야노코지가 도망치면서? 아니, 아무리 그래도 그건 무리야. 다른 반을 조종해 통솔 가능할 만큼의 구심력도 없고, 그럴 여유도 지금은 없어."

옆에 서 있는 야가미에게도 들리지 않을 만큼, 정말로 입만 움직일 뿐인 중얼거림.

츠바키는 생각할 때 주위에 들리지 않게 말하면서 추리하는 경향이 있다.

아무리 작은 음량이라 할지라도 소리 내어 말하면 머릿속이 깨끗해졌다.

비유하자면 옷이 아무렇게나 처박힌 옷장에서 옷을 한 벌씩 꺼내 다시 개어 넣는 작업을 하고 있었다.

"지금 이 국면에 관여하고 있는 인물과 아야노코지가 접촉해서 협력을 구했다고 보는 게 좋겠네. 그렇게 하면 미리 대비할 수 있었을 테니까."

"앗, 방금 뭐라고 했습니까?"

"아무것도 아니야, 신경 쓰지 마."

계속 중얼거리다 보니 야가미의 귀에도 들어갔나.

조금 성가셔진 츠바키는 그렇게 대답한 후 태블릿으로

다시 시선을 떨어뜨렸다.

4

　다이아몬드처럼 눈부시게 빛나는 바다를 바라보며, 사카야나기는 물을 한 모금 마셨다.

　수분 보충을 하기 위해서라기보다도 입술을 촉촉하게 하는 목적이 강했다.

　시각은 아침 7시 5분. 정확히 츠바키가 작전을 실행에 옮기기 시작한 타이밍이다.

　"움직이기 시작한 모양이군요."

　태블릿을 보던 사카야나기가 무전기를 한 손에 쥐고 지시를 내렸다.

　사카야나기는 10일째 밤, 11일째 밤, 12일째 밤, 그 사흘 동안 밤중에 GPS 검색을 했다. 아야노코지를 에워싸려면 시험 시간 이외를 노리고 움직일 필요가 있기 때문이었다.

　"우리도 스탠바이가 끝난 것 같으니, 시작할까요."

　『그건 괜찮은데 같은 구역으로 간다고 해도 마주친다는 보장이 없잖아?』

　무전기에서 나른한 목소리가 들렸다.

　사카야나기와 같은 반 츠카사키였다.

　오늘은 1학년을 방해해 과제를 못 하게 한다고 설명하고 현지에 보낸 상태였다.

"지금까지 12일 동안 무인도는 지형에 조금씩 변화가 생기고 있어요. 왜 그런지 아나요?"

『지형에 변화? ……그러니까 사람이 지나간 흔적을 말하는 거야?』

"맞아요. 매일 학생과 교사들이 무인도를 돌아다니고 있으니까요. 실제로 지금 츠카사키 군도 안전하고도 빠른 루트를 선택하기 위해 자연스럽게 이용하고 있지 않은지요?"

미미한 변화지만 비 온 후이기도 하고 사람이 다닌 흔적이 선명히 남은 길도 적지 않다.

"무엇보다 목표 지점이 정해져 있으면 루트를 추측하기란 어렵지 않아요."

『직접 보지도 않았는데 길이 보이나 보네.』

태블릿으로만 확인할 수 있지만, 과연 사카야나기는 무인도가 입체적으로 보였다.

누가 어떻게 움직이는지, 머릿속으로 생생하게 시뮬레이션 되었다.

그렇게 해서 그 너머에 있는, 이 전체도를 그리는 인물의 그림자를 좁혀나갔다.

얼마간 바다를 바라보던 사카야나기는 30분 정도 지나 다시 태블릿을 확인했다.

"자, 지정 구역과 과제로 향하는 이 시간에, 전혀 움직이지 않는 인물들은 아주 극소수일 테니까요——."

나아가 거기서 학년을 1학년만으로 좁히면 바로 극한까지 범위가 좁혀진다.

그리하여 세 개, 7시 시험 시작 이후로 움직이지 않는 GPS 반응을 찾아냈다.

"야가미 타쿠야 군, 우토미야 리쿠 군, 츠바키 사쿠라코 씨, 과연 누가 제 상대인가요? 아니면 이 세 사람 다일까요?"

키득거리며 즐거운 듯이 눈을 가늘게 떴다.

사카야나기는 이 재미있는 싸움의 판을 깔아준 인물을 떠올렸다.

그것은 사흘 전의 이야기. 특별시험 10일째 되던 날 밤으로 거슬러 올라간다.

무전기를 가진 타케모토 그룹이 사카야나기에게 연락해 왔다.

『이런 시간에 무슨 일이죠? 힘든 일이라도 생겼나요?』

사고가 생겼나 생각한 사카야나기였는데 그건 아닌 듯했다.

『아니, 그게 아니고. 실은 아야노코지가 너랑 얘기를 좀 나누고 싶대.』

"아야노코지 군이요?"

생각지도 못한 이름에, 살짝 졸렸던 사카야나기의 의식이 다시 또렷해졌다.

『빚을 좀 져서 말인데, 대화를 나눠주면 좋겠어——.』

"물론 상관없어요. 바꿔주세요."

『잠깐만.』

잠시 침묵이 이어진 후——.

『사카야나기?』

"안녕하세요, 아야노코지 군."

한창 무인도 시험을 치르는 중이라고는 생각하지 못할 만큼 우아하게 인사하는 사카야나기.

『반 연대는 잘 되어 가고 있는 것 같네.』

"네. 류엔 군, 호리키타 씨와도 연락했고. 순조롭게 진행되고 있어요. 자세한 사정은 모르겠지만 타케모토 군 그룹이 도움을 받은 모양이네요."

『사카야나기 그룹도 분발하고 있어서 지금 5위지? 충분히 상위를 노릴 수 있는 위치네.』

"불안한 요소가 전혀 없는 건 아니지만요."

『그래?』

"이치노세 씨와도 만났나요?"

『아니, 시험 중에 한 번도 못 만났어. 무슨 일 있어?』

"좀 상태가 이상하다는 연락을 받아서. 마음이 딴 데 가 있는 듯한 상태가 며칠 이어지고 있다고 해서 신경 쓰이긴 하네요."

긴 특별시험이니 컨디션이 망가지거나 좌절해도 이상하지 않다.

"그런데 저한테 무슨 일로?"

『한 가지 사카야나기에게 부탁하고 싶은 게 있어서.』

"뭐든 사양 말고 말해보세요. 우리 반이 진 빚을 갚아야죠."

『화이트 룸에 관해서야.』

"그것 또한 무척 흥미로운 이야기네요."

츠키시로 이사장 대행에 대해서는 사카야나기도 알고 있기에 그것을 전제로 깔고, 나나세가 츠키시로가 보낸 자객 중 한 명이라고 이야기하는 아야노코지. 그런데 그와는 별개로 화이트 룸생이 숨어 있다는 것. 그게 아마사와 이치카일 가능성이 몹시 크다고 설명했다.

"더 일찍 가르쳐 주셨으면 좋았을 텐데."

마치 즐길 기회를 놓쳤다고 말하는 듯이 아쉬워하는 사카야나기.

『둘 다 확실한 증거가 있는 건 아니어서.』

"아마사와 이치카라는 분을 제가 제거하면 되나요?"

『……아니.』

아무렇지 않게 엄청난 말을 내뱉는 사카야나기에 당황한 아야노코지.

『실은 또 하나, 눈엣가시가 있어.』

여기서 아야노코지는 본론인 나구모와 츠키시로가 건 현상금 이야기를 사카야나기에게 털어놓았다.

사카야나기는 2학년 중 어린 아야노코지와 그 자세한 사정을 아는 유일한 인물이다.

하지만 지금까지 이 이야기를 하지 않았던 것은 당연히 아야노코지의 개인적인 문제라는 사실이 컸고, 또 사카야나기를 『같은 편』으로 여기지 않아서였다.

애당초 이 학교는 반이 다른 시점에서 졸업할 때까지 적이라는 도식이 사라지지 않는다.

사카야나기가 이기기 위해 화이트 룸에 관한 부분을 이용할 위험도 있으니까.

하지만 그럴 위험이 생각만큼 높지 않다는 것은 그녀를 접하며 느끼고 있었다.

그리고 이번에 그 적은 위험을 새로운 위험 요인과 저울에 달아본 결과, 역전 현상이 일어난 것.

"그러니까 조만간 아야노코지 군을 노리고 1학년들이 움직이기 시작할 거란 얘기죠?"

『맞아. 사카야나기에게 그 대처를 부탁하고 싶어.』

"하지만 같은 화이트 룸생이라면 모를까, 그게 아닌 사람이 아야노코지 군을 궁지로 내몰기란 불가능하다고 생각하는데요."

『분명 1학년은 강경 수단을 쓸 거야. 나를 퇴학시키려면 단독 그룹의 약점을 찌르는 게 제일 확실하지. 그러니까 강제로 과제를 못 하게 막고, 나아가 지정 구역으로 이동하는 걸 방해하는 것도 예상해볼 수 있어.』

몇 명이 오든 아야노코지가 강하게 나오면 물리치기란 어렵지 않다고 사카야나기는 생각했다.

하지만 그건 결코 바람직한 대처 방법이라고 할 수 없었다.

"만약 1학년이 총력을 다 해도 쓰러트릴 수 없는 상대였다는 게 밝혀지면 아야노코지 군의 이름은 순식간에 온 학교에 퍼지게 되겠네요. 제게는—— 기뻐해야 할지 슬퍼해야 할지, 복잡한 부분이군요."

『가능하면 슬퍼해 줬으면 좋겠네. 그리고 츠키시로도 아직 뭔가를 계획하고 있을 가능성이 있어. 최대한 그쪽에 집중하고 싶어.』

"사정은 잘 알았습니다."

『사카야나기의 부담이 커지는 건 피할 수 없지만.』

"알아요. 항상 감시하게 되면 아무래도 GPS 검색을 정기적으로 써야 할 위험이 동반되니까요."

아무래도 사카야나기 측에게 의지해야 하는 부분이 생긴다.

"걱정하지 마세요. 전 이미 A반이 소속된 그룹의 모든 득점을 파악하고 있으니까요."

『그건 또—— 서로 틈틈이 연락을 주고받고 있었군.』

"하위 10팀의 점수가 12일째까지 알 수 있는 구조이기도 했고, 어느 그룹이 위기를 맞았고 어느 그룹에 여유가 있는지 파악해두는 건 아주 중요하니까요. 어느 정도 여유가 있지만, 상위 10팀에는 속하지 못한 그룹은 얼마든지 있어요. 즉 한 팀당 몇 번 GPS 검색을 쓴다고 가정해도 최종일까지 여유롭게 망라할 수 있죠."

완벽하게 통솔 가능한 사카야나기의 A반, 그리고 절대 배신하지 않는 이치노세의 C반이 손잡음으로써 실현 가능한 전략. D반은 가능할 듯하면서도 불가능한 전략이라고 할 수 있었다. 무전기를 확보하는 비용도 무시할 수 없었다.

"아야노코지 군을 노리는 1학년을 막으면 되는 거죠?"

『협력해주는 걸로 받아들여도 될까?』

"과제 완수에 협력하는 것만으로는 좀 지루한 시험이었고, 이번 일은 저한테도 이익이 있을 것 같네요."

『즉?』

"이번 건이 타케모토 군이 진 빚보다 크다는 얘기예요. 그러니까 이건 새로 저에게 '빚'지는 일이랍니다?"

『귀가 좀 따갑지만, 성과를 내준다면 '빚'으로 해두지.』

"그럼 결정됐네요. 바로 착수하겠습니다."

『그래, 그리고 혹시 괜찮으면 이 무전기는 내가 계속 빌려도 될까?』

"물론 그럴 생각이었어요. 서로 연락할 수 있어야 일도 쉬우니까요. 그럼 일단 타케모토 군에게 무전기를 돌려주시겠어요? 사정을 말한 다음 아야노코지 군에게 주라고 말을 전할 테니."

──사카야나기는 그런 10일째 밤을 떠올리며 근사한 추억이라는 듯 미소 지었다.

태블릿으로 확인하기로는 사카야나기가 보낸 다섯 그룹

이 1학년들을 막고 있었다.

"자, 이렇게 해서 수상한 다섯 그룹은 움직임을 멈추었네요. 이 습격을 계획한 인물을 특정해 볼까요."

무전기를 쥔 사카야나기는 A반 학생에게 연락을 취했다.

5

"저기, 츠바키 씨."

"아직 뭐가 남았어?"

"어떤 방법을 남겨뒀는지는 모르겠지만, 이럴 때를 예상해서 다섯 그룹에 자세한 지시를 내렸어야 한다고 생각해요. 2학년에게 포위당하기 전에 다섯 그룹을 피하게 만드는 건 그리 어렵지 않았을 텐데요?"

보낸 1학년 그룹은 총 다섯 팀. 그 그룹들을 누군가가 마크했다고 하더라도 이 넓은 무인도에서 잡기란 쉽지 않다. 그런데 이리도 쉽게 다섯 그룹이 붙잡힌 것은 전략 실패라고 야가미가 말했다.

"억지로 달아났다고 하더라도 선배들하고 얽혀서 무서웠다거나 하는 변명은 나중에 얼마든지 준비할 수 있잖아요. 더 일찍 상의했더라면……."

"내가 실수해서 이렇게 됐다는 뜻이야?"

"엄밀히 말하자면 그렇죠."

불만을 표시하는 야가미를 보며 츠바키가 대답했다.

"뭐, 다 끝났으니까 알려주는 건데…… 사실은 그 반대야."

"반대……라고요?"

"내 그룹이 잡힌 게 아니라, 내가 상대 그룹을 잡은 거야."

"아니…… 죄송하지만 저는 아직 이해가 잘 안 되네요."

"아야노코지 선배를 퇴학시키기 위해 보낸 다섯 그룹. 가령 모습이 보이는 위치까지 포위망을 좁힌다 해도 신체 능력에 큰 차이가 있으면 놓쳐버릴 수 있잖아? 소문에 의하면 그 대단한 호우센 군과 비슷한 실력이라고 하고. 그러니까 애초에 다섯 그룹을 들이밀 생각이 없었다는 뜻이야."

츠바키의 말에 야가미가 고개를 갸우뚱거렸다.

"그 말은 애초에 그 다섯 그룹으로는 아야노코지 선배를 이길 수 없다는 뜻과 같습니다. 그렇다면 이 작전에 의미가 없는데요."

"목적은 두 가지. 하나는 아야노코지 선배의 생각을 알아보는 것. 뭘 좋아하고 뭘 싫어하는지."

탁탁, 검지로 태블릿을 때리며 설명했다.

"그는 지정 구역에 가는 것보다도 1학년과 접촉하는 걸 싫어했어. 교사가 있는 과제나 2학년, 3학년도 피했고. 이걸로 알 수 있는 건 뛰는 것을 극도로 싫어하고, 그걸 피하기 위해서는 페널티도 감수하겠다고 생각한다는 거야."

"행동 패턴을 알기 위해서라지만 아무리 그래도 그룹이 붙잡힐 필요는 없었습니다."

"더 중요한 의미가 있잖아. 이렇게 해서 아야노코지 선배를 지키려는 그룹을 낚을 수 있었으니까."

그 말에 야가미가 화들짝 놀랐다.

"피해야 할 건 아야노코지 선배를 배제하는 동안에 방해받는 거야. 그리고 아야노코지 선배를 배제할 수 있는 실력자는 우토미야 군을 제외하면 호우센 군뿐——."

마침내 츠바키의 의도를 안 야가미가 호우센의 GPS를 파악하려고 했다.

하지만 어디에도 그 모습이 보이지 않았다.

"눈에 보이는 게 전부가 아니다…… 그런 겁니까."

설명을 마친 츠바키는 쓸데없는 잡념을 털어냈다.

"마지막으로 하나만 물어보겠습니다. 만약 호우센 군이 이번 일을 받아들이지 않았다면 이 작전은 성립하지 않았을까요?"

"으음, 그게 좀 다른데. 호우센 군이 반드시 이 작전을 받아들이리란 확신이 있어서 이 작전을 실행하게 되었다는 게 맞아. 원래 혼자서 싸울 생각으로 가득한 것 같았고. 그래도 만에 하나 받아들이지 않았을 때는 우토미야 군을 보내면 그만이었어. 어찌 됐든 난 1 대 1이 가능해지는 환경을 완벽하게 만들었을 뿐. 나머지는 이기든 지든 둘이 싸우면 그걸로 만사 오케이인 거야."

단독으로 움직이는 아야노코지는 탈락할 수밖에 없다.

6

학생 중에서도 유난히 몸집이 큰 남자가 숲속을 힘차게 달려 나갔다.

목표는 단 하나, 2학년 D반 아야노코지 키요타카를 쓰러트리는 것.

이 무인도 시험에서, 아니 일반적인 상식으로도 폭력은 지양되어야 할 방법이다.

하지만 감시 카메라가 곳곳에 깔린 학교와 달리 이 무인도에서는 감시의 눈이 없다.

몸에 찬 손목시계 하나로는 구체적인 사실을 확인하기란 불가능하다.

츠바키 사쿠라코가 제안한 아야노코지 포위망.

그런 것에는 눈곱만큼도 흥미 없었지만, 작전에 응한 데에는 다 이유가 있다.

광대한 무인도에서 한 사람을 찾아내기란 쉬운 일이 아니다.

실현하려면 계속해서 GPS 검색을 해야 할 필요가 있고, 방해꾼이 개입하게 되면 전부 수포가 된다.

그런데 지휘를 맡은 인간이 있으면 그런 방해꾼을 배제하는 데에도 도움이 된다.

그렇게 생각했기에 호우센은 츠바키의 지시에 따르는

척하기로 했다.

수월하게 아야노코지를 찾아내, 그 누구의 방해도 받지 않고 1 대 1로 붙어 숨통을 끊어놓기 위하여.

아야노코지와의 거리가 이제 얼마 남지 않았을 때, 호우센은 무전기를 던져버렸다.

이제부터는 츠바키를 따를 일이 없다는 의사 표명.

자신의 태블릿을 꺼내 GPS 검색을 하며 마지막 공세에 들어갔다.

눈앞, 거리로 치면 300m 정도의 위치에서 아야노코지 키요타카의 GPS를 확인했다.

다른 1학년들 중 그 누구보다도 거리가 가까웠다.

이제 얼마 남지 않았다.

진짜 싸움을 할 수 있다는 생각에 호우센은 벌써 기쁨을 음미했다.

하지만——.

그런 호우센의 루트를 차단하듯 다른 GPS 반응 하나가 앞을 가로막았다.

단순한 우연, 그렇게 생각하고 누구의 것인지 확인하려고도 하지 않은 호우센.

시야의 끝에 아야노코치를 포착하는 데 성공했다.

"찾았다, 아야노코지 선배!"

흥분을 주체하지 못하고 소리친 호우센에 뒤돌아보는 아야노코지.

"호우센인가."

냉정하게 호우센을 바라본 후 걸음을 멈춘 아야노코지.

"목 빠지게 기다렸다고, 이 순간을!"

"더 일찍 올 줄 알았는데, 생각보다 냉철하네."

"싸우는 도중에 누가 방해하면 흥이 식어버리니까."

"무슨 소리야."

"모르는 척하지 마. 나나세가 몰래 다녀갔던 거 다 알아. 친절한 경고랄까."

"그렇군. 일부러 나나세에게 하루 일찍 습격한다고 전해서 대비할 시간을 준 건가."

"마음에 안 드는 꼼수라고 생각하긴 했지만, 나로서도 나쁘지 않은 제안이었으니까. 잘 이용해주기로 한 거지."

강하게 움켜쥔 두 주먹을 맞부딪치며 호우센이 소리쳤다.

이제 10초도 지나지 않아 진짜 싸움이 시작된다고 믿어 의심치 않았다.

"받아주는 건 좀 힘들겠는데? 호우센."

"뭐야?"

1 대 1의 장이 만들어졌을 이 장소에, 소리도 없이 한 남자가 나타나 가로막았다.

"넌 빨리 사라져. 방해되니까."

그는 마치 호우센이 나타날 것을 미리 알기라도 한 듯 기다리고 있었다.

아야노코지는 그 남자와 가볍게 눈빛 교환을 하더니 더

깊은 숲속으로 사라졌다.

금방이라도 쫓아가고 싶은 호우센이었지만, 눈앞의 남자를 무시하기란 어려웠다.

"어째서 네놈이 여기 있어? ——류엔."

"그건 내가 할 말이야, 호우센. 이런 데서 볼일은 없을 텐데?"

류엔의 그 한마디에 호우센은 곧바로 사태를 파악했다.

"뭐야? ……하, 보아하니 우리 생각을 미리 읽은 건가?"

바로 상황을 이해한 호우센이 재미있다는 듯 웃었다.

"다른 1학년이 2학년한테 잡힌 게 우연이 아니었다는 거야."

아야노코지를 궁지로 몰기 위해 츠바키가 보낸 사람들은 모두 2학년의 GPS와 겹쳐지면서 더 움직이지 못하게 되었다.

즉, 츠바키가 1학년을 컨트롤한 것처럼 2학년에도 학년을 컨트롤하는 인물이 있다는 증명이었다.

"너냐? 아니, 그런 느낌도 아닌데."

류엔이 지휘하는 거라면 태블릿과 무전기가 필요하다.

그런데 봤을 때 류엔은 배낭을 메고 있지 않았다.

또 전선에서 싸우는 인물이 여러 그룹을 지휘하기는 어려우리라.

"상황 파악 끝났냐?"

"이해가 안 되네. 내가 뭘 하든 네놈이랑은 상관없을

텐데."

상황이야 이해했지만, 어째서 류엔이 아야노코지의 퇴학을 막는 일원이 되었는지가 이해되지 않았다.

"상관있어, 공교롭게도 말이야."

살짝 웃으면서 류엔이 호우센을 향해 천천히 걷기 시작했다.

"이래저래 다니느라 주머니 사정이 나쁘거든. 필요에 의한 용병 흉내지."

"돈 때문이란 소리인가. 그런데 네가 나를 막을 수 있을 것 같아?"

"뭐야, 설마 못 막는다고 생각하는 거냐, 너?"

아주 가까운 거리. 손을 뻗으면 닿는 거리에서 서로 꺼림칙하게 웃으며 신경전을 벌이는 두 사람.

먼저 움직인 쪽은 류엔이었다. 호우센에게서 시선을 떼지 않고 왼쪽 주먹을 날렸다. 체격 차이에서 비롯한 힘과 체력의 차이는 분명했기에, 턱을 노렸다.

"오호…… 아주 못된 왼손이네."

선수를 빼앗겼지만, 이미 싸울 태세를 갖추었던 호우센은 방심하지 않고 류엔의 왼쪽 주먹을 가슴 앞에서 가볍게 받아내며 입을 벌리고 웃었다.

"냄새 역하니까 숨 쉬지 마라, 고릴라야."

"입만 살았군. 2학년으로서의 자존심과 실력을 보여주지그래? 엉?!"

잡고 있던 왼 주먹을 순식간에 뿌리치나 싶더니, 곧바로 팔을 잡고 끌어당겼다.

그리고 류엔의 이마에 자신의 이마를 힘껏 부딪치는 호우센.

"윽!"

뇌가 울리는 의외의 일격에 류엔이 심하게 비틀거렸다.

류엔은 결코 싸움 경험이 적지 않았다.

오히려 싸운 실적은 웬만한 불량아보다도 훨씬 많았다.

하지만 그를 상대하는 호우센의 경험은 그보다도 몇 배를 웃돌았다.

"하아앗!"

류엔이 피하지 못하고 호우센의 발에 배를 걷어차였다. 땅에 등이 강하게 부딪히면서 큰 빈틈을 보였는데, 호우센은 폭소를 터뜨리며 더는 움직이지 않았다.

"큰소리 떵떵 치더니 10초도 안 지났는데? 사람 웃기지 좀 마라."

"하…… 미친 돌대가리잖아. 진짜 머리에 돌이라도 들어 있는 거 아니냐? 고릴라 새끼야."

바로 일어난 류엔은 다시 호우센을 도발했다.

그 말을 들은 호우센은 어이없는지 뒤통수를 긁적였다.

"아무래도 너무 기대한 것 같아, 내가. 역시 너는 내 상대가 안 돼."

"만족할 상대가 있긴 하냐."

"있지. 네놈 뒤로 태평하게 걸어간 아야노코지 말이야. 빨리 끝내자고."

"뭐?"

호우센의 그 말을 듣고서야 류엔의 얼굴에서 미소가 사라졌다.

"뭐야, 네놈도 안다는 건가? 호우센."

"알다니? 아아, 겉으로만 아무것도 아닌 얼굴을 한다는 게 진짜였다는 말인가."

"그 녀석의 진짜 얼굴을 아는 인간은 별로 없다고 생각했는데, 그런 공통점이 있었다니."

서로 납득한 듯 대화 같은 독백이 겹쳐졌다.

"처음으로 네가 궁금해졌다. 호우센. 언제 어디서 붙은 거야? 결과는?"

"너도 아야노코지한테 집착하냐, 류엔."

류엔이 이 학교에 계속 남기로 한 최대 이유는 아야노코지에 대한 복수전.

그때까지 싸움이든 뭐든 아야노코지가 지는 것은 용납 못 한다.

설령 앞에 있는 호우센이 고등학생의 틀에서 벗어난 싸움꾼이라 하더라도.

그 살의가 섞인 열기를 느낀 호우센이 코웃음 쳤다.

"안심해. 녀석과는 결착을 짓지 못했으니까, 아니 시작조차 안 했다고 말해야 하나."

목을 양쪽으로 꺾어 소리를 내며 류엔에게 접근했다.

"내 주먹을 아무렇지 않게 받아낸 녀석은 지금까지 없었거든. 아니 애초에 칼에 찔리고도 멀쩡한 놈은 한 번도 본 적이 없다고."

'칼', '찔리다'와 같은 단어를 듣자마자 류엔의 머릿속에 기억이 떠올랐다.

한동안 아야노코지가 손에 붕대를 감고 다닌 것과 그 상처를.

"쳇, 나 빼고 아주 재미있는 짓을 했잖아?"

류엔은 주먹을 두 번 맞고도 호우센을 보는 눈빛에 아무런 변화도 없었다.

그런 섬뜩한 모습에도 호우센은 경계하지 않고 더욱 압박했다.

원래부터 싸움에 임할 때는 자만이나 방심하지 않고 언제나 전투태세를 갖춘다.

눈앞의 적이 중학교에서 악명을 양분했던 류엔이라면 더욱.

땅을 박차고 재빠른 몸놀림으로 접근한 다음, 얼굴을 보호하려는 류엔의 가드를 튕겨내며 안면에 주먹을 꽂았다.

가드가 없었더라면 코뼈가 부러져도 이상하지 않을 정도였다.

일어선 지 얼마 되지 않아 류엔은 다시 땅에 처박혔다.

호우센은 1 대 1로 붙을 때의 실력 차이가 분명하다는 사실을 방금 그 일격으로 확신했다.

바로 상반신을 일으키는 류엔이었지만, 그 순간을 노리기라도 한 듯 안면에 강력한 발차기가 날아오면서 뒤로 심하게 넘어졌다.

"일어났다가 누웠다가 혼자 아주 바쁘시구만?"

싸움이 시작된 지 1분도 채 지나지 않았지만 이미 누가 봐도 승패는 확실했다.

"아프잖아, 이 새끼야……."

"하핫! 예상대로구나, 류엔! 넌 딱 그 정도야!"

호우센이 기쁜 듯 소리쳤는데, 이는 동시에 소리칠 수밖에 없었다고도 볼 수 있는 상황이었다.

원래부터 싸움 실력으로는 상황을 뒤집기 불가능할 만큼의 차이가 있었다.

그런데도 류엔에게서 싸울 의지가 꺾이는 모습이 전혀 보이지 않았다. 그동안 호우센이 싸워온 상대의 8할은 한 방 맞자마자 바로 좌절했다. 나머지 1할은 허세를 부렸다. 그리고 나머지 1할은 두 번 또는 세 번 맞은 시점에서 절망했다.

하지만 눈앞의 류엔은 타격을 입고도 눈빛에 아무런 변화가 없었다.

그렇기에 그 차이를 알려주기 위해 말로 굴복시키려고 한 것이다.

즉 정신적인 면의 대결은 류엔이 한발 앞선 셈이다.

"즐거워 보이는데, 벌써 이겼다고 생각하냐?"

통증을 느끼면서도 류엔이 미소를 무너뜨리지 않고 다시 상반신을 일으켰다.

"웃기지 마, 너 따위가 내 적수가 될 것 같아?"

눈앞까지 다가온 호우센이 류엔의 멱살을 잡아 올렸다.

"결국 네놈은 조무래기들을 굴리지 않고서는 위로 올라갈 수 없는 남자라는 뜻이야."

"지금 와서 1 대 1로 싸워 이기는 게 전부는 아니잖아? 실제로 중학교 때 나와 너의 평판은 별로 다르지 않았고."

류엔이 사실을 들이밀며 호우센을 흔들려고 시도했다.

"쥐새끼처럼 직접 대결을 피한 것 같으니까 그렇지. 눈물겨운 노력이네."

흔드는 게 전혀 무의미하지는 않았지만, 타격을 입힐 만큼의 효과는 없었다.

주먹다짐에서 압도적으로 우위에 선 호우센의 입장은 하나도 달라지지 않았다.

그때 여전히 잡혀 있던 류엔이 왼손을 크게 돌렸다.

그리고 호우센 쪽으로 손바닥을 펼쳐, 쥐고 있던 흙을 눈에 뿌렸다.

"핫!"

기습 공격이었지만 호우센은 반대 손으로 흙을 막았다.

"안 이하네!"

"그럴까!"

이번에는 오른손을 휘둘러 쥐고 있던 모래를 호우센의 눈에 뿌렸다.

"안이하다니까!"

회심의 오른손, 거기서 던져진 모래까지 호우센은 별 어려움 없이 팔을 써서 피했다.

쓰러진 류엔을 잡아 올렸을 때부터 양손에 쥔 흙을 이미 알고 있었다.

"조무래기들이 싸울 때 쓰는 수법은 옛날부터 레퍼토리가 정해져 있으니까!"

이번에는 갚아주겠다는 듯 호우센의 주먹이 류엔의 얼굴, 그 오른쪽을 재빨리 포착했다.

위력보다도 속도를 중시한, 잽 같은 펀치.

그것을 이번에는 왼쪽 오른쪽 번갈아 가며 때렸다.

샌드백을 하염없이 때리는 복서 같은 공격.

의식이 달아날 만큼 강렬한 집중 공격을 받으며 류엔의 눈빛이 호우센의 눈동자를 순간 관통했다. 그 직후, 몸이 날아가듯 쓰러지는 류엔을 보던 호우센의 시야가 순간 흔들렸다.

"윽……."

쓰러지는 와중에 몸을 비튼 류엔이 날린 회전 발차기.

그것이 호우센의 턱을 살짝 스치고 지나갔다. 한 번의 공격도 허용할 계획이 없었던 호우센은 이성을 잃고 류엔에게 다가가 왼손으로 앞머리를 움켜쥐었다.

"한 방 먹여서 만족했나? 엉?! 죽여버리겠어!"

팔로 방어하기도 전에 오른쪽 주먹으로 류엔의 복부를 계속 때렸다.

"나한테 싸움으로 이기는 녀석은 아무도 없다고!"

일곱 번째 주먹이 꽂혔을 때 류엔의 손목시계에서 경보음이 울렸다.

"하하핫! 평정을 가장하고 있지만, 몸은 한계라고 비명을 지르는데? 너보다 손목시계가 훨씬 솔직한 것 같다!"

심박수 등의 이상을 감지한 손목시계가 경고 경보음을 울렸다.

"정말로, 고릴라, 맞네……. 싸움 잘하는 거 하나는 인정해주지……."

그 말을 항복으로 받아들인 호우센은 승리의 미소를 지으며 앞머리를 놓아주었다. 류엔은 일어나 있는 상태를 유지하지 못하고 그대로 땅에 쓰러졌다.

경고 경보음이 공허하게 숲속에 울려 퍼졌다.

"경고 경보음이 삑삑대잖아. 슬슬 네 한계도 임박했다는 거겠지? 숨기지 말고 솔직해져도 되는데?"

"하…… 농담 좀 그만해라. 손목시계가 망가진 것뿐이겠지."

손목시계를 내려다보며 웃는 류엔이었지만, 타격이 크다는 것은 누가 봐도 알 수 있었다.

그 무참한 모습을 보고 호우센은 시시하다는 듯 발밑으

로 침을 탁 뱉었다.

"그럼 잘 있어라, 류엔. 네놈은 내가 즐길 만한 상대가 아니었다."

"잠깐. 뭘 혼자 멋대로 이긴 것처럼 구는 거야."

"뭐라고?"

"내가 단 한 번이라도 너한테 졌다고 말한 적 있냐?"

그 말에 황당함조차 넘어서는 호우센이었는데, 곧바로 다시 마음을 다잡았다. 일방적 괴롭힘 같은 상황이기는 했으나, 과연 그 말대로 류엔의 눈빛은 조금도 죽지 않았다.

"그 정신력 하나는 인정해줄게. 하지만…… 끝까지 버티지는 못할걸!"

인간은 고통에 약한 생물이다.

강한 척하고 있어도 호우센의 주먹과 같은 강력한 타격을 받으면 그만큼의 통증이 동반된다.

단지 얼마나 버틸 수 있을지라는 이야기일 뿐.

게다가 버틴다고 한들 압도적인 차이를 뒤집기란 불가능하다.

호우센은 두 번째 경고 경보음이 울려도 냉정을 잃지 않고 적확하게 류엔에게 고통을 안겨주었다.

끝없는 공격에 마침내 류엔의 손목시계가 긴급 경보음으로 바뀌었다. 이대로 5분 이상 방치되면 교직원 및 의료팀이 현지로 오게 된다.

"몸은 솔직하거든. 슬슬 이 절망적인 상황을 받아들이는 게 어때?"

"아…… 딱 기분 좋은 통증이네……."

하지만 류엔은 손목시계에 일절 시선을 주지 않고, 꺼림칙하게 웃으며 몸을 일으켰다.

여기서 처음으로 호우센은 류엔의 정신력이 진짜임을 알아차렸다.

"뭐야, 너. 서는 것도 한계면서 왜 이렇게 질기게 굴어? 여기서 고집부려봐야 얻는 것 하나 없을 텐데."

요란하게 울려대는 긴급 경보를 알람시계 대신으로 삼기라도 하듯, 손목시계를 귀에 댔다.

"고집? 핫, 그 생각 자체가 글러 먹었어."

이때 호우센은 류엔이 긴급 경보를 바로 끄리라 생각했다.

하지만 류엔은 긴급 경보를 끄지 않고 팔을 내리더니, 양주머니에 손을 집어넣었다.

"승부는 아직 끝나지 않았어."

"미쳤냐? ……여기에 교사들이 오면 넌 탈락인데?"

"그러는 너는 탈락을 넘어서 퇴학이고?"

만약 이 상황을 학교 측에서 본다면 어떻게 판단할지를 류엔이 물었다.

호우센은 턱을 살짝 맞긴 했어도 외상은 거의 없는 것이나 마찬가지였다.

학교 측에서 '일방적으로 때렸다'라고 해석할 확률도 무시할 수 없었다.

"적수가 안 되니까 이제는 피해자인 척하겠다는 거냐, 한심하게시리. 정말로 한심하다, 류엔."

조건에 따라서는 역전이라고도 볼 수 있지만, 그 정도에 호우센은 기가 꺾이지 않았다.

애당초 아야노코지를 폭력으로 굴복시키기로 한 이상, 그 지점은 이미 지나온 것이다.

"교사가 무서우면 여기서 손 떼는 게 낫지 않나?"

"웃기시네."

일부러 긴급 경보음을 끄지 않는 것이 류엔의 전략이라고 판단한 호우센은 다시 앞으로 나왔다.

"내 GPS는 이미 예전에 꺼진 상태야. 교사가 달려오기 전에 죽여버리면 아무 문제도 없지."

학교 측이 서둘러 온다고 해도 최소 30분은 걸린다.

"크큭, 그래, 그렇게 나와야지."

위협에도 주눅 들지 않는 호우센을 환영한 류엔은 주머니에서 손을 빼려고 하지 않았다.

"방어할 생각 없으면 그만 잠들어버려."

더 이상 시간 낭비하고 싶지 않다며 호우센이 오른쪽 주먹을 힘껏 움켜쥐었다.

류엔도 주머니에서 손을 뺐는데, 양손 모두 주먹을 쥐고 있었다.

"나한테 꼼수가 통하리라 생각하지 마라!"

호우센은 류엔이 뭔가 손에 쥐고 있음을 직감했지만 멈

추지 않았다.

정신적으로 확실히 짓밟아주기 위해 혼신의 오른쪽 스트레이트를 날렸다.

그것을 본 류엔은 쥐고 있던 두 주먹을 펴지 않고 정면으로 받아들였다.

호우센이 팔로 가드를 억지로 뚫으려는데, 그 직후——.

"야아아아!"

나무에 가린 사각지대에서 두 그림자가 튀어나와 호우센의 등을 덮쳤다.

"뭐야——?!"

갑작스럽게 느낀 기색에 호우센이 진심으로 놀란 것도 무리가 아니다.

몇 분 전 GPS를 확인했을 때, 그 주위에는 아야노코지와 류엔 이외의 반응이 없었다.

설령 싸움이 시작된 직후, 곧바로 이곳을 향했다고 하더라도 도저히 도착할 수 없는 시간이다.

그런데도 호우센의 두 팔을 붙든 두 남자. 마치 유령과도 같았다.

이시자키만이면 모르겠지만 호우센에게도 뒤지지 않는 체구인 알베르트까지 합세했으니 천하의 호우센이라도 계속 땅을 밟으며 버티고 있기란 불가능했다.

주로 쓰는 오른팔은 알베르트가, 왼팔은 이시자키가 단단히 붙잡았다.

"뭐야, 이거!"

필사적으로 몸부림쳤지만, 호우센도 건장한 두 사람을 쉽게 뿌리치기는 쉽지 않았다.

그런 호우센이 다음 순간 목격한 것은 가드를 내리고 기분 나쁘게 웃고 있는 류엔이었다.

"간단한 얘기잖아. 손목시계를 망가뜨리면 GPS에 인식될 일이 없지."

일찍부터 이시자키와 알베르트의 GPS 기능을 무효로 만들고 류엔과 동행하게 했다.

1 대 1이라고 여긴 시점에서 호우센은 류엔의 전략에 걸려든 것이다.

"설마 3 대 1로, 할 생각인가? 엉?!"

"그리 시끄럽게 울지 마라, 고릴라야. 처형은 이제부터니까?"

움켜쥔 두 주먹을 주저 없이 호우센의 얼굴에 연타했다.

왼쪽 오른쪽으로 호우센의 얼굴이 꺾이는데도 무릎이 땅에 닿을 때까지 공격이 이어졌다.

떨리는 무릎으로 버티면서 호우센이 계속 포효했지만, 조금도 힘을 빼지 않고 계속해서 때렸다.

이윽고 연타를 견디지 못하고 호우센의 무릎이 꺾이며 땅에 닿았다.

딱 좋은 위치까지 호우센의 머리가 내려오자 류엔은 호우센의 머리를 두 손으로 잡은 다음 무릎으로 코를 힘껏 때렸다.

"크헉……!"

소리가 되지 못한 비명을 지르며, 호우센이 처음으로 땅에 쓰러졌다. 류엔은 두 사람에게 눈으로 신호를 보낸 후서 있을 때 그랬듯 각각 팔을 잡게 했다.

"고릴라는 항상 족쇄를 채워야 한다니까. 이것저것 많이 했더라고, 호우센."

머리카락을 쓸어 넘기며 류엔이 호우센의 위에 앉았다.

"사람을, 얕보고……. 이 버러지 같은 새끼가!"

"얕본다고? 하, 도대체 무슨 말을 하는 거야?"

"제대로 맞짱도 못 뜨는 빌어먹을 버러지 새끼라고 말하는 거다!"

"크큭, 웃기고 있네. 고릴라랑 맞짱 뜰 정도로 바보가 아니거든, 나는."

그렇게 말한 류엔은 웃으면서 주먹을 들어 올렸다.

그리고 망설임 없이 호우센의 뺨을 힘껏 쳤다.

"아아, 그렇지. 안심해, 호우센. 나한테 빌라고 말하진 않을 거니까. 사죄한다 해도 달라지는 건 하나도 없어."

무방비 상태로 계속 맞았지만, 이걸로 무너질 만큼 호우센은 나약하지 않았다. 오히려 점점 더 분노하며 몸부림쳤다. 그것을 알베르트와 이시자키가 열심히 억눌렀다.

"개똥 같은 것들이! 비키라고, 이 쫄따구들아!"

"날뛰지 마라, 요리는 지금부터란 말이야. 철저하게 갈

아줄 테니 기대해."

류엔이 두 번, 세 번 주먹을 휘둘렀지만, 호우센은 우는 소리를 내기는커녕 계속해서 포효했다.

"역시 싸움 잘한다고 자만하면 안 된다니까."

육체적으로도 정신적으로도, 호우센은 주먹 하나로 여기까지 올라왔다는 것을 증명했다.

만약 처음부터 3 대 1이라는 구도였다면.

류엔은 자신들 쪽이 불리하다고 판단했을 것이다.

그만큼 눈앞의 호우센 카즈오미라는 인간이 얼마나 강한지 인정하고 있다는 증거이기도 했다.

하지만 싸움을 할 때, 순간적인 판단이 승패를 가르는 경우는 흔히 있다.

한 방의 펀치, 한 번의 쓰러짐이 명암을 가르듯이.

한순간의 방심과 자만심에 입장이 역전되었다. 그 이후로는 류엔의 일방적인 구타가 이어졌고, 천하의 호우센도 몸에서 힘이 빠져나갔다.

"왜 이렇게 단단해? 내 손이 다 아프잖아."

류엔은 웃으면서, 새빨개진 주먹에 숨을 후우 불었다.

"하아, 하아…… 새끼가……."

호우센은 주로 쓰는 오른팔을 움직여 알베르트에게서 벗어나려고 했지만 그럴 수 없었다.

"설마 이런 놈을 밑에 뒀을 줄이야…… 이건 예상 못 했군."

호우센은 단순히 힘만 놓고 비교하자면 자신에게도 지지 않을 알베르트를 노려보았다.

"야, 덩치…… 너 같은 놈이 왜 류엔 밑에 붙어 있어. 엉?"

단순히 전투력만 봤을 때 알베르트는 류엔을 웃도는 힘을 가지고 있는 게 분명했다.

"뭐, 하긴 알베르트는 내가 한두 번 시도해서는 절대 못 이길 남자긴 하지."

"그런데 왜."

"모르겠냐, 호우센. 단순히 괴력을 자랑하는 놈이 정점에 서는 건 아니라는 거야."

그런 설명을 들어도, 언제나 혼자 싸워 온 호우센은 도저히 이해할 수 없었다.

"크큭. 뭐, 알베르트 같은 경우야 단순히 동료를 생각하는 마음이 너무 커서일 뿐이지만."

쓸데없는 싸움을 좋아하지 않고, 류엔을 따르는 것이 반을 통합하는 제일 나은 방법이라고 판단했다.

그렇기에 때로는 비도덕적인 행동이라도 망설임 없이 힘을 실어준다. 지시대로 움직이기 때문에 일시적으로는 동료를 다치게도 만들지만, 결국에는 다 반을 위한 길이라고 믿고 류엔을 따르기로 했기 때문이다. 원래는 폭력을 좋아하지 않는 마음 따뜻한 남자다.

"이걸로 이겼다고 생각하지 마라, 류엔!"

"너도 참 못 받아들이네. 이런 식으로 지는 걸 말이야.

하지만 난 과정 따위 상관없거든. 최후에 서 있는 놈이 승자인 거지."

1 대 1로 붙는 미학 따위, 처음부터 없는 류엔의 입장에서 호우센의 도발 따위는 무의미한 것. 오히려 패배자의 비통한 절규를 들으며 희열에 젖어 있었다.

"비, 빌어먹을⋯⋯!"

수십 번을 맞으면 아무리 호우센이라도 한계가 오고 만다. 이제 두 팔을 누르는 존재가 없어도 류엔을 이기기란 쉽지 않을 것이다.

"똑똑히 기억해둬라⋯⋯. 지금은 네놈이 이기지만 다음 번에는 보자마자 죽여버릴 테니."

"고릴라의 재도전을 받아줄 생각은 없는데⋯⋯. 할 거면 잘해라? 승리라는 건 단순하지 않아. 만약에 나를 때려눕혔어도 결과적으로 네가 퇴학당하게 된다면 그건 너의 패배지."

"뭐라고 지껄이——!"

류엔이 뻗은 주먹이 호우센의 뺨을 때려 의식을 끊었다.

호우센이 기절함으로써 승패가 결정 나자, 류엔은 천천히 몸을 일으켰다.

"후우⋯⋯ 힘든 싸움이었다."

주먹에 묻은 피를 털어내며 류엔이 허공을 향해 지친 한숨을 내쉬었다.

"그나저나 엄청난 놈이네요⋯⋯. 진짜 괴물인 줄 알았

어요."

"이런 놈이랑 정면으로 붙는 건 그냥 바보짓이지."

그 말에 알베르트도 동의하며 고개를 끄덕였다.

"너희도 고생 많았다."

이 싸움이 얼마나 격했는지 말해주듯이 류엔이 격려를 아끼지 않았다.

"아, 아닙니다! 저희는 그저 힘만 조금 보탰을 뿐이죠! 안 그래? 알베르트."

이시자키도 알베르트도 크게 눈에 띄는 외상은 없었다.

이 싸움에 두 사람을 끌어들일 때, 부상은 절대 피해야 한다고 류엔이 미리 말해두었기 때문이다.

괜히 부상자가 늘어나면 이 싸움이 단순한 주먹다짐으로 끝나지 않게 되기 때문이다.

"너희는 이만 가 봐. 교사들이 언제 여기 도착할지 모르니까."

류엔이 찬 손목시계의 긴급 경보음이 울린 지 어느 정도 시간이 지났다.

"저기, 류엔 씨는 어떻게 하실 겁니까……?"

"뭐, 상태가 이러니까. 계속하겠다고 말해봐야 쉽게 시켜주지도 않을 거 아냐."

쓰러진 호우센과 마찬가지로 류엔의 상처도 꽤 깊었다.

"난 이대로 호우센이랑 같이 탈락한다."

"그래도 괜찮습니까?"

"필요한 건 전부 카츠라기한테 맡겨놨어. 입상할 상위 세 팀 안에 들기는 어려워졌지만."

만약 여기서 호우센을 내버려 두면 아야노코지에게 갈 위험도 아직 남아 있다.

그렇다고 해서 때린 장본인인 류엔이 모습을 감춘다면 그건 그것대로 문제가 된다.

여기서 류엔과 호우센이 1 대 1로 붙었다가 같이 탈락당한다.

이 계획이 유일하고도 가장 깔끔한 방법이라고 처음부터 판단했었다.

"……아쉽군요."

어제 단계에 5위였던 류엔 카츠라기 그룹으로서는 조금 더 상위에 오를 가능성이 있었다. 이시자키는 그 부분을 아쉬워했다.

"꼭 그렇지만도 않아."

뭔가를 떠올린 듯 류엔이 희미하게 웃었다.

이유를 몰라 이시자키와 알베르트가 서로의 얼굴을 마주 보았다.

"조만간 알려줄게. 지금은 일단 가라."

이시자키도 알베르트도 그룹이 확실하게 살아남으려면 탈락을 피해야 한다.

그러려면 한시라도 빨리 손목시계를 교환하고 그룹에 합류해야 한다.

두 사람 다 시작 지점으로 달려가고 나자, 류엔은 의식을 잃은 호우센의 몸을 의자 대신 걸터앉았다.

7

"——보고 고마워, 이제 시험에 돌아가도 좋아."

무전기로 보고받은 츠바키가 조용히 통화를 끝냈다.

"결과가 안 좋습니까?"

안색을 보고 그렇게 판단한 야가미가 물었다.

"호우센이 접촉했을 지점에 확인하러 보냈는데, 선생들이 모여서 시작 지점으로 데리고 돌아가려는 중이었다네. 2학년 B반에 류엔이라는 사람과 싸워서 둘 다 크게 다쳤다고. 뭐, 아야노코지 선배가 계속 움직여서 이상하다 싶었는데."

호우센이 그를 1 대 1로 상대했다면 GPS가 그 자리에 멈춰 있어야 정상이다.

"저는 누군지 잘 모르지만, 그 호우센 군을 막았다는 얘기군요."

이 상황을 이해하지 못한 츠바키는 입술을 삐죽거리며 어째서 작전이 실패했는지 생각했다.

아야노코지의 지정 구역은 C3, D2로 자신들이 포위하기에 아주 좋은 배치였기 때문이다. 하지만 이 유리한 요소

253

는 동시에 상대에게 시간을 줬다고도 할 수 있었다.

"아야노코지 선배를 퇴학시키는 작전, 이게 다는 아니겠죠? 1학년이 확실하게 살려면 그 이외의 단독 그룹을 처리해야 합니다. 다른 방책이 있으면 알려주세요."

야가미가 재촉했지만, 츠바키는 시선을 피하며 흥미 없다는 투로 중얼거렸다.

"더는 위험한 다리를 건너봐야 부질없어. 여기서 떨어지는 그룹을 억지로 도와봐야, 늦든 빠르든 어차피 사라질 운명이니까."

"……그러면 여기서 손을 떼겠다는 건가요?"

"뭔가 마음에 안 들어. 어쩌면 내 작전은 처음부터 통하지 않았던 건지도."

"무슨 말이죠?"

"현상금이 걸려 있다는 소문도 멋대로 돌고 있고, 아야노코지 선배의 경계심도 높아. 무엇보다 1학년끼리 서로 믿지 못하는 이상 이 계획은 무모했다는 거야."

실패해서 의기소침해졌다기보다, 츠바키는 불온하고 무질서한 상황을 싫어했다.

"나 혼자 해야 했었는데, 후회되네."

그편이 훨씬 잘 됐을 거라면서 몹시 후회했다.

그리고 태블릿 화면을 껐을 때, 한 가지 사실을 알아차렸다.

"어라……?"

우토미야가 없다는 사실을 깨달은 것이다.

"왜 그러죠?"

"우토미야는?"

그 말을 듣고서야 야가미도 우토미야가 없다는 사실을 안 듯 보였다.

"30분 정도 전까지는 근처에 있다고 생각했습니다만……."

츠바키가 태블릿으로 보이지 않는 적과의 싸움에 집중하던 시간이다.

불길함을 느낀 츠바키는 10분 전 지도를 표시해 우토미야의 위치를 검색했다.

지금 츠바키가 서 있는 장소에서 남서쪽, 400m 정도 되는 지점에 있었다.

"뭐 하는 거야……."

근처에 또 하나의 GPS 반응이 있었는데 이름은—— 2학년 A반 키토 하야토.

그 이름을 본 순간 츠바키가 무전기를 손에 들었다.

8

덩치 큰 남자가 앞이 잘 보이지 않는 숲속을 달리고 있었다.

그의 목적지는 츠바키 사쿠라코와 야가미 타쿠야 그리

고 우토미야 리쿠가 있는 캠핑지.

사카야나기의 지시로, 이번 일의 지휘를 맡은 인물을 밝혀내는 임무를 맡았다.

달리는 키토의 눈에 캠핑지가 서서히 들어오려고 할 때, 시선의 끝에 한 남자가 들어왔다. 그는 키토를 보면서 마치 길을 막기라도 하듯 우뚝 서 있었다.

키토는 그가 누구인지 몰랐지만 같은 편이 아님을 곧바로 인식했다. 거리가 벌어져 있는 동안 진로를 바꾸려고 했는데 그것을 본 상대도 움직였다.

적이라는 사실을 분명히 인식한 키토는 다리를 멈추고 남자 쪽으로 향했다.

"이 앞에 무슨 볼일이라도 있나?"

상급생을 상대하면서 경어를 쓰는 것도 잊고 엄한 어조로 묻는 우토미야.

"내 기억이 맞는다면 2학년 A반 키토 하야토…… 선배 맞습니까?"

차가운 말투로, 경어를 섞어서 그렇게 말했다. 원래 단독이었기 때문에 키토를 잘 기억하고 있었는데, 그룹 합류를 한 후로 리스트에서 제외한 인물이었다.

하지만 처음부터 알았다고 하면 의심을 살 가능성이 있기에 어디까지나 지금까지는 별로 의식하지 않았던 것처럼 굴었다.

"지금은 좀 바빠서."

그렇게 양해를 구한 키토가 우토미야를 그냥 지나치려
고 했다.

하지만 우토미야가 그의 어깨를 잡아 세웠다.

"……뭐야."

그 행동에 짜증이 난 키토가 노려보았지만, 우토미야도
날카로운 눈빛으로 쳐다볼 뿐이었다.

"미안하지만 못 지나가."

"뭐라고?"

의아한 듯 미간을 찌푸린 키토에게 우토미야의 주먹이
날아갔다.

침착하게 주먹을 피하고 거리를 벌린 키토.

"지금 뭐 하자는 거지?"

그러자 우토미야가 달려들어 멱살을 잡았다.

"말했잖아. 못 지나간다고."

"너, 이름은?"

"1학년 C반 우토미야 리쿠다."

우토미야. 사카야나기에게 명령받은, 조사 대상 중 한
사람.

자신을 막으러 여기 온 단계에서 지휘관 후보에서 제외
되었다.

그리고 우토미야 역시 키토가 누군가의 지시를 받고 음
을 알아차렸다.

"누구 명령으로 여기 온 거지?"

이름을 물어도 키토는 대답하지 않았다.

"아무리 상급생이라도 봐줄 생각 없어."

그 말에 키토의 눈빛이 날카롭게 빛나더니 굵은 팔로 우토미야의 목덜미를 노렸다.

우토미야는 당황하지 않고 거리를 벌려 키토의 공격에서 별 어려움 없이 벗어났다. 하지만 빠르게 피하는 과정에서 주머니에 들어 있던 무전기가 키토의 발밑에 떨어졌다.

"앗⋯⋯!"

당황하며 다가가려 했지만, 키토가 버티고 있어서 경솔하게 달려들 수 없었다.

잠시 굳어서 서로를 노려보고 있는데, 그 정적은 다른 곳에서 깨졌다.

『우토미야? 뭐해?』

발밑에 떨어진 무전기에서 츠바키의 목소리가 새어 나왔다.

"쳇⋯⋯."

혀를 차며, 떨어진 무전기를 응시하는 우토미야.

『내 지시를 따르던 거 아니었어?』

대답이 없는 것을 의아해하면서 츠바키가 그렇게 말을 이었다.

달려들 틈을 엿보던 우토미야에게 키토가 한 손으로 진정하라는 신호를 보냈다.

그리고 무전기를 주워 우토미야 쪽으로 가볍게 던졌다.

"윽. 무슨 속셈……입니까."

예상치 못한 행동에 독기가 빠진 듯 우토미야가 물었다.

"목적은 이뤘어."

더 이상 싸울 필요가 없다며 키토가 짐을 주워들고 발걸음을 돌렸다.

무전기에서 들리는 츠바키의 목소리에 지휘관이라고 판단한 것.

키토의 등은 이미 멀어지기 시작해서 무방비 상태였다.

『우토미야, 내 말이 들리면 일단 가만히 있어. 지금 키토 선배와 싸우는 건 좋은 생각이 아니야.』

대답하지 않고 잠시 무전기를 바라보는 사이에 키토가 완전히 사라졌다.

"……나야."

이윽고 혼자가 되자 우토미야가 무전기에 응답했다.

『괜찮아? 키토 선배는?』

"방금 막 사라졌어."

『왜 그렇게 마음대로 군 거야? 자칫 잘못했으면 우토미야도 같이 퇴학당할 뻔했어. 아니면 내가 있는 곳에 2학년이 접근하지 못하게 하려고?』

"아니, 그게 아니라…… 미안. 내가 독단적으로 판단했어. 이번 전략이 실패로 끝난다고 해도 상대방에게 정보를 뻔히 줄 필요는 없다고 생각했거든. 츠바키가 있는 데로 못 가게 막고 싶었어."

"이미 지나간 일을 탓해봐야 소용없지만, 그건 우토미야의 생각이야?"

잠시 침묵한 후 우토미야가 말했다.

"아니…… 그래, 맞아. 내가 멋대로 움직인 거야."

동요가 느껴지는 대답이었는지, 무전기 너머로 츠바키가 잠시 침묵했다.

『그래. 일단 움직일 수 있으면 돌아와.』

"알았어."

통신을 끝낸 우토미야가 태블릿을 내려다보았다.

그러더니 다시 무전기를 쥐고 코드를 바꾸어 통신을 시작했다.

"2학년에 걸리적거리는 벌레는 쫓아냈어. 츠바키가 지휘관이라는 걸 알아냈으니 만족했을 거야."

『역시 우토미야 군이에요.』

"그런데 츠바키의 작전은 어떻게 됐어?"

『우토미야 군의 예상대로 실패했어요. 굳이 아야노코지 선배에게 미리 경고하지 않았어도 애초부터 성공할 리 없는 진부한 전략이었다고는 생각하지만요.』

"이만 끊는다."

우토미야는 쓸데없이 오래 끌지 않고 무전기 전원을 껐다.

○츠키시로라는 남자

아침, E3의 우측 끝에서 잠이 깬 나는 태블릿으로 지도를 확인했다.

어제는 1학년의 진군을 피하느라 지정 구역을 한 곳도 밟지 못하고 끝났다. 사카야나기의 연락으로는 오후로 접어들어서 바로 물러쳤다고 했지만, 그래도 지정 구역으로 가지는 않았다. 피하는 도중에 과제를 해서 최소한의 점수를 벌었을 뿐.

어제 오후 1시에 풀린 랜덤 지정 구역은 F3, 그 후 오후 3시에는 G3.

지도를 열어 어제 GPS 검색한 오후 1시 시점의 화면을 보았다. 자신을 따라다닌 1학년 그룹은 총 다섯. 그리고 GPS를 끄고 접근한 호우센이 전부였다. 그건 틀림없으리라. 또 호우센이 류엔과 싸워 결착이 난 후, 모든 그룹이 물러나 특별시험으로 돌아올 수 있게 된 것은 그 이후의 검색으로 분명히 알 수 있었다.

하지만──. 나와 사카야나기가 그들에게 집중하는 사이, 뿔뿔이 흩어져 있던 1학년 몇몇 그룹이 뭉쳐 지정 구역에 먼저 도착하는 움직임을 모였다. 이 그룹이 수상하다고 느낀 것은 오후 3시가 되어 나의 네 번째 지정 구역 G3이 발표됨과 동시에 그들이 서쪽으로 이동해서 F4로 향하기 시작했기 때문이다. 이곳은 길도 좁아서 단단히 막아서면 피하기 어렵고, 상당한 거리를 우회해야 한다.

"혹시 몰라서 위험을 피했는데, 그만큼 마지막 날에 큰 지장이 생겼군."

위험을 피하다가 6연속 패스, 4연속 페널티. 지금 상황을 한시라도 빨리 탈피해야 한다. 앞으로 3번 연속으로 페널티를 더 받으면 여기서 18점을 더 잃는다.

표시된 총점은 119점이지만, 퇴학을 면할 수 있는 안전권과는 거리가 멀다. 내가 세운 안전선은 105점 전후. 그보다 내려가면 퇴학당해도 이상하지 않다. 그래서 밤에 이동을 강행해 일단 어제 네 번째 지정 구역이었던 G3을 사정권 내까지 좁히는 데 성공했다.

이제 순위를 확인할 수 없으므로, 최종일에는 자신의 순위를 상상하며 싸워야만 한다. 12일째 밤 순위는 전혀 도움이 되지 않는다. 총 157팀이나 되니 괜찮다고 생각하기 쉽지만, 실제로는 많은 그룹이 합류를 마쳤다. 즉 그룹 수가 이미 상당히 줄어들었다고 보는 편이 좋으리라. 물론 최종일에 구제하기 위해 더 활발히 움직이는 그룹도 있을 게 뻔하다.

200점에 가까운 그룹이 하위 그룹을 흡수하면 그 순간 나보다 위로 올라간다.

이 최종일, 두 배로 늘어난 점수의 영향도 무시할 수 없다.

1학년의 전략에, 조금씩 서서히 퇴학의 길로 내몰린 것이다.

앞으로 또 1학년이 기다리고 있을 가능성도 있지만, GPS 검색은 이제 쓰지 않을 것이다.

오전 7시에 풀린 지정 구역은 H3. 산이 있어서 편한 위치라고는 도저히 말 못 하지만, 이것만큼은 도저히 짐작할 수 있는 게 아니니 어쩌겠는가. 여기서부터 최단 루트로 향한다고 해도 두 시간 가까이는 걸리겠지. 꾸물거리고 있을 때가 아니다.

점수가 두 배로 늘어난 과제에 많은 학생이 도전할 오늘, 지정 구역에 갈 수 있을지 없을지도 불안한 싸움을 강요받다니. 낮에는 순위가 더 떨어질지도 모른다.

짐을 정리하고 막 출발했을 때 무전기로 사카야나기가 연락해왔다.

『좋은 아침이에요, 아야노코지 군. 어제는 여러 가지로 힘들었겠어요.』

"사카야나기 덕에 살았지."

『페널티는 괜찮나요? 밤에 꽤 많이 이동했던데.』

내 움직임을 GPS로 다 꿰뚫고 있군.

"첫 번째 지정 구역이 H3이야. 여유는 없지만 못 가진 않으리라 생각해."

『H3이라고요?』

뭔가 생각나는 게 있는지 사카야나기가 흥미롭다는 투로 내 지정 구역을 중얼거렸다.

나는 이동하면서 사카야나기와 대화를 이어나갔다.

『사실은 한 가지 곤란한 일이 생겨 버려서요. 새벽에 이치노세 씨가 사라졌어요.』

그것참, 마지막 날의 이벤트치고 꽤 골치 아픈 문제가 아닌가.

"사라졌다니? 사고라도 난 거야?"

『아뇨, 자발적인 행동 같아요. 요 며칠간 상태가 좀 이상했거든요.』

그러고 보니 그런 말을 했었지.

"그런데 왜 나한테 연락을? 난 아무 도움도 안 될 것 같은데."

『실은 이치노세 씨의 위치를 알아보려고 GPS 검색을 했더니 아야노코지 군과 같은 E3에 있더라고요. D3 쪽으로 정반대에 있지만.』

같은 구역이라도 극과 극으로 거리가 상당히 멀다.

게다가 지금 나는 이미 F3 쪽으로 들어가고 있었다.

"사카야나기 그룹의 어제 최종 지정 구역은?"

『D5입니다. 이치노세 씨도 왔고요.』

그런데 이른 아침에 아무에게도 알리지 않고 움직여서 무슨 영문인지 E3까지 왔다고?

『아침에 1점 줄어든 걸 알고. 그룹 멤버들한테 확인해봤는데 아무도 GPS 검색을 쓴 흔적이 없었어요. 이치노세 씨가 쓴 거겠죠. E3가 목적지인 건지 아니면 더 먼 구역인

265

지는 아직 모르겠지만, 누군가를 만나러 갔다고 보는 게 맞지 않을까요?』

"그렇군. 어제 네 번째 지정 구역을 밟았다면 이른 아침에 이동할 이유는 그 정도밖에 없지."

『어쩌면 아야노코지 군을 만나려는 게 아닌가 하는 생각도 들었는데요――.』

"미안하지만 짚이는 데가 없어. 이번 특별시험을 치르면서 이치노세를 한 번도 못 봤고. 기다리면 이치노세가 F3 쪽으로 올지 모르지만, 유감스럽게도 나 역시 급해서. 어떻게 할 생각이야?"

『우리가 가야 할 첫 번째 지정 구역은 E6이었어요. 착순보수를 놓치게 되지만 무시하는 수밖에 없겠네요. 최악의 경우 그녀가 탈락당하더라도 최종일인 만큼 크게 나쁜 영향은 없을 테죠.』

그렇게 말은 했지만, 사카야나기 그룹은 귀한 7인 편성. 시상대 위를 노리고 12일 종료 시점에는 4위라는 절호의 위치까지 올라왔다. 여기서 이치노세가 빠지면 타격이 크겠지.

뒤집어 생각하면 그렇게 중요한 최종일에 멋대로 움직이고 있다는 뜻.

누구보다도 동료를 생각하는 이치노세라고는 도저히 생각하기 어려운 불가사의한 행동이다.

"너도 힘들겠다."

『사고는 언제나 일어나는 법이죠. 뭐, 그냥 내버려 둬도 반나절이면 특별시험은 끝나니 문제없다고 생각하지만, 만약에 보게 되면 사정을 꼭 물어봐주세요.』

더는 지장을 줄 것 같다며 사카야나기가 통신을 끝냈다.

"이치노세는 어딜 가는 걸까⋯⋯."

나는 걸으면서 배낭에 무전기를 넣고 이번에는 태블릿을 꺼냈다. 마지막 날, 더는 충전 걱정을 하지 않아도 된다. 남은 31%로 문제없을 것이다.

화면에 펼친 지도에는 내가 가야 할 지정 구역과 각지에 점재된 과제가 있다.

지금까지 2주간, 과제는 무인도 곳곳에 나타나 있었다.

하지만 최종일에 한해서는 1부터 3까지 섬 북부 구역에는 과제가 하나도 없다는 것을 알 수 있었다. 반대로 중앙과 남쪽 5에서 10, 더 말하자면 A에서 E 사이에 많은 과제가 몰려 있었다. 이것은 단순히 최종일이어서 시작 지점에 돌아오는 것을 유도하고 있다고 생각하면 납득이 간다. 얼른 지정 구역을 밟고 과제에 도전하는 것이 현명하다.

이치노세의 위치를 알기 위해 GPS 검색을 쓰고 싶은 마음도 있었지만, 지금의 나는 퇴학 위기에 처해 있다. 지금은 생존율을 조금이라도 높이기 위해 1점을 아껴야 한다.

1

오늘 나의 두 번째 이동 장소는 I2. 무인도 북동쪽 끝이다.

겨우 페널티를 막는 데 성공했기 때문에 일단은 마음 놓고 갈 수 있었다.

시험이 종료되는 오후 3시가 지나면 기본적으로 걸어서 시작 지점에 돌아가야 하지만, 상황에 따라서는 순회하는 배에 학생을 태워 돌려보내는 계획도 있는 모양이었다. 가장 가까운 곳은 J6로 오후 5시에 순회선이 온다고 했다.

"끝까지 말도 안 되는 곳에 지정 구역이 뜨네⋯⋯."

섬 남쪽에 과제가 집중된 시험 환경은 변함없는데 지정 구역은 최북단이라니.

버리는 테이블이 분명하다고 한탄하고 싶지만 어쩌겠는가.

그렇게 깔끔하게 받아들여지면 편하겠지만, 여기까지 오니 불길한 느낌이 들기 시작했다.

오늘 아침부터 어느 한 사람 마주치지도, 아니 아예 보이지도 않았다. 섬이 아무리 넓다지만, 기본 이동을 하다 보면 다른 사람을 보거나 목소리를 들을 기회가 많다.

물론 어제는 최종 지정 구역에 도달하지 못했으니, 같은 테이블의 학생을 마주치지 않는 것이야 이해도 되지만⋯⋯.

그리하여 이미 많은 학생이 과제가 집중된 남쪽으로 내려갔다는 사실을 알 수 있었다.

어쩌면 I2를 밟은 다음 최종 지정 구역을 무시하고 과제로 향하는 것도 방법일지 모른다.

H3는 좁은 강이 중간을 가로지르고 있었다.

이 강은 지름길로 이용할 수 없기에 우회해야만 하는 성가신 곳이다.

그나마 다행인 부분은 강을 따라 걷기만 하면 되기 때문에 길을 헤맬 염려가 없다는 것. 차분히 강을 따라 남서쪽으로 내려가 강을 건널 수 있는 포인트까지 간 다음, 북동쪽으로. 산이 나올 때까지는 강을 따라 걷기만 하면 된다. 그렇게 내가 강의 반대편, H3 중앙 부근에 도착했을 때였다.

"아야노코지——!"

흐르는 강물에 귀를 기울이며 걷고 있는데 멀리서 내 이름을 부르는 목소리가 들려왔다. 아까 내가 우회했던 강의 북쪽이었다.

온통 흙투성이가 된 이치노세가 숨을 헐떡이며 나를 보고 있었다.

"이치노세…… H3까지 온 거야?"

사카야나기의 말대로라면 이치노세는 E3에 있었을 터다.

현재 열 시를 지났으니, 해가 뜨기 시작한 다섯 시 반부터라고 치면 이치노세는 약 네 시간 반을 쭉 걸어왔다는 이야기가 된다. 그것도 아주 빠른 속도로.

"나…… 나, 아야노코지를 만나러 왔어!"

지친 상태로 말을 겨우 이으면서도 강 건너편에서 소리치는 이치노세.

"지금 그리로 갈게!"

그렇게 말한 후 휘청거리며 강을 따라 달렸다.

무거운 배낭이 방해되는지 그 자리에 던져버렸다.

아무래도 걸음이 위태로웠다. 한계가 찾아왔을 이치노세의 체력으로는 여기까지 오기도 너무나 버거우리라. 나는 왔던 길을 되돌아가서 빨리 만나기로 했다.

둘 다 5분 정도 강을 따라 달려, 합류 가능한 포인트에 도착했다.

이치노세가 무리하게 만들 수는 없었기 때문에 내가 먼저 북쪽으로 강을 건넜다.

"겨, 겨우, 겨우 따라잡았어……. 기다려, 내가 갈 테니까."

여기까지 쫓아와, 나를 불러 세운 데에 책임을 느끼는 것일까.

열심히 다리를 움직여 내 앞까지 한 걸음씩 다가왔다.

숨을 헐떡이며 가까이 다가오던 이치노세는 도저히 서 있을 수 없었는지 앞으로 고꾸라졌다.

"으악!"

쓰러지는 이치노세를 안아 부축했다.

"미, 미안해! 어, 어라? 뭐지? 다리가…… 말을 듣지 않아……."

당황하며 떨어지려고 했지만, 무릎이 떨려서 제대로 설 수 없는 듯했다.

"도대체 무슨 일이야, 이치노세."

그런 나를 올려다본 이치노세는 필사적으로 상황을 정리하며 입을 열었다.

"나, 나, 아야노코지한테 꼭 전할 말이 있어서……!"

"전할 말?"

"고민하고 고민하고 또 고민했어……. 친구들을, 우리 반 아이들을 지켜야 한다는 생각에……."

도대체 무슨 소리를 하는 거지. 내용은 모르겠지만, 필사적이라는 것만은 분명했다.

"하지만, 그래도 아야노코지가 걱정돼서…… 도저히."

이 특별시험 중에 나는 이치노세와 별다른 접점이 없었다.

뭔가 생각하지 못한 일이 일어났다는 것.

그걸 전하기 위해 네 시간이 넘도록 걸려서 여기까지 필사적으로 온 것이다.

"나, 나…… 손목시계가 망가져서, 그래서, 시작 지점으로 돌아가 교환하려고 했었어……. 그때, 츠키시로 이사장 대행이랑 시바 선생님을……!"

아직 호흡도 진정되지 않을 만큼 지쳤으면서도 이치노세는 더듬더듬 이야기를 털어놓았다.

언제 있었던 일인지는 모르겠지만, 아마도 며칠 동안 고민했을 것이다.

"마, 마지막 날까지 아야노코지가 무사하면 I2로 불러내서 끝내버리겠다고——!"

『I2』, 『끝내버리다』라는 단어. 과연 그것만 들으면 아주 위험하다는 생각이 들겠지. 츠키시로와 시바가 경솔하게도 이치노세에게 대화를 들킨 것은 손목시계가 망가져 GPS 반응을 포착하지 못했기 때문인가.

"반 아이들을 지켜야 한다는 말은…… 츠키시로한테 협박당했다는 거야?"

내가 알아맞히자 순간 깜짝 놀란 이치노세가 고개를 끄덕였다.

"이 일을 아야노코지한테 말하면…… 우리 반 애를 퇴학시키겠다고……. 하지만, 하지만 도저히 아야노코지를 내버려 둘 수 없었어……!"

"신경 쓰지 말고 가만히 있었어야지. 난 너의 적인데."

잘하면 아야노코지라는 학생을 퇴학시킬 수 있다, 그 정도로 생각했어야 했다.

이치노세는 그 말을 듣자, 싫다며 고개를 강하게 가로저었다.

"무리야! 아야노코지는, 아야노코지는…… 적 따위가 아니라고!"

내 가슴 부근의 셔츠를 붙잡는 이치노세.

"적이라고, 생각하는데."

"하지만…… 하지만, 나한테 아야노코지는——!"

셔츠를 움켜쥔 손에 더욱 힘이 들어갔다.

"나는, 나는 아야노코지를, 좋아한단 말이야……!"

그 말은 이치노세 본인도 예상하지 못했던 것이리라.

말을 내뱉자마자 곧바로 자기 입을 틀어막으며 시선을 피했다.

"아, 아니야! 방금 그 말은, 앗, 왜 내가, 아, 아앗?!"

본인도 이해되지 않는지 패닉 상태가 되어 고개를 휘저었다.

"내가 지금 뭐라고 했어?!"

말한 기억이 사라지기라도 한 듯, 이해가 안 된다며 당황했다.

"말해도 돼? 이치노세가 나한테 뭐라고 말했는지."

"으, 응⋯⋯앗, 아니, 안 돼! 여, 역시 말하지 마, 떠오르니까!"

"——고맙다, 이치노세."

"아, 아, 아앗?!"

나는 이치노세에게 다시 고마움을 표시했다.

같은 반보다도, 시험에서 이기기 위해 짠 그룹보다도 나를 우선해주었다.

그 마음을 함부로 여길 수는 없다.

"이치노세가 이렇게 경고해주지 않았다면 난 어떻게 됐을지 몰라."

분명히 이번 일은 나에게 커다란 분기점이 될 것이다.

만약 여기서 이치노세를 만나지 않았다면 츠키시로를 예상하고 I2로 갈 일은 없었을 것이다. 츠키시로는 분명히 이치노세를 위협했다. 하지만 이치노세는 이렇게 내 눈앞에 있다.

그리고 위험을 무릅쓰고 모든 사실을 내게 들려주었다.

"아까 한 말, 진짜야?"

"그, 그거, 그러니까, 으음, 아니, 그게, 그게 말이지?"

"아니면 지금 아니라고 해줘. 오해하니까."

"⋯⋯으음⋯⋯ 오해⋯⋯ 오해, 같은 게 아니라⋯⋯."

부정하려던 이치노세는, 더는 발뺌할 수 없겠다는 듯 단념했다.

"⋯⋯좋아⋯⋯해⋯⋯."

목이 잠겨 사라질 것만 같은 작은 목소리로 인정했다.

"나도, 아마도 그 마음을, 방금 깨달은 것 같아⋯⋯ 미, 미안해."

하나도 사과할 일이 아니다.

"솔직히 이치노세가 나를 그렇게 생각한다니 의외여서 좀 놀랐어."

"미, 미안해⋯⋯. 싫, 지?"

"그렇지 않아. 다만 지금 당장은 이치노세의 마음에 대답해 줄 수가 없어."

"으⋯⋯응. 난 아야노코지한테 어울리지 않으니까⋯⋯."

"그런 말이 아니야. 꼭 해결해야 하는 일이 몇 개 남아 있어서, 그런 상태로는 예스라고도 노라고도 대답할 수 없다고 생각해."

그리고 지금 케이의 존재를 알리는 것만은 반드시 피해

야 한다.

　나중에 알게 되어 더 상처받고 나를 원망하게 되더라도 지금은 한창 무인도 시험 중이니까.

　아직 시간이 남아 있는 이상 싸울 의지를 빼앗는 짓은 할 수 없다.

　"납득이 안 될지도 모르겠지만 그게 지금 내가 할 수 있는 최선의 대답이야."

　"응…… 알았어."

　싫어하지도 불만스러워하지도 않고 이치노세는 고개를 끄덕이며 받아들였다.

　"난 I2로 갈 생각이야. 거기서 해야 할 일이 있어."

　"아, 안 돼! 위험해!"

　"내가 그렇게 안 하면 이치노세도 소중한 반 친구를 지킬 수 없게 되잖아?"

　본인도 깊이 고민한 만큼 잘 알 터였다.

　내게 이야기해버리면 츠키시로가 그 사실을 알게 되는 것도 상상하기 그리 어렵지 않다고.

　하지만 궁지에 몰린 게 아니라 오히려 기사회생한 것임을 츠키시로에게 알려줄 필요가 있을 듯하다.

　"넌 푹 쉰 다음 그룹에 합류하는 거야. 알겠지?"

　순순히 따르는 이치노세의 머리를 한 번 쓰다듬은 후, 나는 I2로 향했다.

I2와 I3의 경계선 부근에는 바위터가 펼쳐져 있고 그 근처에는 무릎보다도 키가 큰 수풀이 있었다.

"이 근처로 정할까."

메고 있던 배낭을 내려 수풀 속에 숨겼다.

앞으로 무엇이 기다리고 있는지 모르는 이상 짐은 방해만 될 뿐이다. 태블릿까지 포함해 전부 두고 가기로 했다. 바닷가까지만 돌아온다면 헤매지 않고 이 바위터까지 올 수 있을 것이다.

이치노세가 말했던, 츠키시로가 나를 처리하기 위해 준비한 장소라.

분명 나와 같은 테이블의 그룹들은 전혀 다른 지정 구역이 떴겠지. 오로지 그것을 확인하기 위해 지금 검색해서 1점을 잃는 짓은 피하고 싶다.

그리고 이치노세가 얽혀 있음을 알았으니, 가지 않는다는 선택지는 오히려 사라졌다. 여기서 내가 가지 않는 선택지를 고르면 츠키시로는 이치노세의 반을 가차 없이 건드릴 것이다.

준비를 마친 내가 I2 쪽으로 걷기 시작하려고 할 때였다.

"여어, 아야노코지. 이런 우연이."

태블릿을 쥔 나구모가 흥미로운 것을 발견하기라도 한

눈으로 나를 보고 있었다.

내가 놓인 상황에서 볼 때 누가 됐든 이 부근에 있는 것은 부자연스럽다.

설마 현상금 말고 츠키시로의 일에도 이 남자가 연루되어 있나?

아니, 학생회장이라는 자리는 츠키시로에게 별로 큰 의미가 없을 것이다.

여기에 등장한 것을 꼭 그 일과 연결 지을 필요는 없어 보이지만 일단 경계는 해둔다.

"나구모 학생회장이 왜 여기에?"

가볍게 둘러보아도 주위에 나구모 그룹 멤버로 보이는 학생은 아무도 없었다.

"안심해. 여기 있는 건 나와 너뿐이니."

GPS 검색이라도 썼는지, 나구모가 그렇게 말하며 경계를 풀게 하려고 했다.

"이 근방에는 과제도 없는데 어디에 있었습니까?"

나구모가 나타난 방향은 남동쪽이었다.

"I4의 해변에서 놀고 있었지. 이제 곧 무인도 생활도 끝나니까."

최종일, 거의 모든 학생이 혈안이 되어 점수를 모으고 있는 이때 혼자 해변에서 놀고 있었다니.

"왕자의 여유인 겁니까."

나구모는 그 물음에 답하지 않고 웃었다.

"그건 됐고 방금 네가 한 말, 그대로 돌려주지. 아야노코지, 지정 구역도 아니고 과제도 없는 이런 곳에서 뭐 하고 있어? 호나미랑 만났나?"

여기서 그녀의 이름이 나오는 것은 놀랍지 않다. 이치노세를 직접 보지 않았더라도 GPS 검색을 했으면 가까운 위치에 있었다는 걸 바로 알 수 있으니까.

"그렇다고 하면 문제가 됩니까?"

"아니? 지금도 같이 있는 거면 뭐라고 할 수도 있겠지만, 넌 지금 혼자니까. 즉 다른 목적이 있다는 얘기지. I2에 뭐가 있어?"

내가 그 질문을 그냥 넘기자, 나구모는 화제를 바꾸듯 이렇게 말을 이었다.

"이제 무인도 시험도 끝나잖아? 너와 대화를 한번 나눠 보자고 생각했을 뿐이야. 학생회장인 나와 네가 둘이 서서 대화할 수 있는 상황은 학교에서는 그리 많지 않으니까."

"하긴 그러네요."

나야 단순히 음지에 있는 일개 학생.

반면 상대는 우는 아이도 울음을 멈춘다는 학생회장, 부조화도 이런 부조화가 없다.

그런데 그저 단순히 시시콜콜한 잡담을 나누러 여기까지 오진 않았을 텐데.

"1학년들이 저를 습격한 건 이미 알고 있나 보군요."

"눈치는 좀 있는 것 같군."

나를 퇴학시키면 2,000만 포인트를 준다는 현상금 이야기.

츠키시로가 주도했다고는 하나, 그 사이에 나구모가 끼어 있는 것은 틀림없는 사실이다.

나구모 정도 되는 남자라면 때를 불문하고 GPS 검색으로 상황을 관찰했어도 이상하지 않다.

어제 나와 1학년들의 움직임을 봤다면 습격이 있었다는 것을 다 알았을 테고.

나구모는 나와 똑같이, 아니 그 이상으로 이번 특별시험의 전체상을 꿰뚫어 보고 있다.

여기에 별 어려움 없이 나타날 수 있었던 것도 내 행동을 다 파악하고 있기 때문이겠지.

"현상금 일은 너무 고깝게 생각하지 마. 원래 내가 제안한 것은 아니니까."

"츠키시로 이사장 대행이겠죠."

"거기까지 안다면 이야기가 빠르겠군. 돈의 출처도 전부 이사장 대행이야. 난 어디까지나 학생회장으로서 이름만 빌려줬을 뿐."

본인이 그럴 생각이었는지 아닌지와는 상관없이 이사장 대행이 지시하면 나구모도 거스를 수 없었겠지.

"이사장 대행의 명령이었다면 받아들인 게 납득은 됩니다. 하지만 제가 아는 나구모 학생회장이라면 그런 이야기를 일축하지 않을까 싶었는데요."

"현상금 이야기가 나왔을 때 만약 너 말고 다른 학생이 있었다면 받아들이지 않았겠지. 하지만 지명한 게 다른 사람이 아닌 너였으니까. 호리키타 선배가 높이 평가했던 유일한 남자."

역시 나구모는 나를 통해 그 뒤에 있던 호리키타 마나부를 보았다.

"대답해, 아야노코지. 앞으로 뭘 하려는 거지?"

나 따위 보잘것없는 존재니까 신경 쓰지 말라고 말하기는 쉽다.

하지만 나구모는 그런 말에 물러나지 않겠지.

내 앞에 무엇이 기다리고 있는지 모르는 이상, 시간을 아끼고 싶다.

"나구모 학생회장과는 상관없는 일입니다. 저 상관 말고 마지막 특별시험에 집중해야 하는 것 아닌지요? 코엔지와 득점도 별로 차이나지 않을 텐데요. 학생회장이 돌아가지 않으면 착순 보수를 받지 못해요. 일부 과제도 참가 불가능한 상황이 이어질 거고요."

그건 역전당할 가능성이 있다는 뜻.

"걱정하지 마. 최종일인 오늘, 코엔지는 내가 완벽하게 눌러뒀으니까."

그렇게 말한 나구모가 뒷주머니에서 무전기를 꺼냈다.

멀리 떨어져 있어도 지시를 내리면 그것으로 충분하다는 건가.

"뭘 하러 가는지 궁금한데 대답할 수 없다면 질문을 바꿔보지. 호리키타 선배가 기대한 만큼의 실력이 있는지 나에게 보여줘라. 네 진짜 모습을."

여기까지 온 가장 큰 이유가 그건가.

"설마, 여기서 학생회장과 싸움이라도 하자는 말입니까?"

"싸움도 싫지는 않지만, 나는 좀 더 제대로 된 대결을 좋아하지. 이 무인도 시험이 끝나도 학년을 초월한 대결의 기회는 남아 있으니 그때 상대해줄게."

학생회장의 직접 지명이라는 건가.

"이번 무인도 시험으로도 느끼지 않았습니까? 저와 학생회장은 승부가 안 되는데요."

실제로 나구모는 이 시험에서 1, 2위를 안정적으로 유지해왔다.

접전을 펼친 코엔지에게도 역전 기회는 있겠지만, 어쨌든 힘든 싸움인 것은 틀림없다.

"넌 혼자고 난 일곱 명이야. 승부가 되는 게 더 이상하지."

"코엔지는 충분히 승부가 되고 있잖습니까. 괴짜이긴 하지만 틀림없는 실력자죠. 반면 저는 상위 10팀에 한 번도 들어가지 못했는데요."

강적을 원한다면 코엔지랑 싸우라고 부추겼다.

"뭐, 하긴. 녀석은 상상 이상이었어. 이번 시험에서 유일하게 내가 공격에 나서도록 만들었으니."

코엔지를 인정하면서도 어이없다는 듯 어깨를 움츠렸다.

공격에 나선다는 말은 지금 나구모가 무전기를 쓰는 것을 가리키겠지.

"3학년 전체를 이용해 착순을 선점하고 과제를 독점하는 건 학생회장 이외는 불가능한 짓이니까요."

1, 2학년과 달리 3학년은 거의 모든 그룹이 나구모의 지배 아래에 있다.

확실히 코엔지를 잡을 생각이라면 3학년을 총동원하면 된다.

아무리 체력이 있고 다리가 빨라도, 그리고 과제를 잘 해내도 소용없다.

사방을 에워싼 그룹들이 몽땅 쓸어버리면 되니까.

결과적으로 코엔지가 얻을 수 있는 것은 기본 이동에 의한 도착 보너스뿐.

그 사이에 나구모 쪽이 도착 보너스만 쌓아도 점수가 점점 벌어진다.

"역시 그 정도는 간파한 건가. 언제 눈치챘지?"

"비치 플래그 단계 때부터 수상하다고 생각했죠. 키리야마 부회장이 비어 있는 자리를 굳이 채우지 않고 그대로 뒀으니까요. 그건 학생회장을 위해 남겨둔 자리였겠죠."

하지만 그보다 내가 먼저 도착해버린 바람에 어쩔 수 없이 남은 멤버로 정원을 다 채웠다.

나구모는 느긋하게 놀면서 키리야마 무리의 과제가 끝나기를 기다렸다는 것.

"키리야마 부회장과는 적대 관계인 줄로만 알았는데, 아무래도 아닌 것 같군요."

"그 녀석은 자기가 A반으로 졸업하기 위해서라면 싫어하는 나와도 손을 잡지."

"상식에서 벗어난 코엔지는 그렇다 쳐도, 평범한 학생들은 손쓸 방법이 없겠는데요."

내 말에 나구모는 뭔가 이상하다는 듯 웃었다.

"그거 진심 아니지? 넌 내가 대단한 사람이라고 전혀 생각하지 않아."

"그렇지——."

부정하려는데 나구모가 손을 들어서 막았다.

"3학년을 총동원해서 단지 힘으로 이겼을 뿐이라고 생각하겠지만, 그렇지 않아. 지금부터 너한테 내 초능력을 보여주지."

"초능력이라고요?"

"12일째 날이 끝난 시점에 너의 그룹 순위를 알아맞혀 볼까?"

공개되었던 그룹은 상위 10팀과 하위 10팀뿐. 총 157팀에서 그 20팀과 중간에 합류한 그룹까지 빼면 137팀. 물론 나의 정확한 순위를 아는 것은 나뿐이다.

날짜가 바뀌기 전 마지막 단계에 내 순위는 16위였다.

"네 순위는—— 11위지?"

나구모가 그렇게 확신하며 말했지만 틀렸다.

하지만 틀렸다며 마냥 비웃을 수는 없었다. 12일째 날은 1학년들의 습격에 대비해 계속 GPS 검색을 했었다. 만약 그렇게 쓸데없이 점수를 쓰지 않았다면 11위도 충분히 가능했을 것이다.

모든 그룹의 순위를 파악하는 것은 규칙상 불가능.

즉 나구모가 이렇게 단언할 수 있는 데에는 나름의 근거가 있다는 이야기다.

"살짝 빗나갔나? 하지만 15위 16위 정도 안에는 들어와 있겠지?"

"맞습니다. 솔직히 감탄스러울 정도네요."

순순히 인정하니 나구모는 그렇겠지, 하고 냉정하게 그 사실을 받아들였다.

"초능력이다 뭐다 농담처럼 말했지만, 네가 진짜 실력을 숨기고 있다면 순위가 그즈음이 아닐까 찍어봤을 뿐이야."

아무래도 나구모라는 남자는 내가 생각한 것보다도 훨씬 우수한 듯하다.

"넌 튀지 않으려고 10위보다 조금 아래 순위에 있으면서 언제든 상위로 치고 올라올 수 있도록 위치 선정을 했지? 만약 나와 코엔지가 충돌해 순위가 떨어지면 역전도 노리려고."

나는 튀는 것을 피하고 12일째가 끝날 때까지 조용히 숨 죽이고 있을 요량으로 움직였다.

상위 그룹들이 막바지에 피로 누적으로 점수를 모으는

속도가 떨어졌을 때, 상황에 따라서는 단번에 점수를 벌어 시상대를 노릴 가능성을 남겼다. 아니, 남겼다고 생각했었다.

"눈치챘나? 처음부터 불가능했다는 걸."

내가 세운 전략은 나구모에 의해 애초부터 무효로 돌아갔었다는 뜻이다.

"10위가 계속 3학년 쿠로나가였지? 그거 내가 10위를 유지하게 시킨 거야. 보이지 않는 곳에서 점수를 벌어 역전을 노리려는 놈을 막기 위해서."

10위와 9위의 점수가 점점 벌어지기만 해서 내가 상위를 노리기가 나날이 힘들어졌었다.

그것까지 전부 나구모의 계획이었다는 것이다.

눈에 보이지 않는 적을 강제로 배제하고 눈에 보이는 적만으로 압축시킨다.

"너한테 실력이 있다고 쭉 의심해왔지만, 이걸로 명백해졌어. 넌 내 손에 당할 권리를 얻었다, 기뻐해라."

"마지막 날 학생회장이 굳이 지휘를 맡아 코엔지를 노리는 것도 작전에 포함된 겁니까?"

"난 모으려고 마음만 먹으면 400점이든 500점이든 얼마든지 모을 수 있어. 하지만 그래서는 문제가 다소 생기지. 게다가 재미가 없잖아? 그래서 2학년, 1학년한테 이길 수 있을지도 모른다는 희망을 준 거야. 그렇게 접전을 펼치다가 진 걸로 하면 코엔지의 분해 죽겠다는 얼굴을 볼 수 있을지도 모르고."

나구모는 최강 그룹으로 여유롭게 지난 2주 동안 싸워
왔다.

그리고 최종일인 오늘 코엔지를 몰락시키고 자신이 1위
가 되어 존재감을 과시하려는 것일까.

나구모가 마음만 먹으면 특정 그룹이 얻은 총 득점을 알
수 있다. 착순 보수를 받았는지 못 받았는지, 과제 결과가
어땠는지 그 모든 결과를 GPS 검색과 동료들의 눈을 써서
알아낼 수 있기 때문이다. 점수를 알 수 없는 마지막 날인
지금도 나구모는 코엔지가 몇 점을 받았는지 정확하게 파
악하고 있다고 봐야 할 것이다.

즉 1점 차이로 이기는 극적 승리의 연출도 얼마든지 가
능하다.

"뭐, 코엔지 따위는 이제 아무래도 좋아. 이 학교에서 내
가 마지막으로 할 일. 그건 바로 너를 쓰러트리는 거야, 아
야노코지."

언제나 호리키타 마나부의 그림자를 쫓고 있는 나구모
는 내게 그의 모습을 겹쳐 보고 있었다.

철저히 쓰러트려서, 다른 형태로라도 그와 끝장을 보고
싶은 마음이겠지.

"유감이지만 2학년 D반의 리더는 호리키타입니다. 설령
3학년과 경쟁하는 특별시험이라 해도 제가 나구모 학생회
장과 붙을 일은 없어요."

"그럼 억지로 끌어낼 수밖에 없나? 현상금 일까지 포함해서."

그 부분을 빠짐없이 공개하는 것도 불사하겠다는 뜻인가.

"죄송하지만 제가 좀 급해서요. 그 이야기는 다음에 계속하시죠."

"쉽게 도망칠 수 있을 것 같아? 네가 나랑 붙겠다고 말할 때까지 보낼 생각 없는데?"

나구모는 나를 따라올 작정인지 뒤를 쫓아왔다.

만약 앞으로 뭔가가 나를 기다리고 있다면 나구모도 휘말리게 된다. 상대는 츠키시로다. 최악의 경우 나구모는 지금까지 쌓아 올린 모든 것을 잃고 권력이라는 이름 아래 퇴학당할 수도 있다.

여기서 말로 설득하려고 해도 나구모는 꿈쩍도 하지 않겠지.

물론 거짓으로 경솔하게 떠맡을 수도 없다.

나는 걸음을 멈추고 일단 뒤돌아보았다.

"나랑 붙을 생각이 들──."

멋대로 착각에 빠져 좋아하는 남자의 가슴을 예고 없이 힘껏 밀었다.

후배에게 당할 줄은 꿈에도 몰랐으리라. 나구모는 아무 저항도 못 하고 땅에 엉덩방아를 찧었다. 가지고 있던 태블릿과 주머니 속 무전기가 흘러 떨어졌다.

"무슨──!"

자신에게 무슨 일이 일어났는지 아직 이해하지 못하는 모습이었다.

이해가 따라가기 전에 필요한 일을 끝마쳐야 한다.

"나구모 학생회장, 그래도 전 당신을 높이 삽니다. 호리키타 학생회장과는 다른 능력으로 훌륭하게 이 학교의 정점에 섰죠. 실제로 이번 특별시험에서도 여유롭게 상위를 유지하고 있는 것도 모자라 완전히 지배했다고 말해도 과언이 아니에요."

냉정을 되찾고 분노를 느끼기 전에 말을 계속 이었다.

"다만 밟지 말아야 할 영역이란 게 있어요. 그러니 여기서 이만 물러나십시오."

"하…… 웃기지 마라, 아야노코지. 지금 나한테 명령하는 거야?"

"존경할 만한 부분이 있는 선배이기 때문에 여기서 사정을 봐줄 생각은 없습니다."

"뭐? 뭐 하자는 거야, 너——!"

나는 살의를 가득 담아 나구모의 눈을 보았다.

"윽……?!"

"물러나라고 말했는데 못 알아들어?"

나구모는 공포심을 느낀 것을 인정하지 않겠다는 듯 벌떡 일어섰다.

"적당히 하지 그래? 지금까지 나를 얕본 놈은 네가 처음이다, 아야노코지……."

그때 나구모의 옆에 떨어져 있던 무전기로 연락이 들어왔다.

『잘 됐어, 나구모. 이렇게 해서 3회 연속으로 코엔지의 과제를 막았어. 다음 지시를 내려줘.』

3학년 누군가의 기뻐하는 목소리가 들려왔다.

코엔지의 발을 묶는 전략은 순조롭게 진행되고 있는 모양이었다.

나구모는 그 목소리에 전혀 반응하지 않고 나를 노려보았다.

『어이, 나구모, 네가 지시하지 않으면 위에 애들은 움직이지 않아. 코엔지를 확실하게 2위로 떨어트리려면 시험이 끝날 때까지 계속 공격해야 하는 거 아니었어?』

"안 받아도 되겠습니까?"

일방적으로 들리는 말만 들어도 나구모에게 중요한 내용임을 알 수 있었다.

나구모는 조용히 무전기를 쥐더니 전원 스위치를 오프로 돌렸다.

"나한테 중요한 건 코엔지가 아니야."

흙을 털어내려고도 하지 않고 나를 향해 다가왔다.

"너랑 싸워서 철저히 때려눕힐 거다. 그게 학생회장으로서 내 마지막 임무야."

의지, 인가. 학생회장인 자신을 고무시키며 나에 대한 위압감을 떨쳐냈다.

"내가── 윽?!"

나는 기다리지 않고 나구모의 명치에 주먹을 꽂았다.

"아, 야노……코!"

나구모는 순간 호흡이 막혀 일시적으로 의식을 잃고 그 자리에 쓰러졌다.

나는 나구모를 들어 나무 그늘에 눕혔다.

충고를 듣지 않는 이상 지금은 이렇게 하는 수밖에 없다.

나구모의 손목시계가 이상을 감지했는지 경고 경보를 울리기 시작했고 5초 동안 이어졌다.

정신을 차릴 때까지 별로 시간이 걸리지 않을 것이다.

20분 아니면 30분?

어쨌든 앞으로 일어날 일에 나구모를 끌어들이지 않고 끝낼 수 있게 되었다. 물론 무인도 시험이 끝난 후에 다른 문제가 생기는 것은 피할 수 없게 되었지만, 그것도 지금은 사사로운 일이다.

츠키시로의 문제를 해결하지 않으면 그 앞의 길은 열리지 않으니까.

3

마지막 날 오전 10시가 지나서, 나── 호리키타 스즈네는 I2로 가기 위해 I4와 I3의 경계선을 북상하고 있었다.

특별시험도 드디어 최종일만 남아, 마지막 남은 힘을 짜낼 때. 다행히 어젯밤 12시 직전까지 2학년 D반은 하위 10팀에 이름을 올리지 않았다.

퇴학 범위에 있는 하위 5팀은 전부 3학년 그룹.

하지만 절대 안심할 수 없다. 끝에 가서 이 5팀이 다른 그룹과 손잡으면 필연적으로 득점이 올라가기 때문에, 순위가 뒤바뀔 위험이 있다. 아슬아슬한 6위 7위 그룹과 처지가 바뀌는 것을 피할 수 없다. 극단적으로는 하위 10팀 전부 상위 그룹과 손잡을 경우, 그 10팀 모두 하위에서 탈출할 수도 있다.

태블릿에 뜬 내 지정 구역은 I7. 내가 향하고 있는 I2와는 정반대다.

가야 할 지정 구역을 무시한, 폭거라고도 볼 수 있는 행동. 왜 이런 짓을 하고 있는지, 그 대답은 오른손에 쥔 한 장의 종이쪽지에 있었다. 이 쪽지는 오늘 아침, 내가 텐트 안에서 눈을 떴을 때 작게 접혀 숨겨져 있었다.

펼쳐보니 종이에 『정오』, 『K · A』, 『퇴학』, 『I2』라는 네 개의 단어가 불규칙하게 나열되어 있었다.

내가 이 쪽지를 보고 처음 생각한 것은 두 가지다.

하나는 이걸 쓴 사람의 글씨가 무척 정갈해서 표본으로 삼고 싶었다는 것.

그리고 다른 하나는 종이와 펜이 무료 지급품이 아니라는 것.

"노트와 펜이 몇 포인트였더라……."

무인도 매뉴얼에 실려 있던 기억은 어렴풋이 나지만, 아무 가치도 없다는 생각에 자세한 포인트 가격을 제대로 보지 않았었다. 태블릿이 방전되었거나 갑자기 고장나 대신 메모해야 할 때 필요할지도 모르지만. 어쨌든 취향이 독특한 누군가가 노트와 펜을 사서, 약간 암호 같은 이 쪽지를 내게 보냈다.

"아니, 암호라고 부르기에는 너무 간단하지만."

I2란 무인도 구역을 말하고 정오는 시간. 메모를 보낸 게 최종일이니까 14일째인 오늘 그곳에서 무슨 일이 일어날 것임을 가리키고 있다. 단순한 장난으로 치부하면 거기까지. 하지만 나머지 두 개의 단어는 그렇지 않다.

퇴학과 K·A. 전자인 퇴학은 둘째치고, 문제는 K·A다.

만약 다른 학생이 이 메모를 봤다면 분명 의미를 모르겠지.

하지만 나는 이걸 본 순간 알아버렸다. 아야노코지 키요타카의 이니셜이라는 것을.

"의미 그대로 생각하면 오늘 정오에 I2에서 아야노코지가 퇴학당한다……."

처음에는 장난이라고 생각했다.

그래서 아침 7시의 지정 구역이 발표되었을 때는 무시하려고 했었다.

아야노코지의 GPS가 E3이었던 것이 조금 마음에 걸릴

뿐이었다.

하지만 시간이 지나면서 점점 I2와 가까워진다면 단순한 농담으로 끝나지 않을지도 몰랐다.

그렇게 여긴 나는 조금씩 시간을 두고 GPS를 검색해보기로 했다. 1점을 쓰게 만들려는 누군가의 덫이라면 걸려든 셈이다.

결과적으로―― 아야노코지는 F3에서 G3으로 빠지는 곳까지 이동했다.

이대로 그가 I2로 향한다면…….

그런 예감이 들어 확인하기 위해 북쪽으로 올라가기로 했다.

그에게는 현상금이 걸려 있다. 그 시사일 확률도 버릴 수 없다.

아직 정오가 되려면 시간이 있는데, 아야노코지는 어디까지 갔을까.

물론 단순한 우연이고, 다른 구역으로 가고 있을 가능성도 있지만.

GPS 검색을 하고 싶은 마음이 굴뚝같았지만, 꾹 참았다. 내 점수로는 충분히 상위 50% 안에 들 수야 있다. 하지만 앞으로 지정 구역과 과제를 포기하는데, 검색까지 써 버리면 그것도 장담할 수 없게 된다. 이랬든 저랬든 어차피 헛걸음하는 거라면 I2까지 가는 편이 더 낫다.

"앗! 드디어 따라잡았다! 기다려, 호리키타!"

시선의 끝이 탁 트이며 슬슬 강이 보이려고 할 때쯤, 등 뒤로 그런 목소리가 들려왔다.

"……네가 왜 여기에?"

가쁜 숨을 내쉬며 나를 노려보는 이부키가 보였다.

우연히 나타난 느낌도 아니므로, 일부러 GPS 검색을 써서 나를 쫓아온 것 같다.

"점수, 점수 보여줘."

"잠깐만, 도대체 무슨 소리를 하는 거야?"

갑자기 나타나, 적인 나에게 점수를 보여 달라니 이해하기 어려운 행동이다.

"말했잖아. 이번 특별시험에서 난 너한테 지지 않을 거라고."

검지를 확 들어 나를 가리켰다.

"꼭 지금 확인할 일이니? 끝날 때까지 못 기다려?"

"특별시험이 끝나고 모든 그룹의 점수가 발표된다는 보장도 없잖아."

"하긴 그건 그럴지도 모르지. 중요한 건 상위와 하위 그룹이니까."

수많은 그룹의 순위를 모든 학생이 바로 열람 가능하다는 보장은 없다.

물론 당연하다는 듯 공개될 가능성도 있지만.

"그러니까 지금 여기서 확인하자고."

최종일, 누가 더 많은 점수를 모았는지 확실히 하자는

거네.

"너무 바보 같아서 믿어지지 않지만……. 그것 때문에 일부러 여기까지 오다니 진심인가 보네. GPS 검색을 몇 번이나 한 거야?"

"……세 번. 네가 가까이에 있었으니까 기회는 지금뿐이라는 생각에."

거리가 멀면 멀수록 의중의 상대를 만나기 어려워진다.

그러니까 이부키는 세 번이나 GPS 검색을 써서 여기까지 왔다는 것이다.

"고생 많았겠네."

"그런 위로의 말 따위 필요 없으니까 점수나 말해. 난 131점!"

어때, 하고 말하기라도 하듯 힘주어 보고했다.

"물어보지도 않았는데 가르쳐주다니 고마워. 하지만 두 가지 정도 말해주고 싶은 게 있어. 일단 첫 번째로 네가 진짜 점수를 말했다는 보장이 없어."

"뭐래? 그럼 직접 보여주면 되잖아."

배낭에서 태블릿을 꺼내려는 이부키를 말렸다.

"두 번째로 네가 진짜 점수를 공개했다고 해도 나는 알려주지 않을 거야."

"어? 뭔 소리야. 너도 그 녀석이랑 똑같이 말하는 거야?"

그 녀석……? 조금 궁금했지만, 말을 마저 이었다.

"같은 2학년이라도 우리는 적. 정보를 알려줘서 생길 위험은 피하고 싶어."

지금 시점에 나는 하위 10팀에 없을 것이다.

하지만 마지막 순간까지도 점수는 바뀐다.

최종일이라도 이부키에게 준 정보가 내 발목을 잡을 확률은 0이 아니다.

"알겠네. 내 점수를 듣고 쫀 거지? 졌지?"

"승패에 관해서도 대답해 줄 생각 없어."

아무런 정보를 줄 생각이 없다고 반복해서 말했지만, 이부키는 잡아먹을 듯 발언했다.

"순순히 인정하는 게 어때? 나한테 점수로 졌다고."

"그런 걸로 쳐줄 테니까 시험으로 돌아가."

그걸로 네가 만족한다면, 하고 이부키에게 맞춰주었다.

"……열받네. 진짜 점수를 보여 달라고."

"내가 양보해줬는데도 못 받아들이는 거야?"

"진짜 점수를 알고 싶다고. 내가 너한테 얼마나 큰 차이로 이겼는지도 알고 싶고."

"그게 뭐가 중요하다고……."

"나한테는 중요한 일이야."

"미안하지만 급해서 이만."

"달아날 셈이야?"

"난 지정 구역으로 가고 있어. 그걸 달아난다고 표현하다니 이상하네."

나는 I2로 서둘러 가기 위해 걸음을 뗐다.

그걸 달아난다고 받아들였는지, 이부키가 쫓아왔다.

"너도 북쪽에 지정 구역이 있어? 아니면 단순히 나를 쫓아오는 거니?"

"지금 알고 싶은 건 네 점수. 그걸 알면 나도 지정 구역으로 돌아갈 거야."

끝까지 나한테만 집요하게 굴겠다는 거네.

솔직히, 여기서 쓸데없이 발이 묶이는 것은 사양이다.

그렇지 않아도 종이쪽지 한 장에 휘둘리고 있는데, 시간을 낭비하고 싶지는 않다.

"……내가 졌어."

"앗, 인정한 거야? 드디어 패배를 인정한 거네?"

"그게 아니야. 네 그 집요함에 졌다는 뜻이야. 내가 모은 점수는 145점. 너도 애썼지만 아쉽게도 내가 이겼네."

원래는 숨겨야 할 정보를 공개했다.

그것이 내 패배 선언의 이유.

"나를 이겼다고? 이겼다고 말할 거면 증거를 보여 달라고, 증거를."

당연히 그렇게 나오겠지.

하지만 나는 더는 멈춰 있을 생각이 없다.

그의 안부를 확인하기 위해 지금은 한시라도 빨리 I2로 가고 싶다.

"──알았어."

효율적, 아니 그게 올바른 답이라고는 생각하지 않지만.

이 시험 최종일에 내가 모은 점수를 이부키에게 알려준다고 해서 큰 영향은 없겠지. 지금은 1분, 1초가 아깝다.

나는 배낭을 내리고 바깥 주머니에 넣어 두었던 태블릿으로 손을 뻗었다.

이부키는 굳은 표정을 유지한 채, 내 점수가 얼마인지 답을 기다렸다.

태블릿을 꺼내 전원을 누르려던 순간이었다. 나와 이부키는 거의 동시에, 앞쪽에서 감추려고도 하지 않고 풍겨대는 강렬한 기운을 느끼고 고개를 들었다.

"찾~았다."

마치 아이가 놀이 상대를 발견한 것처럼 천진난만한 목소리.

"안녕하세요, 호리키타 선배."

어느새 등장한 여학생을 보고 이부키가 불만을 그대로 드러냈다.

"……누구야?"

"1학년 A반 아마사와 이치카."

어쩌다 같은 장소에 나타난 것일 가능성도 있지만, 왠지 상태가 이상하다.

경계를 늦추지 않은 채, 나는 일단 태블릿을 손에 쥐고 아마사와를 쳐다보았다.

1학년의 현상금 이야기에 오늘 아침 종이에 적혀 있던 내용—— 설마 저 애가?

"나 신경 쓰지 말고 하던 거 계속해도 되는데요~?"

"그럴 순 없지. 사적인 이야기를 나누던 중이니까."

내가 점수를 최대한 알리고 싶어 하지 않는 건 이부키에게도 충분히 전했다. 지금 여기서 태블릿의 점수를 보여주고 이겼네 졌네 말하고 싶지 않아 한다는 것도 충분히 이해하겠지.

떨어지라고 넌지시 전했다고 생각했지만, 아마사와는 꿈쩍도 하지 않았다.

그 모습을 보고 기다리다 지쳤는지 이부키가 짜증을 내며 말했다.

"너 지금 좀 방해되는데."

"스도 선배는 잘 지내요? 호리키타 선배."

"뭐야? 무시해?"

이부키의 말이 들리지 않는 것도 아닐 텐데 아마사와는 무시했다. 바로 갈 생각은 없는지 등에 멨던 배낭을 내리고 어깨를 돌렸다.

"……그래. 네 덕분에 그 애가 구제받은 건 고맙게 생각해."

생긋 웃는 그녀에게서 나에 대한 미안한 감정은 조금도 느껴지지 않았다.

아야노코지에 대한 태도와 대응은 나에게 사과할 문제가 아니라고 생각하는 걸까?

아니면 대전제로 아예 미안하지 않은 걸까.

"방해된다고 말했잖아. 내가 선약이야, 어디론가 가버

리라고."

"선약? 이부키 선배도 멋대로 들이민 것뿐 아닌가요~?"

마치 우리의 대화를 일찍부터 듣고 있었던 것처럼 말했다.

어쩌면 정말 그럴지도 모르겠다.

"그렇다고 해도 무슨 상관? 사라져."

방해되니까 사라지라고, 하고 이부키의 말투가 거칠어졌다.

더 가다간 이부키의 성격상 정말로 손을 댈지도 모르는 상황이다.

그런 위협을 받고도 아마사와는 재미있다는 듯 웃기만 했다.

"뭔가 목적이 있는 거야? 아마사와."

이부키는 일단 제쳐두고 아마사와에게 의식을 집중했다.

더 이상 쓸데없이 시간을 할애하고 싶지는 않지만, 어쩔 수 없다.

"쳇."

이부키가 짜증을 냈지만, 별수 없다는 느낌으로 기다려주었다.

"한 가지 물어보고 싶은 게 있는데요, 호리키타 선배, 이제 어디 가요?"

"지금은 이부키랑 얘기를 나누던 중이지만 끝나면 바로 F3 구역으로 갈 거야."

물론 거짓말이다. 나는 내 지정 구역을 버리려 하는 상황에 있다.

하지만 그런 사실을 아마사와에게 알려줘서 얻을 이익이 없다.

그녀는 다른 1학년들과 결탁해 아야노코지의 현상금을 노리고 퇴학시키려 하고 있으니까.

아야노코지와 관련된 일로 쓸데없는 말은 하지 않는 게 무난하다.

그런 나의 판단은 잘못되었음을 곧 깨달을 수밖에 없었다.

"거짓말쟁이네, 호리키타 선배. 호리키타 선배의 지정 구역은 거기가 아니잖아요?"

"무슨 소리야. 묘한 수법을 써서 나를 덫에 걸리게 하려는 거니?"

"오리발 내밀어도 소용없어. 호리키타 선배가 원래 가야 할 지정 구역은 I7. 아닌가?"

아마사와가 말한 지정 구역은 바로 다음에 내가 가야 할 장소였다.

단순한 우연이라고는 말할 수 없었다.

그녀의 표정을 봐도 처음부터 노리고 왔다고 생각할 수밖에 없었다.

"우리 2학년은 2학년의 방식으로 싸우고 있어. 하나부터 열까지 다 진실을 말해줄 수 있는 게 아니야."

그렇게 말한 후 나는 바로 이렇게 덧붙였다.

"아야노코지를 위험에 빠트리려 하는 사람을 경계하는

건 당연하지 않니?"

부드럽게 이야기의 흐름을 전환했다.

1학년은 적, 기죽은 모습을 보여줄 필요 없으니까.

"흐음. 뭐, 그것도 그럴지 모르겠네."

그렇게 말했지만, 내 말을 전혀 받아들이는 것 같지 않았다.

그녀의 태도를 볼 때 이미 결론을 내리고 여기 있다는 생각밖에 들지 않는다.

"호리키타 선배, 진짜로 어디 가려는 거야? 설마…… I2는 아니겠지?"

아무래도 그런 내 생각은 나쁜 방향으로 정답인 듯하다.

"여러 가지로 꿰뚫고 있네. 그런데 내가 I2에 가려고 결심한 건 오늘 아침의 일인데. 감이 아주 좋구나?"

GPS 검색으로 내 위치를 집중하여 관찰했다고 해도 이런 식으로 앞질러 오기는 쉽지 않았을 터.

그렇다면 오늘 받은 이 종이쪽지에 아마사와도 관련 있다고 봐야 할 것이다.

추궁할까 망설이고 있는데 이부키가 앞으로 나왔다.

"언제까지 계속 말할 거야?"

짜증 나는 건 나도 마찬가지다.

이대로라면 이부키에게 할애한 시간 이상으로 아마사와를 상대해야 한다.

"이부키."

나는 정보가 누설되는 것도 각오하고 태블릿을 켜서 득점 화면을 이부키에게 보여주기로 했다. 부수적으로 내가 얻어낸 그룹 확장 세 자리의 존재까지 공개되겠지만, 끝까지 쓰지 않고 끝났으니 실제로 입을 손해는 거의 없다.

그녀에게는 그룹 최대 자리야 아무래도 상관없겠지만.

득점을 본 순간 이부키가 살짝 혀를 찼다.

그리고 머리를 쥐어뜯으면서 큰 목소리로 짜증 냈다.

"허어억?! 진짜야? 뭐야?! 최악!"

지금까지 2주간 들인 그녀의 노력에 다소 잔혹한 대답이긴 하지만.

그래도 이부키 역시 많이 애썼다고 생각한다.

학력이 낮은 그녀가 나와 경쟁할 만큼 점수를 많이 모은 것은 그녀를 다시 보기에 충분한 결과다.

"이제 다 알았으면 지정 구역으로 가. 마지막 날은 득점도 두 배니까 아직 역전 기회가 남아 있어."

"그야 그렇지만……. 넌 지정 구역을 버리려고 한다니 그게 무슨 소리야?"

아까 아마사와가 한 말이 마음에 걸렸는지 그렇게 물었다.

"이건 기회야, 이부키. 난 사정이 있어서 지금 점수를 모을 상황이 아니거든."

처음부터 다 설명하지 않아도 이해하지? 하고 눈으로 호소했다.

"하긴 승부는 무인도 시험이 끝날 때까지. 네가 멈춘다고 말한다면 나야 사양하지 않고 역전하면 그만이지."

어이없어하면서도 이부키는 일단 납득했는지 뒤돌아 걷기 시작했다.

이렇게 해서 이부키와는 헤어지는 데 성공했다.

나는 배낭에 태블릿을 넣으며 아마사와에게 대응하는 데 주력했다.

"난 이제 I2로 갈 건데, 넌 어떻게 할 거야?"

"왜 지정 구역을 버리고 아무 상관도 없는 I2로 가? 과제도 없고. 특별시험 중에 할 일은 아니지 않아?"

"그건 네가 제일 잘 알지 않니?"

"무슨 말이야?"

"시치미 떼지 마. 내가 잠든 사이에 이 쪽지를 텐트 안에 넣었지. 목적이 뭐야?"

작게 접힌 종이쪽지를 왼손 엄지와 검지 사이에 끼우고 보여주었다.

"……쪽지? 괜찮으면 좀 보여줄래?"

잔꾀 부리네. 뭐, 어쨌든 이 종이쪽지는 더는 쓸모없지만.

나는 그 종이를 원래 주인으로 짐작되는 아마사와에게 건넸다.

그것을 받아든 아마사와는 종이를 펼치고 내용을 확인했다.

"불규칙하게 나열된 글자……『정오』『K · A』『퇴학』『I2』."

소리 내어 읽고는 눈을 감았다.

"진짜…… 게임을 얼마나 좋아하는 거야……."

"게임? 나와 아야노코지를 휘말리게 해놓고 무슨 짓을 할 생각이야?"

"그건 모르지. 나도 선배처럼 참가자 중 하나에 불과한 것 같으니."

"시치미 떼지 마. 네가 내 눈앞에 나타난 게 그 쪽지의 주인이라는 증거야."

왠지 곤란한 듯 웃은 아마사와는 종이를 찢었다.

일곱 번 여덟 번 갈기갈기 찢은 다음 공중에 휙 날려 버렸다.

"이 네 단어를 보고 뭔가 이상한 점 못 느꼈어?"

"아야노코지가 퇴학당할지도 모른다. 그런 식으로 읽어 내는 건 쉽지."

"흐음."

계속 나보다 더 사정을 잘 알고 있는 것처럼 굴었다.

어쨌든 더 이상 그녀의 말장난을 상대하는 것은 시간 낭비.

나는 배낭을 다시 메고, 그녀 쪽으로 걷기 시작했다.

"불만이네. 아야노코지 선배에 대해 아무것도 모르면서 같은 반이라고 같은 편인 척하는 거 난 좀 그래~."

옆에 섰을 때, 아마사와가 그런 말을 했다.

"아야노코지 선배에 대해 호리키타 선배는 아무것도 모르잖아?"

그게 왠지 마음에 들지 않아서 나는 걸음을 멈추고 말았다.

"그럼 넌 나보다 그 애에 대해 잘 안다는 거니?"

시선만 보내자, 강제로 시선을 맞추면서 의기양양하게 웃음을 터트렸다.

"물론이지. 나, 아야노코지 선배에 대해 아~주 잘 알아. 왜 그렇게 멋있고, 똑똑하고…… 또 누구보다 강한지."

이제 막 입학한 1학년이 아야노코지에 대해 잘 알게 되었다고 생각하긴 어렵다.

즉, 중학교 이전부터 알던 사이라는 뜻?

나와 쿠시다가 같은 중학교 출신이었던 것처럼?

아마사와는 아랑곳하지 않고 말을 이었다.

"그래서 호리키타 선배는 뭘 알아?"

뭘 아냐고?

그는…… 아야노코지는…… 이 학교에 입학해서 생긴 첫…… 친구.

그래, 일단은 친구라고 말해도 될 것이다.

자리가 어쩌다 옆이 되어서 이것저것 말하게 되었고…….

처음에는 평범한 학생이라고 생각했지만, 사실은 상상보다 훨씬 머리가 좋았다.

오빠한테도 일찌감치 인정받고, 격투기 실력도 상당하다.

하지만 평소에는 그런 자신의 모습을 숨기고 조용한 학

교생활을 보내고 싶어 하는 사람.

그의 실력을 아는 사람은 아직 몇 없지만, 그것 이외에는 다른 사람이 아는 정보와 크게 다르지 않을지도 모른다.

"그러네. 정말 난 그 애에 대해 아무것도 모를지 몰라, 그건 부정 못 하겠어."

아야노코지에 대해 다시 생각하니, 아무리 해도 그런 결론에 이르고 만다.

어쩌면 아마사와는 그걸 잘 알고 있을지도 모르겠다.

패배 선언 같기도 한 내 말에 아마사와가 기쁜 듯 웃었다.

"하지만——."

"하지만?"

분명 중요한 건 그게 아니다.

지금 중요한 것은 그를 얼마나 아는지가 아니라고 나는 생각한다.

"난 지금부터 졸업할 때까지 그 애에 대해 쭉 알아가고 싶어. 같은 반으로서…… 친구로서, 지금의 너보다 훨씬 많이."

그게 지금 내 소원이고, 거짓 없이 솔직한 마음이다.

믿었던 그 애에게 배반당한 적도 한두 번이 아니다.

하지만 반에 꼭 필요한 사람이고, 절대 잃을 수 없는 소중한 동료다.

만약 지금 그런 그가 위험에 처해 있다면 달려가야만 한다.

그게 지정 구역을 버리면서까지 그곳으로 가려고 하는 이유.

지금, 다시금 나는 내가 하려는 일을 재인식할 수 있었다.

이 선택지는 절대 틀리지 않았노라고.

만약 단순한 기우로 끝난다면 그보다 더 좋은 일은 없다.

"정말 도움이 된다고 생각해? 호리키타 선배 따위가?"

"지금은 아직 실력이 부족할지도 모르지. 하지만 그 애가 힘들 때 도움을 줄 수 있는 존재가 될 거야."

아직 이 학교생활은 이제 막 반환점을 맞이했을 뿐이니까.

이 시간 낭비 같기도 한 대화에도 큰 의미가 있었던 건지도 모른다.

그것을 깨닫게 해준 데에는 고마워해야 하겠지.

다시 걸으려는 내 앞을 아마사와가 오른손을 쫙 펼치며 가로막았다.

"너랑 얘기하면서 알았어. 실제로 I2에서 무슨 일이 일어나려고 한다는 거. 그렇지 않다면 이렇게 필사적으로 나를 막을 필요 없잖아?"

더 이상 여기서 시간을 낭비할 수는 없다.

"어디 가는데?"

"이런 흐름에도 모르겠어? I2에 가서 아야노코지를 도울 거야."

바로 내가 방금 말했던, 힘들 때 도움을 줄 수 있는 존재가 되기 위한 한 걸음.

"웃기지 마. 호리키타 선배 따위가 아야노코지 선배를 도울 수 있을 리가 없잖아."

정정하라는 듯 그렇게 말했다.

"적어도 지금은 그렇지."

"앞으로는 다를 거라고?"

나는 고개를 끄덕이고 한 번 뒤돌아보았다.

"그리고 또 하나 알게 된 게 있어. 사실 너는 내가 I2로 가는 것을 원하지 않는다는 거. 즉 이 쪽지를 쓴 사람이 아니라는 거."

오른손을 피해 지나가려고 하자, 아마사와가 다시 내 앞을 가로막았다.

"못 가, 호리키타 선배."

"막으려고 하면 할수록 반드시 I2에 가야겠네. 네 말투가 그런 걸 보니, 지금 그 애가 곤란에 처한 거 맞지?"

얼마나 사정을 잘 아는지는 나와 상관없다.

분명 지금 아야노코지에게 무슨 일이 일어나고 있다는 것만은 확신할 수 있었다.

"갈 수 있을 것 같아?"

"그래, 갈 수 있다고 생각해."

앞을 가로막은 장애물을 힘으로 제거해서라도.

"흐음, 결의만은 잘 전해지네. 짐 내려놓을 때까지는 기다려줄게."

그 말은 곧 힘을 써서라도 나를 막겠다는 뜻.

단순히 말뿐인 협박이라고 생각하지 않는 게 좋겠지.

나는 그 말을 그대로 받아들이고 배낭을 발밑에 천천히 내려놓았다.

"미리 말해두는데 나, 무도 경험자야."

"알아."

"……그래? 아는 게 많네."

아야노코지뿐 아니라 나에 대해서도 자세히 알고 있는 건가.

"나도 미리 말해두는데, 나 완전 강하니까, 그렇게 알고 있는 게 좋을 거야."

그녀가 분노를 드러냈을 때부터 보통이 아니라는 것은 피부로 느끼고 있었다.

분명 이건 허풍이 아니겠지.

무인도 시험의 피로는 당연히 쌓여 있다.

하지만 그건 눈앞에 있는 아마사와도 마찬가지.

컨디션에 문제도 없으니, 상태에 관해 말하자면 호각을 다툰다고 할 수 있다.

그렇다면 나도 쉽게 질 수는 없다.

나는 천천히 자세를 잡고 아마사와의 행동을 관찰했다.

그녀는 특별히 어떤 자세를 취하지도 않고 기분 나쁜 표정만 짓고 있었다.

"아야노코지 선배를 만나러 가겠다면, 그걸 막기 위해 잠깐 놀아볼까."

아마사와가 왼발을 박차더니——.

"앗?!"

철저히 경계했음에도, 움직임을 본 직후 위험을 감지한 나는 뒤로 점프해 피했다. 뻗은 팔에 힘은 실려 있지 않았는데, 나를 붙잡으려고 한 걸까.

어쨌든 첫 공격을 피했다고 생각한 나는 다음 순간, 나도 모르는 사이에 멱살과 왼팔 옷자락이 잡혀 있었다.

"거짓말——."

말을 다 잇지 못한 사이에 시야가 획 회전했다.

등에 통증을 느낀 후에야 업어치기당했다는 사실을 알았다.

"한판~! 이러고 막."

"커헉!"

호흡이 되지 않아 나는 괴로워하며 숨을 토했다.

"안 되지, 방심하면. 자, 다시 시작해 줄 테니까 일어나, 일어나."

나를 내려다보며 아마사와가 사악한 미소를 지었다.

그것이 얼마나 굴욕적이었는지는 굳이 말할 것까지도 없다.

한 번 접촉한 것만으로 충분히 알았다. 아마사와의 실력은 상당하다.

같은 여자인 이상 설령 실력 차이가 난다고 해도 근소할 거라고 여겼다.

발상, 임기응변, 재치, 운, 그런 요소 하나에 역전도 가능할 거라고.

하지만 그 생각은 안이했던 건지도 모른다.

어쨌든 등에 받은 타격은 웃어넘길 만큼 가벼운 것이 아니었다.

바닥이 흙이어서 다행이지만, 회복하려면 시간이 좀 걸릴 것 같다.

상대가 압도적 우위임을 자부하고 있다면 그것을 최대한까지 이용해야겠다. 나는 일어서는 과정 하나에도 수십 초의 시간을 쓰기로 했다.

"기다려줄 테니까 안심해. 5분이든 10분이든 쉬어도 좋아."

"나를 아야노코지에게 못 가게 하는 게 네 목적이라면 그렇게 해."

"싸우지 않고 끝나는 게 제일 좋잖아? 호리키타 선배한 테도."

그건 분명 그렇다. 여기까지 막힘없이 달려온 무인도 시험, 그것이 거의 끝나가고 있는데 싸움 따위를 시작해 버렸다.

자칫 잘못하면 탈락당해서 단독인 나는 퇴학 처분을 받을 수도 있다.

"……한 번 더."

등에 통증이 사라지자 다시 자세를 잡았다.

아까와 같은 자세.

나는 무도에 소양이 있을 뿐이지 야성적인 싸움을 잘하는 것은 아니다.

배운 대로, 내가 닦은 실력을 발휘하는 것밖에 못 한다.

아마사와의 빠른 몸놀림에는 놀랐지만, 유도를 바탕으로 하는 방식이라면 나도 생각이 있다. 언젠가 가라테 사범 대리로부터, 남성은 여성을 넘어뜨릴 때 붙잡으려고 하는데 그때 어떻게 하면 되는지 자세히 배웠었다.

나는 머릿속으로 그것을 떠올리면서 실천에 옮겼다.

힘 조절할 여유 따위 없지만, 상대가 아마사와라면 괜한 걱정이리라.

나보다 어리다는 생각은 버리고 수준 높은 상대라는 마음으로 바꾸었다.

"아하핫."

내가 아마사와의 얼굴이 아니라 두 다리, 두 어깨의 근소한 변화에 주목하자, 재미있는지 소리 내어 웃었다.

"그래그래, 알지, 호리키타 선배. 마음은 잘 알아. 하지만 말이야?"

그녀의 말장난에는 응하지 않는다.

지금 나는 모든 신경을 집중시켜 그녀의 첫 움직임을 확인——.

눈을 깜빡이는 시간조차 아끼며 타이밍을 계산하던 나는 빠른 속도로 날린 그녀의 왼쪽 다리가 내 옆구리 조금

위를 때렸다는 사실을 충격과 통증이 온 다음에야 알았다.

"으으윽!"

기절할 만큼, 눈물이 나올 만큼의 통증을 느낀 나는 땅에 처박혔다.

방어조차 못 한쪽 팔로 겨우 할 수 있었던 건 낙법뿐. 두 번 세 번 땅을 굴렀고, 왜 그렇게 되었는지 알면서도 혼란스러울 수밖에 없었다.

"유도가 주체인 줄 알았지? 생각이 안일하다니까."

"으, 으으……윽……!"

나도 모르게 차인 오른쪽 옆구리 주위를 손으로 누르며 눈을 질끈 감았다.

그만큼 강렬한 통증에 순간 모든 것을 포기할 뻔했다.

이렇게 절망적으로 강하다고 느낀 것은 이번에 두 번째.

호우센을 상대했던 날 이후…… 처음이네.

그게 불과 얼마 전에 있었던 일이어서, 연속으로 당하니 이래저래 자신감을 잃어버릴 것만 같다.

"올해 1학년은 죄다 귀엽지 않네……."

"그 말, 작년에 호리키타 선배는 나와 달리 귀여운 아이였다는 뜻?"

짓궂은 농담을 전제로 한 질문인 걸 알지만, 어쨌든 귀가 따갑게 돌려받았네.

타입은 달라도 귀엽지 않기로는 나도 만만치 않지.

일어서려고 다리에 힘을 줬는데 쑥 빠져나가는 감각이

덮쳐왔다.

업어치기와 한 번의 발차기에 내 체력은 상상 이상으로 깎여 버렸다.

"정체가 뭐야, 너. 아야노코지의 과거를 아나 본데……."

한 가지 확실한 것은 아마사와도 그처럼 기묘하게 강하다는 사실이다.

오빠와 대치했을 때, 호우센과 대치했을 때 아야노코지가 보여주었던 힘의 편린.

"그런 거, 선배 따위에게 가르쳐 줄 리 없잖아?"

"그래, 넌 쉽게 대답해 줄 사람이 아닌 것 같네."

어쨌든 상대가 놀아준다는 것은 얼마 되지 않는 좋은 재료다.

아야노코지에게 가지 못하게 막는 목적뿐이라면 아무리 시간을 들여도 괜찮으니까. 앞으로 나아가려면 내가 입은 타격을 조금이라도 없애야 한다.

"뭐랄까, 여러 가지로 실망이야. 호리키타 선배는 자기가 생각하는 것보다 우수하지 않은걸? 그러니까 아야노코지 선배가 아무 상의도 안 하는 거라고."

내 마음을 들여다보기라도 하는 듯 아마사와의 눈동자가 나를 응시했다.

"도와주고 싶다지만 사실은 신뢰받지 못하는 자신을 어떻게 생각하는지 알고 싶은 거겠지."

"……그럴, 지도 몰라."

"아까도 말했지만, 호리키타 선배 따위는 아야노코지 선배에게 의지가 되지 못한다고."

"그렇다고 해도 네 입이 아니라 그 애의 입으로 듣고 싶네."

"그게 촌스럽다는 걸 왜 몰라?"

짜증을 감추려고도 하지 않고 아마사와가 내게 다가왔다.

"쿠시다 선배가 더 보는 눈이 있겠네."

"쿠시다? 왜 여기서 쿠시다의 이름이 나오지……?"

"일어서, 호리키타 선배. 더는 선배랑 말 섞어 봐야 짜증만 나니까 이만 끝낼게."

최소한의 자비라는 듯, 내가 다시 자세를 갖출 시간을 주었다.

그렇다면 나도 끝까지 싸움을 포기할 수 없지.

나는 일어서서 아마사와의 공격을 읽는 데 모든 의식을 집중했다.

다시 반복이지만, 이렇게 하는 것 말고는 다른 방법이 없으니 어쩔 수 없다.

"바이바~이."

가벼운 스텝을 밟으며 아마사와가 달려왔다.

받을까? 피할까? 분명 둘 다 성공하지는 못할 것이다.

그렇다면 적어도 반격을——.

퍽! 하는 건조한 주먹 소리가 내 귓가에 울렸다.

하지만 통증이 느껴지지 않았고, 눈앞에 다른 그림자가 시야를 가렸다.

"너, 왜……."

눈앞까지 날아온 주먹을 붙잡은 학생이 나를 보지도 않고 말했다.

그 작은 뒷모습은, 간 줄 알았던 이부키였다.

"진짜…… 주먹이 왜 이렇게 세, 너."

"나이스 캐치~. 좀 의외의 등장이라 놀라버렸네."

내가 상황을 받아들이지 못하고 가만히 서 있자, 이부키가 뒤돌아 노려보았다.

"너를 쓰러트릴 사람은 나야. 이렇게 어디서 굴러먹다 왔는지도 모를 1학년한테 지는 건 보고 싶지 않아."

그렇게 말하며 잡은 주먹을 뿌리쳤다. 아마사와가 다시 거리를 벌렸다.

"아마사와 이치카랍니다~. 이름 좀 기억해 주세요. 이부키 선~배."

"난 기억력이 별로 안 좋아서. 이름을 기억하길 바란다면 그만큼의 인상을 남겨줄래?"

"아하하, 좀 재밌는 것 같아요."

"얘는 내가 놀아줄 테니까 넌 가고 싶은 데로 가버릴래?"

"무슨 소리야. 나를 이기고 싶어서 이 특별시험을 열심히 치렀잖아?"

"그러는 너도 지정 구역을 버렸잖아? 그러니 역전해봐야 아무 의미도 없고."

그래서 돌아온 거야? 하는 말은 그냥 삼켰다.

"저 애는 믿기지 않을 만큼 강해. 후회하게 될지도 몰라. 그래도 괜찮아?"

"뭐래. 내가 진다고 말하고 싶은 거야?"

"그만큼 강한 상대야."

"이부키 선배 따위에게 질 것 같지 않은데요~."

"……하, 좀 하네?"

괜한 위협이 역효과만 났는지, 이부키의 마음에 불을 붙이고 말았다.

"설령 아마사와를 이긴다고 하더라도 너무 심하게 싸웠거나 긴급 경보를 울려버리면 탈락당할 가능성도 충분히 있어. 단독인 너는 퇴학당할 위험도 있다고."

"그거, 너도 마찬가지 아냐?"

"어? 으응, 그렇지."

"나는 너보다 강하다고 자신하니까."

그렇게 말하며 빨리 가버리라고 손을 흔들었다.

"누가 싸울 거야? 빨리 좀 정해~."

"내가 싸울 거야."

"조금 전에 질 뻔했던 애가 그런 말이 나와? 방해되니까 나와."

"그건——."

안 돼, 어중간한 말로는 이부키를 멈출 수 없다. 하지만 그녀에게 떠맡길 수도 없다.

나는 이부키의 어깨를 잡고 억지로 뒤로 밀어냈다.

"뭐 하는 거야!"

"예쁘게 포장했었는데, 그냥 말할게. 넌 저 애를 못 이겨."

"웃기지 마. 싸우기도 전에 단정 짓지 말라고."

"사실이야. 나도 속수무책이었으니 네가 이길 수 있을 리가 없는걸."

불이 붙어버렸다면, 하고 나는 이부키의 불을 더욱 세게 지폈다.

"그럼 눈앞에서 증명하면——."

나는 왼팔을 이부키 쪽으로 내밀었다.

"뭐야."

"지는 싸움은 하고 싶지 않아. 이 싸움에 끼어들고 싶다면 너도 그만큼 각오해. 나와 같은 그룹에 들어와. 그래서 만약 둘 중 누군가가 재기 불능 상태가 되면 이탈해서 그룹 탈락만은 막는 거야."

"농담해? 왜 내가 너 따위랑!"

"그러니까 말했잖아. 각오하라고. 각오도 없이 이 싸움에 끼지 말아줘."

"마음에 안 드네……."

"마음에 안 들어도 상관없어. 하지만 낄 거면 부탁하고 싶어."

"진짜 죽을 만큼 최악이야. 하지만 네가 1학년한테 퇴학당해버리면 재미없으니까."

서로의 생각이 부딪친다는 것은 잘 안다.

하지만 손목시계와 손목시계가 겹치는 위치에서 멈추었다.

링크에 필요한 시간은 10초.

멈추려고 마음먹으면 얼마든지 멈추게 할 수 있겠지만, 아마사와는 움직일 기색이 없었다.

아마사와는 우리의 행동을 계속 위에서 관찰하며 즐기고 있다.

"나쁜 작전은 아니네. 단독끼리 손잡아 그룹을 만들면 과연 한 사람이 크게 다쳐도 퇴학 위기에서 벗어날 수 있고."

뒤돌아 우리로부터 조용히 거리를 벌리는 아마사와.

2 대 1이 된 상황에서 위험을 감지하고 물러난 것은 아니겠지.

어느 정도 거리가 벌어지자 걸음을 멈추고 몸을 돌렸다.

"하지만 딱 하나 잘못 계산한 게 있어, 호리키타 선배."

"잘못 계산? 그게 뭐지?"

"한 명이 탈락당해도 괜찮다는 건, 뒤집어 생각하면 한 사람은 철저히 망가져도 문제없다는 거니까."

지금까지 보여준 적 없는, 순수한 악이 담긴 미소를 지어 보였다.

"화났다는 건가? 훌륭하네."

상대가 얼마나 강한지 피부로 느끼고 있을 텐데도 왠지 즐거워 보이는 이부키.

그때, 링크 완료 신호음이 울렸다.

"누구부터 부숴 볼——까!"

도움닫기를 한 후 단번에 뛰어나온 아마사와의 표정은 격정으로 가득 차 있었다.

자세를 취하지도 않고 그저 붙잡기 위해 손을 뻗으며 우리 쪽으로 향했다.

"아하하! 아하하하하!"

간드러지게 웃는 그녀의 일그러진 얼굴은 사람이 아닌 것만 같았다.

나일까 이부키일까.

그녀에게는 내가 더 증오스럽겠지만, 그런 이유로 표적으로 삼을 확률이 높다고는 보지 않는 편이 좋다.

"간다, 이부키! 넌 왼쪽을 공략해!"

"명령하지 마!"

그렇게 말하면서도 이부키는 왼쪽으로 움직였다.

나도 동시에 오른쪽으로 치고 나가며 다가오는 아마사와가 누굴 노리는지 확인했다.

그대로 직진해 달려온 아마사와는 눈속임을 부리려는 모습이 조금도 보이지 않았다.

아슬아슬한 순간까지 판단 못 하게 하려는 의도일까.

그렇다면 그것대로 나 역시 진득하게 지켜볼 수밖에.

양쪽이 움직이면서 거리는 순식간에 좁혀져 충돌했다.

내 주먹과 이부키의 호흡이 맞을 리 없었기에 공격 타이밍이 자연스레 엇갈렸다.

하지만 그렇다고 해서 쉽게 대응 가능할 리는 없었다.

그러나 아마사와는 마치 익숙한 훈련을 하듯 깔끔하게 피했다.

우리는 쉬지 않고 계속해서 주먹을 날렸다.

"자, 일단 스톱!"

대충 날린 공격도 아닌데, 아마사와는 간단히 붙잡아 중단시켰다.

"뭐야, 이 1학년······!"

"진짜······."

우리는 나란히 서서 숨을 헐떡이며 눈앞의 아마사와를 바라보았다.

즉석에서 결성된 콤비라 호흡이 잘 맞지 않지만, 어쨌든 2 대 1.

보통은 압도해야 할 텐데 오히려 이쪽이 밀리고 있다.

상상 이상······ 아니 상상의 범주를 넘어섰다.

내가 가진 상식의 틀로는 식별할 수 없는 존재로 보인다.

붙잡힌 우리의 팔. 여기서 괜히 발차기라도 날렸다가는 오히려 카운터를 당하고 말지도 모른다.

"이부키, 경솔하게 공격하지 마."

"이거 놔!"

붙잡힌 게 참을 수 없었는지 이부키가 유연한 신체를 한계까지 휘게 만든 다음 발차기를 날렸다. 그것을 마치 기다리기라도 했다는 듯, 팔을 잡은 상태로 자세를 무너뜨렸다.

"윽!"

"스톱이라고 말했잖아?"

그 순간, 나는 밀리는 전국 속에서 뭐라고 표현할 수 없는 위화감을 느꼈다.

역력한 힘 차이. 아마사와는 지금 놀고 있나?

아까부터 최소한의 움직임으로 싸우고 있는 것처럼 보인다.

나와 1 대 1로 싸웠을 때도 사실은 내가 회복하기를 기다렸던 게 아니라면?

하지만 느낌이 딱 오는 답이라고 말할 수는 없다.

그녀만큼 강하다면 우리를 쉽게 제압 가능할 테니까.

하나 시험해보고 싶은 전략을 떠올렸다.

일단은 이 상황에서 벗어나야 한다.

"하앗!"

밑져야 본전이라는 생각으로 그녀의 몸을 향해 왼쪽 주먹을 날렸는데, 이부키가 그랬듯 허무하게 뿌리쳐졌다.

"자, 처음부터 다시."

우리를 내려다보며 히죽 웃더니, 아마사와가 다시 거리를 벌렸다.

"나랑 다를 게 없잖아."

"너랑 다르게 난 스스로 이렇게 한 거야……. 처음부터 다시 하려고."

"변명 참 구리네."

이 말을 다른 사람이 들었다면 우리 둘이 서로 변명하는 것처럼 보였으리라.

"얕보고 있는 모양이니 단단히 알려줄게……."

일어나서 혼자서라도 덤비려고 하는 이부키의 팔을 잡아 말렸다.

"뭐야."

"같은 편이 된 이상 내 지시에 따라줘. 할 수 있지?"

"뭐어어? 할 수 있을 리가 없잖아?"

"하지 않으면 의미가 없어. 눈앞에 있는 아마사와의 힘은 충분히 알았겠지, 나 혼자서도 너 혼자서도 절대 못 이겨."

"설령 그렇다고 해도 네 지시에 따르는 건 절대 사양이야."

나는 생각했다.

이부키를 어떻게 대하는 것이 가장 나은 답일까 하고.

만약 아야노코지가 여기에 있고, 지금 나와 같은 상황이라면 어떻게 할까?

원래 맞지 않는 두 사람이 여기에서만이라도 연대하려면 어떻게 하는 것이 좋을까.

"이부키."

"싫다고 말했잖아."

"너랑 내가 물과 기름이라는 건 잘 알아. 1년 전 무인도 시험 때 부딪쳤던 일 때문에 지금 같은 사이가 되어버렸지만, 딱 하나 너를 인정하는 부분이 있어."

그렇다. 지금 필요한 일을 머뭇거리지 않고 하는 것이다.

"너의 격투 감각은 나에게 밀리지 않아. 아니, 나보다 더 뛰어나다고 생각해."

"뭐야, 갑자기. 그걸로 치켜세워 주는 거야?"

"하지만 네 방식은 1 대 1에 특화되어 있어. 2 대 1로 강적과 붙을 때 어떻게 움직여야 하는지는 내가 더 잘 숙지하고 있어. 협력이라는 단어는 너에겐 맞지 않을지도 몰라. 네 그 강한 힘을 나한테 빌려줘."

이부키는 그 말을 듣고 순간 내 눈을 쳐다보았다.

"넌 나와 대등하거나 그 이상으로 강해. 하지만 그것뿐. 그것 말고는 레벨이 달라. 공부도 못하고 반을 통합하는 것도, 누군가와 손잡는 것도 못 해. 미안하지만 그걸로 내 라이벌이라고 자칭하다니, 자만하는 것도 정도가 있다고 생각해."

버럭 화를 낸다면 거기서 끝. 하지만 말을 도중에 멈추지는 않았다.

"이제 슬슬 너도 껍데기를 깨고 나올 때가 되지 않았니? 이부키 미오."

"……뭐래."

"지금처럼 계속 혼자로 일관하면 분명 언젠가 퇴학 위기에 직면하게 될 거야."

"딱히, 그럼 그렇게 되면 그만이지."

"그 말은 곧 나에 대한 완전한 패배를 의미하는데, 괜찮니?"

"뭐?"

"어중간한 시점에 퇴학이라니, 라이벌이라고 할 수 없지. 끝까지 달려들어서, 나를 위협할 만큼의 라이벌로 성장해."

"아 진짜, 알았어, 알았으니까 닥쳐. 이번만 너를 따를게. 그럼 되지?"

"좋아."

"그래서 뭘 어쩌면 되는데?"

"아까랑 똑같이 동시에 아마사와를 공격하는 거야. 하지만 때리는 건 나중 문제. 절대 잡히지 않고 계속 뛰어다녀 줬으면 해. 그렇게 계속 공격해줘."

"때리는 건 나중 문제라고? 그렇게 하면 뭐가 어떻게 되는데?"

"내 짐작이 맞는다면…… 분명 거기에서 승기를 잡을 수 있을 거야. 내가 신호하면 전력을 다해서 공격해줘."

이해는 안 되는 듯했지만 이부키가 내게서 떨어졌다.

"작전 타임 종료? 그럼 슬슬 제2라운드를 시작해볼까?"

동시에 달려가 좌우로 갈라지며 아마사와에게 접근했다.

잡히지 않으려면 너무 가까이 다가가는 것은 금물.

주먹이 닿을 듯 닿지 않는 거리에서 타이밍을 노리다가 주먹을 뻗는다.

물론 아마사와가 아무 대처도 하지 않는다면 공격은 명

중하겠지. 그렇기에 그녀는 어떤 공격이든 어느 정도 계속 신경을 쓸 수밖에 없다.

조바심 내지 않고 냉정하게, 그리고 위험을 감지하면 재빨리 거리를 벌린다.

혼자라면 못 피해도, 두 방향으로 의식을 분산시키는 지금은 통하는 방식.

아직, 아직 빈틈은 없다.

우리의 숨이 차오르기 전에, 빨리, 빨리.

위험한 공격을 계속하자 아마사와의 민첩하던 몸놀림이 조금씩 둔해지기 시작했다.

표정은 웃고 있었지만, 분명 호흡이 거칠어지고 있었다.

"──지금이야!"

천재일우의 기회를 놓치지 않겠다며, 나는 아마사와를 향해 모든 힘을 실어 오른쪽 주먹을 휘둘렀다.

조금 전까지라면 아마사와가 한 손으로 여유롭게 막았을 테지만, 이번에는 방어 자세를 취했다.

내 주먹은 몸에 직격하지 못하고 막혀버렸지만, 등 뒤에가 있던 이부키가 땅을 박차면서, 뒤돌아 대응하려는 아마사와의 얼굴에 주먹을 날렸다.

처음으로 명중한 공격에 아마사와의 몸이 흔들렸다.

"하아아앗!"

무릎을 확 굽혀서, 방어 자세를 취하지 않은 그녀의 복부에 정권 지르기를 먹였다.

329

아마사와가 숨을 토하며 쓰러졌다.

나는 바로 그녀 위에 걸터앉아 몸을 일으키지 못하게 압박했다.

"윽…… 이번엔 먹혔네……."

"하악……하악…… 여기까지야, 아마사와……. 네가 강하다는 건 인정하지만, 치명적일 만큼 체력이 없네."

그녀의 너무나 의외인 약점을 파고들어 겨우 형세를 역전시키는 데 성공했다.

"아하, 들켰나? 나 허약 체질이거든."

아마사와는 마운트를 빼앗겼는데도 조바심 내지 않고 혀를 쏙 내밀며 웃었다.

나는 그런 아마사와의 체육복을 아무 생각 없이 보다가 내 눈을 의심했다.

체육복 아래로 살짝 드러난 그녀의 피부.

나도 모르게 체육복을 붙잡아 강제로 위로 올렸다.

"너, 뭐야, 이 상처……."

강렬한 멍 같은 흔적. 보자마자 수없이 맞은 흔적이라는 것을 알았다.

내가 딱 한 번 성공한 정권 찌르기와는 전혀 다른, 마치 체벌이라도 받은 듯한 상처.

싸움이 시작되기 전에 생긴 상처라는 이야기다.

"선배들 전에 좀 싸울 일이 있어서, 말이지."

원래라면 고통에 표정이 일그러져 걷는 것조차 힘들 수준.

그런데도 그녀는 그렇게 엉망진창이 된 몸으로 우리 두 사람을 상대해 우위를 점했다.

체력이 없어서가 아니다.

처음부터 초죽음 상태로 싸웠던 거다.

나보다 더 회복이 필요한 상황인데 싸웠단 건가…….

그 진실에 정신이 혼미해졌다.

만전의 아마사와를 상대로 이렇게 심한 상처를 입힌 인물.

남자까지 포함한다고 해도 호우센 정도밖에 해당 인물이 떠오르지 않았다.

"누구한테 당했는지 알고 싶어? 호우센일지도~."

과연 호우센의 실력이 남들과 차원이 다르다는 것은 분명한 사실이다.

비현실적일 정도로 강한 아마사와를 상대해 우위에 서는 것도 가능하겠지.

하지만 그녀의 성격은 조금만 상대해도 알 수 있는 부분이 있다.

솔직하게 대답했다고 생각할 수 없다.

어디까지나 그녀는 내가 납득할 만한 답을 하나 제시한 것에 불과하다.

그렇다면── 아마사와를 압도하는 인물이 또 있다는 이야기?

머릿속으로 학교 내 모든 학생을 끼워 맞춰 보아도 느낌이 오는 인물은 떠오르지 않았다.

야마다라면 어쩌면, 아니, 하지만 그가 그런 짓을 해서 얻을 이익이 없다.

"미안하지만 못 믿겠어. 진짜 누구야?"

"그건 대답하기 좀 곤란한데…… 하앗!"

방심, 깊은 상처를 보고 동요한 틈을 그녀는 놓치지 않았다.

"뭐 하는 거야!"

"……그러게, 경솔했어."

한 번뿐인 기회라고도 볼 수 있는 상황에서 아마사와를 놓치고 말았다.

"자, 이렇게 해서 상황은 원점으로 돌아왔네, 두 사람."

상대는 만신창이. 하지만 형세는 다시 역전되었다.

또다시 그녀를 제압할 수 있을지……. 솔직히 자신은 없다.

하지만 할 수밖에 없다.

그때, 무슨 생각인지 아마사와가 배낭이 있는 곳으로 가서 태블릿을 꺼냈다.

"끝났나 보네. 좀 재미있어지려고 하는데 타임업인가."

"무슨 말이야?"

"여기까지라는 얘기야. 지나가고 싶으면 마음대로~."

그렇게 말한 후, 지금까지 강한 저항을 보내며 지나가지 못하게 막았던 길을 터주었다.

함정인가? 내가 사태 파악을 못 하는 사이, 아마사와가 어딘가로 걷기 시작했다.

"어디 가?"

"어디? 으음, 일단 지정 구역? 특별시험은 치러야 하니까."

어쨌든 그녀가 물러났다면 아야노코지의 상태를 확인하
러——.

"아, 맞다. 아야노코지 선배를 쫓아갈 필요는 이제 없을
듯한데?"

"……왜?"

"이미 다 끝났다는 말이야. 거짓말이라고 생각하면 가
보던지?"

"——아야노코지는?"

그 질문에 아마사와는 살짝 눈을 내리깔았다.

"그것도 직접 확인해보던지? 하지만 제때 가지 못한 게
후회만 될지도."

아마사와는 정말로 물러날 생각인지 우리 옆을 스쳐 지
나갔다.

설마, 이미 누군가에게 당해버렸어?

"어떻게 할 거야? 아야노코지한테 갈 거야? 그러려고 아
마사와와 싸운 거잖아?"

"응, 갈 거야."

이제 다 와 가는데, 여기까지 와서 확인도 하지 않고 돌
아갈 수는 없다.

"그럼 나도 간다."

"왜?"

"아야노코지가 위기에 빠졌으면 옆에서 마음껏 비웃어 주려고."

"정말 심술궂다."

우리는 서둘러 배낭을 고쳐 메고 I2를 향해 달렸다.

4

경계선을 넘어 I2에 도착했지만, 손목시계에 도착 신호가 울리지 않았다.

평소 같으면 GPS의 오차일 가능성을 의심하겠지만, 이번만큼은 그럴 확률이 희박하다.

그렇다면 손목시계의 오차를 메우기 위해 최대한 구역 중앙 쪽으로 갈 필요가 있겠지. 물론 지금까지 2주 동안에 이런 일은 한 번도 경험해보지 않았다. 섬의 끝부분이 I2의 중앙 부근인 것도 필연 중 하나에 속하겠지. 만약 이치노세가 내게 오지 않아서 아무것도 모른 채로 들어왔어도 그곳으로 갈 수 있게 되어 있다.

달아나는 것을 허용하지 않는 길을 나는 천천히 걸었다.

10분도 지나지 않아, 깊은 숲은 서서히 빛을 흡수하기 시작했고 시선의 끝에 푸른 바다와 푸른 하늘이 펼쳐져 있는 것을 확인할 수 있었다.

여기까지 왔는데도 손목시계는 조금도 반응하지 않았다.

대신 눈앞에 펼쳐진 작은 해변에 어른 두 사람이 서서 나를 보고 있었다.

한 명은 잘 아는 남자, 츠키시로 이사장 대행. 체육복 차림이 정말 안 어울린다.

그리고 또 한 사람은 1학년 D반 담임 시바다.

기묘한 조합이긴 하지만 아무래도 그렇게 된 듯하다.

"꽤 강제적인 수법을 썼네요, 츠키시로 이사장 대행."

나는 해변을 걸으며 그렇게 말했다.

"다 잘 안 풀려서 말이죠. 이것이 제가 취할 수 있는 아슬아슬한 선택이랍니다."

나는 이번 특별시험, 지난 14일간을 다시금 되돌아보았다. 츠키시로가 이곳 I2로 나를 유인한 것이 최종『덫』임은 분명해졌다.

하지만 마음에 걸리는 점이 없는 것은 아니다.

이 북동쪽 부근에는 지정 구역도, 과제도 없기에 다른 학생은 오지 않으리라. 하지만 동시에, 내가 지정 구역을 버리고 과제를 목표로 하는 미래도 있었을 텐데. 또는 나나세나 같은 그룹의 누군가와 동행했을 미래도.

단순히 운에 맡겨서 이 최종 장소를 츠키시로가 세팅했다는 것은 말이 되지 않는다. 즉 어제 이전부터 내가 여기에 오는 것이『정해진』미래였다는 이야기다.

나나세가 내 앞에서 지고, 그 후로 개별 행동을 취한 것.

11위 부근에 머물며 몰래 상위를 노리는 작전을 쓰려고 단독 행동을 원했던 것. 1학년의 습격 타이밍과 그 내용.

모든 것을 츠키시로 측이 처음부터 계획했다고 보는 게 맞겠지.

"그래서 이제 전 어떻게 되죠?"

시야의 끝에 들어온 소형선은 시동이 걸린 채 파도에 휩쓸리며 멈춰 서 있었다.

즉 언제든 출발할 준비가 되어 있다는 뜻.

"가능하다면 순순히 지시에 따라 우리와 함께 배에 탔으면 좋겠군요."

"아야노코지 키요타카의 자발적 기권 선언, 이라는 형태면 원만하게 수습되겠지."

덧붙이듯 시바 선생님이 말했다.

"순순히 배에 타는 선택지를 제가 선택할 것 같나요?"

"하긴. 자네가 호락호락했으면 굳이 무인도까지 올 필요도 없었겠죠."

"그나저나 시바 선생님과는 학교에서 별로 인연이 있는 것도 아니었는데, 츠키시로 이사장 대행 쪽 사람이었군요."

나와 접점이 없었던 부분을 봤을 때, 어쩌면 아마사와를 감시하는 역할이었는지 모른다. 그 필요성이 사라져서, 더는 숨길 생각이 없어진 거고.

아무것도 없는 북동쪽에 있는 내가 다소 수상하겠지만, 이치노세와 나구모도 있었으니까. 그런 의미에서는 눈속

임으로도 잘 기능해버렸다.

아니, 어쨌든 감시하는 사람은 츠키시로 이사장 쪽이라고 생각해도 되겠지만.

그나저나 겉으로 볼 때 위험한 것은 소지하지 않은 것 같다.

"무기 같은 걸 쓰면 제압하기야 쉽지만, 공교롭게도 자네는 상품이어서요. 무사히 탈환하는 것이 저의 의무거든요——. 필요한 건 주먹이라고 판단했답니다."

해변에 서 있는 츠키시로가 기분 나쁘게 웃으며 두 팔을 가볍게 벌렸다.

여기, 세팅된 무대에서 저항하려면 츠키시로와 싸워야 한다는 건가.

나나세 때와 달리 공격을 계속 피하는 수법은 별로 통할 것 같지 않다.

"퇴학을 피하려면 받아들일 수밖에 없다는 거군요."

"그렇게 되지요."

"가능하다면 이걸로 좀 봐주시겠어요? 폭력을 쓴 해결 방법이 꼭 나쁘기만 한 건 아니지만, 저는 이 학교 학생입니다. 일반적인 규칙에 따르자면 이건 『반칙』이죠."

"그야 그럴지도 모르지요. 하지만 아야노코지 군, 자네는 화이트 룸에서도 특별한 성과를 남긴 성공 사례. 제한된 규칙 안에서 싸워도 적수가 없지 않습니까? 이 학교에서 남들과 경쟁하는 것 자체가 바보 같지 않나요? 아니면 좁은 우물 안에서 대장질하는 것에 희열이라도 느끼게 되었습니까?"

"만약 그렇다고 한다면 그 남자의 기대를 저버리는 쪽으로 진화…… 아니, 퇴화한 건가요?"

"아니아니, 그렇지는 않지요. 화이트 룸의 염원은 일본 장악, 나아가 세계 장악. 성공체인 자네가 그렇게 느끼게 되었다면, 언젠가 더 큰 세계를 장악하고서 희열을 느끼게 되겠지요."

이야기가 작은 일본 고등학교에서 단번에 세계 장악으로 확장되었다.

그런 뜬구름 잡는 이야기를 누가 들으면 비웃기만 하겠지.

분명 내 앞에 있는 츠키시로 본인도 그게 어디까지 현실적인지는 많이 회의적일 터다.

어디까지나 명령에 충실하게, 담담히 직무에 임하고 있는 것뿐.

"뭐, 솔직히 말씀드리면 이 학교는 별거 없다고 생각했었습니다."

"그야 그렇겠죠. 자네한테 이 학교의 수준은 이미 유아 시절에 통과한 길이니까요."

"어디까지나 커리큘럼에 한해 말씀드리는 겁니다. 이 학교에서 제가 해야 할 일, 하고 싶은 일의 방향성이 이제 겨우 보이기 시작했습니다. 졸업할 때까지 충분히 즐길 수 있다고 생각하고, 우수한 사람은 화이트 룸 밖에도 많이 있다는 걸 알았어요."

오히려 화이트 룸에서는 절대 나올 수 없는 인재의 보고라고 말해도 좋다.

"저는 고도 육성 고등학교 학생들을 부정할 생각이 없답니다. 자네가 말했듯 우수하고 재능이 넘치는 사람은 늘 세계 각지에 존재하지요. 때로는 스포츠, 때로는 학력에서 자네를 능가하는 인간도 나오겠지요. 하지만 중요한 건 그 부분이 아니라 모든 상황에서 뛰어난 성적을 남기고 다수를 잘 이끌 수 있는 사람입니다."

츠키시로 이사장 대행이 시바에게 가볍게 시선을 던졌다.

"나구모 군과 이치노세 양 쪽은?"

"나구모는 움직임을 멈췄고, 이치노세는 이미 멀어졌으니 걱정할 필요는 없을 듯합니다."

내가 나구모와 이치노세를 막는 것도 당연히 계산에 있었으리라.

"그리고 예정에 없던 반응에 관해서는 아마사와가 잡아두고 있는 듯하고요."

예정에 없던 반응? 이 주위에는 지정 구역도 과제도 없다.

이치노세와 나구모 이외에도 누가 가까이 온 건가?

만약 이 자리에 상관없는 학생이 나타난다면 츠키시로의 입장에서도 성가신 이야기.

그 변수와도 같은 존재를 잡아두고 있는 사람이 아마사와라는 것 같다.

"그녀 나름대로 예의는 다했다는 거군요."

"아마사와가 츠키시로 이사장 대행과 보조를 맞추게 된 것처럼은 보이지 않지만 말입니다."

"그녀는 간단히 말하면 『배신자』입니다. 자네를 데리고 돌아가기 위해 뽑힌 인재인데, 자네를 데리고 돌아갈 생각 따위 애초부터 없었던 모양이니까요."

쓸데없는 이야기는 끝내겠다는 듯 츠키시로가 한 발 앞으로 나왔다.

피차 시간만 흘려보내는 것은 좋은 생각이 아니다.

서로 거리를 조금씩 좁혔다.

그래도 아직 거리가 5, 6m 넘게 남아 있었다.

나를 놓치지 않겠다는 듯 시바 선생님이 천천히 내 뒤로 위치를 옮겼다.

"2 대 1을 불공평하다고 말하진 않겠지요? 당신은 화이트 룸의 최고걸작. 이렇게 해도 저는 조금 불안을 느낄 정도랍니다."

말은 그렇게 했지만 츠키시로에게는 압도적인 여유가 있었다.

1 대 1이라도 충분히 싸울 수 있다는 확신이 있으면서도 둘이 같이 싸우기로 했음을 직감했다.

자존심 따위 전혀 없는 몹시 견고한 자세.

나는 시선을 돌려 해안에서 기다리는 배를 응시했다.

여기서 봤을 때 선원은 조종사 한 명뿐.

그러니까 서둘러 합류하더라도 최대 세 명의 적을 쓰러트리면 그만이다.

"안심하세요. 자네와 싸우는 건 우리 둘뿐입니다."

그 말을 쉽게 받아들일 수 있을 만큼 단순한 상대가 아니다.

조금 전에 했던 말로는 빈손이라고 했지만, 휴대 무기를 숨기고 있을 가능성도 절대 배제할 수 없다.

미지의 실력을 가진 어른, 그것도 에이전트급인 두 사람을 상대로 잘 대처하면서 무기의 유무, 원군 유무, 그 이외의 불확실 요소까지 경계해야 하는 싸움.

원래라면 멀티태스킹 하느라 뇌가 다 타버릴 것 같은 상황이지만, 정신적인 혼란은 없다.

부조리, 불리한 상황에서의 전투는 어릴 때부터 셀 수 없이 반복해서 겪어왔으니까.

그것은 인간이 살아가기 위해 꼭 필요한 호흡을 무의식 중으로 하는 처나 다름없다.

"자기가 질 거라고는 조금도 생각하지 않는 얼굴이군요."

"그런 얼굴로 보입니까?"

눈에 보이는 결과는 어디에도 없다.

여기서 내가 거머쥐지 않으면 미래는 열리지 않는다.

앞뒤가 막힌 상황에서 아직 상대는 상황을 엿보고 있다.

평소 같으면 선수를 치고 나가겠지만, 내가 먼저 공격하는 것은 좋은 방법이 아니다.

앞뒤로 버티고 서 있는 것은 학생이 아니라 학교 측 인간.

나만 손을 올린 것이 되면 싸움 이외의 경우에 불리하게 작용할 것이다.

"유리해진다는 걸 알면서도 역시 먼저 공격하지 않는 군요. 자네다워요."

화이트 룸에 관한 교육 방침을 자세히 알고 있을 츠키시로가 그렇게 분석했다.

"그럼―― 사양하지 않고 먼저 시작해볼까요, 시바 선생."

이름을 부름과 동시에, 두 어른이 나를 향해 다가오기 시작했다.

둘 다 서두르지 않고 냉정하게, 마치 장기 묘수풀이에서 말을 움직이듯이 거리를 좁혀왔다.

뒤에 있는 시바의 기색과 발소리가 동시에 사라졌다.

앞에서 접근하는 츠키시로와의 거리는 이제 일곱 걸음, 여섯 걸음, 다섯 걸음, 네 걸음――.

뒤에서 시바가 얼굴을 잡으려고 두 손을 뻗자, 나는 살짝 몸을 숙여 피했다.

첫 공격은 역시 등 뒤.

피하는 사이에 앞에서 츠키시로가 팔을 뻗어 시바처럼 나를 잡으려고 했다. 나는 해변을 굴러 피한 다음, 일어나는 동작과 달리는 동작을 동시에 해서 추격에서 벗어났다.

바닷바람과 함께 모래 먼지가 일었다. 두 어른은 서둘러 추격하지 않고 조용히 나를 응시했다.

상황을 살피는 것은 상대도 마찬가지.

데이터로는 알 수 없는 실제 움직임을 통해 내 기량을 헤아리려 하고 있었다.

모래에 발이 푹푹 빠졌다. 신발부터 벗을 걸 그랬나.

뜨겁게 내리쬐는 태양 아래, 벌어진 거리를 다시 좁히려고 두 사람이 움직였다.

두 사람을 보면서, 그만큼 뒷걸음질 쳐 다시 거리를 벌렸다. 바다를 등지고, 고운 모래에서 벗어나 발 디딜 곳을 확보함과 동시에 뒤로 들어오는 공격을 피한 것이다.

"정석이긴 하지만 정답이라고 말할 수 있을지는 미묘하군요, 아야노코지 군."

뒤에서 공격이 들어오지는 않게 되지만 그만큼 도망칠 곳이 줄어든다.

더 이상 물러서면 파도가 발에 닿을 위치, 그때 츠키시로와 시바가 접근했다.

뻗어온 팔은 역시 내 몸을 붙잡으려 하고 있었다.

아직 나를 때릴 생각은 없는 듯하다.

"잘도 도망가는군요."

두 사람의 움직임이 빨라지면서 내가 피할 틈을 단번에 빼앗았다.

한쪽 다리가 바닷물에 잠길까 말까 하는 아슬아슬한 곳까지 물러나자 나는 참지 못하고 그 자리에서 벗어났다.

"어라? 바다로 등을 지키는 걸 벌써 포기했습니까?"

상대가 당황해준다면 실수 유발도 쉽다.

그런 생각을 하는 동안에도 시바와 츠키시로는 모래를 밟으며 내게 다가오고 있었다.

2 대 1인 지금, 만약 둘 중 하나에게 잡힌다면 그 시점에서 게임 오버다.

네 개의 팔이 교대로 다가와, 조금의 틈이라도 보이면 끝나는 상황이 이어졌다.

달려서 거리를 확보하려고 시도했지만, 두 사람은 멀어지지 않고 추격했다.

이런 곳에서 도망만 다녀봐야 체력만 소모할 뿐.

뜨거운 햇살과 서 있기 불편한 바닥으로 체력을 빼앗으려는 목적이 분명했다.

나는 도망치는 것을 그만두고 왼쪽 다리로 모래를 단단히 밟고는, 몸의 탄력을 최대한 활용해 뒤쪽 시바에게 몸을 돌려 공격하기로 했다.

"윽?!"

예상치 못한 궤도를 보인 내 몸놀림에 시바가 살짝 경직되었다.

왼쪽 주먹으로 페인트를 섞으면서 오른손으로 가슴팍을 노렸는데, 위험을 감지한 시바는 당황하지 않고 거리를 확보했다.

잡는 것보다 피하는 것을 우선했다는 증거다.

"오호—— 우리 두 사람을 상대로 훌륭하게 대응하는

군요, 아야노코지 군."

양쪽의 공격을 피하면서 반격에 나서 보았지만 성공하지 못했다.

"싸우기 까다로운 상대네요, 츠키시로 이사장 대행은."

"남이 싫어하는 일을 솔선하는 것이 제 일이랍니다."

깨끗지도 비열하지도 않은, 그저 나를 잡아 데리고 돌아가는 것이 목적인 싸움 방식.

다만 나도 무의미하게 체력만 쓴 것은 아니다.

지금까지 얻은 것. 츠키시로와 시바는 싸움 실력 차이가 조금 난다는 사실이다.

츠키시로가 4면 시바는 6. 민첩한 몸놀림은 시바가 한 수 위라는 사실을 알았다.

츠키시로 쪽이 높을 줄 알았는데…….

어쨌든 경계 밸런스를 5 대 5에서 살짝 변경했다.

실력이 뒤지는 시바에게 뒤쪽을 맡긴 줄 알았더니, 오히려 그 반대였다.

내 뒤를 치는 전략이다.

이렇게 되면 실력이 밀지는 츠키시로부터 해결하고 싶어지지만, 그렇다 해도 그 역시 차원이 다르다.

고차원 중에서 그렇다는 이야기이지, 쉽게 처리할 수 있는 존재가 아니다.

오히려 내가 분석을 끝냈다는 사실을 눈치채면 츠키시로는 의식해서 수비할 위험도 있다.

실력 차이를 파악한 것을 모르게 하면서 일격에 시바부터 잡는다.

이해하기 쉽게 말하자면 잘못 판단한 것처럼 속여서 동시에 공격을 한 번씩 주고받는 것.

상대가 아직 나를 때릴 생각이 없는 지금이 기회다.

운이 좋으면 나만 일방적으로 타격을 줄 수도 있다.

그렇게 시바를 무력화한 다음에 그 기세를 몰아 1 대 1로 츠키시로를 상대한다.

1초 정도 되는 생각의 시간. 두 사람은 변함없는 속도로 나를 공격해왔다.

그런데 붙잡으려고만 할 줄 알았던 주먹이 갑자기 강한 타격으로 바뀌었다.

읽혔다——.

서로 한 방씩 교환하려던 노림수가 읽혀 버려서, 이대로 쳤다간 둘 다 맞게 된다.

그렇다면 내가 더 강하게——.

등 뒤에 있는 시바와 주먹을 교환하려고 의식을 뒤로 보내려는데, 예상 밖의 일이 일어났다. 목덜미에 서늘한 기운이 느껴져 반격을 중단할 수밖에 없었다.

몇 번째인지 모를 회피 동작으로 츠키시로에게서 벗어났다.

간발의 차이로 시바가 휘두른 주먹 소리가 건조하게 귓가를 울렸다. 경솔하게 주먹을 교환하려다가 내 다리가 멈춘 건지도 모른다. 시바의 일격은 틀림없이 나와 같은 위력을 가졌으리라.

아니, 그것보다도…….

시바보다 못하다고 판단했던 츠키시로의 몸놀림을 곁눈질해보니 예상보다 두 단 정도 빨랐다.

"……역시 방심할 수 없는 사람이네요, 츠키시로 이사장 대행."

아슬아슬하게 피한 나는 몇 년 만에 싸움 도중 식은땀을 흘렸다.

만약 내 직감을 믿었다면 어떻게 되었을까.

시바의 일격을 맞았을 뿐 아니라 츠키시로의 공격까지 무방비하게 맞았을지 모른다.

츠키시로 4, 시바 6이라는 판단 자체가 그들의 술수로 만들어진 가짜 정보다.

의도적으로 실력을 속이고 그 경계심을 웃도는 공격.

"방금 그 공격으로 마무리할 생각이었습니다만, 자네의 반응 속도는 일반인의 영역이 아니군요."

조그만 가능성을 버리지 않길 잘했다.

눈앞의 츠키시로가 시바에게 실력이 뒤진다는 부자연스러움.

그 점만이 직전에 내 경계심을 늦추지 않게 하는 데 도움을 주었다고 할 수 있다.

이 두 사람은 둘 다 신중하고 위험을 무릅쓰는 짓은 최대한 하지 않지만, 유리한 상황이 되면 주저 없이 위험도 감수하고 덤빈다.

형세는 내가 약간 불리, 한가——.

한쪽을 먼저 처리하려고 해도 절묘한 타이밍에 커버가 들어와 제대로 공격하기조차 어렵다. 하루아침에 결성한 콤비라고 볼 수 없다.

"분석은 순조롭게 되고 있습니까? 아야노코지 군."

아직 싸움이 시작된 지 2분 남짓.

이미 다양한 패턴을 시도해보았지만, 어느 것도 결정타가 되지 못했다.

"애처럼 순수하게, 힘과 힘만으로 부딪치는 싸움이라면 쉬웠겠지요. 하지만 우리 어른들은 지지 않기 위해 최적을 노리는 것을 주저하지 않는답니다. 설령 그것이 야비하고, 절대 멋있는 방법이 아니더라도."

츠키시로는 내 생각을 99% 읽고 있다. 망설임 없이 적확하게, 그러면서도 자기 생각은 읽지 못하게 막는 전략. 아니, 읽게 하지만 진실은 보여주지 않는다는 말이 맞을까. 어쨌든 지금 상황에서는 결정타를 먹이기 어렵다. 이대로 상황이 나빠질 뿐이라면 나 역시 상응하는 위험을 감수하는 수밖에.

"츠키시로 이사장 대행."

형세가 불리한 이 고착 상태를 깬 것은 지금까지 조용히 대응해왔던 시바였다.

이름을 불린 직후, 그 이변을 츠키시로도 알아차린 듯했다.

그건 이 자리에 있는 그 누구도 예상하지 못했던 일.

"이렇게 사람 없는 곳에서 이사장 대행님과 담임 선생님이 학생을 상대로 뭐 하시는 겁니까? 꼭 좀 말씀해 주실래요?"

그것은 초대하지 않은 방문자였다.

"너는——."

"저 학생은 3학년 B반 키류인 후카입니다."

왜 그녀가 여기에? 이곳 I2가 지정 구역으로 되어 있는 건 나뿐일 텐데.

"길 잃은 새끼고양이는 아닌 듯하군요. 무슨 일이지요?"

일단 전투태세를 푼 츠키시로가 평소처럼 물었다.

"실은 조금 전부터 큰 나무 뒤에 숨어서 구경했는데, 2대 1이라는 상황을 도저히 보고만 있을 수 없어서 말이죠. 이렇게 튀어나오고 말았네요."

물론 츠키시로와 시바가 GPS 반응을 확인하지 않았을 리는 없다.

"혹시 이게 원인인가? 사고가 나서 손목시계가 고장 났는데."

키류인은 그렇게 말하고 웃은 후 표면이 완전히 깨진 손목시계를 보여주었다.

"눈앞에 학교 측 사람들이 있으니까 묻는 건데, 아무 문제도 없겠죠? 손목시계가 망가졌어도 득점 기능이 꺼질 뿐, 어디로 가든 내 자유지."

"물론 문제 될 건 없습니다. 그나저나 손목시계 고장이 끊이지 않는 시험이로군요."

이 자리의 변수인 존재에도 츠키시로는 당황하는 모습을 보이지 않았다.

원래라면 다른 학생에게 목격당한 시점에서 물러나야 할 상황.

하지만 여기가 최후의 장소임을 이해하는 츠키시로는 역시 물러나지 않았다.

단순히 배제할 리스트에 키류인의 이름이 올랐을 뿐이겠지.

"아야노코지, 내가 나설 필요 없었을까?"

교사와 학생이라는 이상한 싸움을 목격하고 말았으니 얼버무려본들 아무 의미 없다.

오히려 이 불상사를 잘 활용해야 한다.

"그건 이제부터에 달렸죠. 도와주시는 걸로 받아들여도 될까요?"

츠키시로는 아주 강하다. 축적된 경험과 기술에 의한 전투 스타일은 과거의 기억을 통틀어도 손에 꼽히는 강적이라고 단언할 수 있다.

"물론. 사정은 모르겠지만 선배로서 후배를 보호하는 건 자연스러운 일이잖아?"

그렇게 말하며 내 옆에 선 키류인이 웃었다.

"그런데 여기는 왜 왔어요?"

"어제 넌 1학년들을 피해 다니는 모습을 보였잖아. 궁금해서 물어보고 싶었는데, 날 피해 버리면 좀 그렇다 싶어서."

그래서 일부러 손목시계를 망가뜨리고 몰래 접근했다는 건가.

"호기심이 이겨서 다행이네. 결과적으로 아주 흥미로운 전개에 초대받았으니까."

뭐, 평소에 볼 수 있는 전개가 아니라는 점만은 분명하다.

"시바 선생님, 저 애는 선생님이 맡아주시지요."

"딱 보니 이사장 대행과 시바 선생님의 실력은 엄청난 수준 같았어. 내가 어디까지 도움이 될지는 모르겠지만, 그리 오래 버티진 못하겠지."

그렇게 말한 키류인은 내 바로 옆에 서서 기쁜 듯 주먹을 움켜쥐었다.

"1초든 2초든 시간을 끌어주시면 저는 환영이죠."

"뭐라는 거야. 적어도 1분이나 2분은 버텨줄게. 하지만 아야노코지, 좀 더 그럴듯한 모습은 못 보여줘?"

"그럴듯한 모습이라니요?"

"그 흐리멍덩한 표정도, 좀 어떻게 안 돼? 주먹을 힘껏 움켜쥐고, 기합도 좀 넣고."

여기서 그런 말을 들을 줄은 꿈에도 몰랐다.

하지만 키류인의 묘한 압박을 못 이겨 나는 어쩔 수 없이 그럴듯한 포즈를 취해 보았다. 왠지 드라마 속 싸움 장면에서 볼 법한.

"……이렇게 하면 되나요."

"후후, 그런 건 정말 못하네. 뭐, 됐어. 최소 수준은 충족했다고 쳐줄게."

히죽 웃은 키류인도 다시 싸움 자세를 잡았다.

"사람을 때려본 경험은요?"

"난 숙녀야. 있을 리 있나."

"……정말입니까?"

"걱정하지 마. 한 번 정도는 때려보고 싶다고 생각하던 참이니까."

우리는 서로 거리를 두고 명확한 1 대 1로 이행했다.

"결착을 짓죠, 츠키시로 이사장 대행."

"나 혼자라면 이길 수 있다── 그렇게 판단한 겁니까?"

여유도 절박함도 느껴지지 않는, 늘 그렇듯 미소를 머금은 츠키시로가 자세를 취했다.

"그럼 보여주실까요? 1 대 1일 때 자네의 진짜 실력을."

눈앞을 가로막은 상대를, 대등한 적으로 인식해 맞서 싸운다.

그렇게 하지 않으면 발목 잡히는 쪽은 나다.

하지만 결착은 1분 이내. 키류인이 시바에게 잡히기 전에 끝내야 한다.

소리도 없이 날아드는 츠키시로의 공격을 피하고 왼쪽 주먹으로 츠키시로의 뺨을 때렸다.

"윽?!"

완급을 조절한 점프를 반복하며 절도 있는 펀치.

명중하는 것에만 의식을 집중했기에 첫 위력은 그리 세지 않았다.

하지만 그런 식으로 계속해서 맞자 츠키시로의 얼굴에서 점점 미소가 사라졌다.

내가 노리는 것은 콧등. 가벼운 타격이라도 맞으면 인체에는 어떤 작용이 발동한다.

바로 『눈물』이다.

사람은 누구나 콧등을 맞으면 눈물이 나오게 되어 있다.

고통보다도 눈물이 먼저 나오면서 중요한 시야를 가리는 것이다.

어른이든 아이든, 청년이든 노인이든 상관없다. 인체 구조가 원래 그렇게 되어 있다.

츠키시로의 시야가 흐릿해지자 나는 턱에 어퍼컷을 날렸다.

하늘로 고개가 꺾인 츠키시로는 입 안을 깨물었는지 피를 조금 토했다.

"얼마 만일까요."

입술 사이로 흐르는 피를 닦으며 츠키시로가 기분 나쁘게 웃었다.

"눈앞에 있는 사람은 고등학교 2학년 아이라는 것을 감안하여 인정하지요. 자네는 틀림없는 최고걸작입니다."

지금까지 싸운 상대 중에서도 츠키시로는 분명 최고의 실력자다.

츠키시로가 1 대 1로 싸우면 이길 거라고 판단한 것도 충분히 수긍이 간다.

"저는 원래 난폭한 행동을 좋아하지 않습니다만, 즐거워서 어쩔 수가 없군요."

재미있다는 듯 웃은 츠키시로가 다시 자세를 잡았다.

하지만 바로 덤비지 않고 슬금슬금 뒷걸음질 쳤다.

시바가 키류인을 제압할 때까지 시간을 버는 것 같기도 한데…….

절대 흥분하지 않고 냉정하게 승리로 가는 길을 걸어가려 하고 있다.

츠키시로가 발밑의 모래를 쳐다보았다. 그것도 찰나.

나는 상관하지 않고 달려가며 오른쪽 주먹에 힘을 실었다.

"정말로, 훌륭합니다——."

비틀어 들어가듯 때린 보디 블로우.

그것은 거의 회심의 위력으로 명중했다. 하지만 그런데도 츠키시로의 미소는 사라지지 않았다. 자세를 무너뜨리면서 왼손으로 모래를 움켜쥐더니 내게 뿌렸다.

그리고 다른 한 손을 더 깊이, 구멍 뚫린 모래사장에 넣었다가 들어 올렸다.

어퍼컷처럼 오른 주먹을 휘둘러 직격하더라도 자세가
무너진 상태에서는 큰 타격을 주지 못한다. 나는 그 오른
손을 정면으로 막지 않고 그의 팔을 뿌리친 다음 곧바로
잡아 움직임을 멈추게 했다.

"윽——!"

여기서 처음으로 츠키시로의 미소가 순간 사라졌다.

시선의 끝에 전기 충격기를 쥐고 있는 츠키시로의 오른
손이 보였다.

"어떻게, 알았지요?"

"직전까지는 몰랐습니다. 하지만 당신은 조금의 빈틈도
보이면 안 되는 상황에서 무슨 영문인지 자꾸 발밑을 확인
하듯 내려다보았어요. 거기서 위화감을 느낀 겁니다. 모래
로 제 시야를 가리는 게 목적이었으면 굳이 자기 발밑을
확인하지 않아도 되죠."

왼손으로 모래를 쥐어 나에게 뿌렸을 때도 정신은 거기
에 가 있었다.

"그리고 저의 공격을 일부러 맞는 것처럼 보인 것도 부
자연스럽게 느꼈고요."

실력이 팽팽한 이상 피차 흐름을 바꿀 필요는 있었다.

"가능하면 이런 위험한 선택은 하고 싶지 않았습니다
만……. 보험 같은 거였는데, 자네의 실력이 나를 조급하
게 만들기에 충분했던 겁니다."

오른손에서 힘을 빼자 전기 충격기가 모래사장에 떨어

져 꽂혔다.

"자, 이제 어떻게 할 거죠? 저는 큰 타격을 입었습니다
만……."

시선의 끝에서 시바가 키류인을 뒤에서 붙잡아 조르고
있었다.

그때 츠키시로 이사장 대행이 손을 들어 어딘가로 신호
를 보냈다. 그러자 정박해 있던 소형선 조종사가 뭔가를
손에 들고 상륙을 시도했다. 만에 하나 자신들이 졌을 때
를 대비한 마지막 비장의 카드인 게 분명했다. 하지만 그
건 나 역시 마찬가지.

"유감이지만 시간 다 됐어요, 츠키시로 이사장 대행."

소형선이 갑자기 상륙 준비를 중단하고 시동을 걸더니,
이사장 대행과 시바를 남겨두고 빠르게 움직였다.

해상에서 다가온 또 다른 소형선을 봤기 때문이겠지.

"……놀랍군요. 배를 무슨 수로 불렀죠? 당연히 미리 손
써뒀는데 말이지요. 만에 하나 자네가 학교 측에 부탁해도
막도록. 그리고 자네 역시 학교에 알려지는 것을 피할 줄
알았는데요."

"간단한 얘깁니다. 소형선을 잘 보면 알 수 있을 텐데요?"

소형선을 자세히 보니 마시마 선생님과 차바시라의 모
습이 보였다. 그제야 츠키시로도 이해했다.

"누군가가 2학년 A반과 D반 학생이 I2에 쓰러져 있어서
위험한 상태라고 보고하면 어떻게 될까요? 절대 간단히

넘길 이야기가 아니죠. 구하러 달려올 사람에 담임이 포함되는 것은 얼마 전 사건으로도 확인을 끝냈고요. 그래서 마시마 선생님과 차바시라 선생님이 달려올 걸 알고 있었습니다."

이것은 단순히 한 번 본 것만으로 신원을 알 수 있는 담임이 가장 적합하다며 학교 측에서 정한 규칙.

2학년 A반과 2학년 D반이라고 하면 싫어도 담임을 동행시킬 수밖에 없다.

긴급 상황이 되면 GPS를 일일이 확인할 시간이 없다. 손목시계가 망가졌다는 정보가 포함되어 있으면 그곳에 GPS 반응이 없어도 확인하러 반드시 간다.

"만약 모든 학생의 GPS로 확인하게 했다면 구조하러 오지 않고 상황이 달라졌을까요?"

"아니요. 지금 지도에서 2학년 A반과 2학년 D반 학생이 한 명씩, 손목시계에서 GPS 반응이 사라진 상태입니다. 오히려 신빙성이 커지지 않았을까요?"

"자네는 처음부터 시간을 벌기 위해 이런 전개로 가져갔다. 그래서 처음에는 불리한 걸 알고 피하는 데 주력한 거군요."

"이치노세를 어중간하게 위협한 게 실패 요인이었습니다. 할 거면 철저하게 처리했어야죠."

그 결과 츠키시로는 여기 오기 전에 내가 사카야나기에게 도움을 청할 기회를 주고 말았다.

"이래 봬도 저는 성직자랍니다? 그런 위험한 짓은 할 수 없어요."

진짜인지 거짓말인지, 그런 말을 하며 츠키시로가 웃었다.

"손목시계로 위치를 구속하는 규칙이 여러 면에서 오히려 독으로 작용을 많이 한 시험이군요?"

체념한 츠키시로를 따르듯, 시바가 곧바로 키류인에게서 손을 뗐다.

"……후우. 살았다, 아야노코지. 전혀 못 당하겠더라고, 재미있을 정도로."

그리고 쉬듯이 한쪽 무릎을 굽혔다.

곁눈질이긴 했지만, 그녀와 시바의 싸움을 봤는데, 일방적인 방어전이었어도 잘 버텨주었다.

누가 봐도 자기보다 한 수 위임을 인식하고, 무리하지 않고 발을 묶는 데에만 애써준 점이 크다.

만약 만전인 츠키시로와의 싸움에 시바까지 참전했다면 나도 어떻게 됐을지 알 수 없다. 배가 이윽고 해안에 닿아 마시마와 차바시라가 내렸다.

사카야나기에게 빌린 무전기가 마지막 순간까지 도움이 되었다.

"제 승리, 라고 인정해주시겠어요?"

"일단은 인정할 수밖에 없겠군요."

이제 츠키시로에게 상황을 뒤집을 카드는 없을 터다.

지정 구역을 나만 바꾼 것도, 추궁하면 반드시 들통나게 되어 있다.

"자네의 득점은 아주 미묘한 선에 있지만 뭐 아슬아슬하게 괜찮겠지요. 저로서도 이렇게 다 드러나 버린 이상, 자네가 하위 다섯 팀에 들어가면 항의를 피할 수 없을 테고요."

"걱정하지 마세요. 제 나름대로 안전선은 그어뒀으니."

"쓸데없는 걱정이었군요. 그럼 저는 일단 이걸로 물러나기로 하지요."

"일단, 이라고요? 더 이상의 폭력은 그만 쓰셨으면 좋겠네요. 적어도 이 학교의 이념에 반한다고 생각하니까요. 물론 규칙 안에서 완력이 얼마나 강한지 시험하시는 거야 환영하지만."

미소를 지우지 않은 채, 츠키시로 이사장 대행은 하선하는 마시마 선생님과 차바시라를 보았다.

"마지막으로 하나만 물어도 될까요, 츠키시로 이사장 대행. 당신은 정말로 저를 퇴학시키려고 한 겁니까? 물론 강한 제약이 있었다고는 생각하지만, 만약 제가 당신 입장이라면 좀 더 확실한 방법을 마련해 실행했을 텐데요."

그는 그걸 떠올리지 못할 만큼 아둔한 존재가 아닐 터였다.

"너무 높이 평가하는군요. 저는 위의 지시에 따라 자네를 전력을 다해 퇴학시키려고 했습니다. 하지만 결과적으로 이루지 못하고 이렇게 자네 앞에서 쓰러지게 되었으니까 말이죠."

한 가지 알게 된 것은 역시 츠키시로라는 남자는 아직 바닥을 다 보여주지 않았다는 점이다.

지금 그 말에 거짓이 들어 있는지 어떤지는 알 수 없지만, 그 이외에도 노리는 게 있다고 봐야 할까.

"아마사와 양에게 한 가지 전언을 부탁드려도 될까요?"

"말씀해보세요."

"명령을 계속해서 거역한 아마사와 이치카에게는 실격의 낙인이 찍혔습니다. 돌아갈 곳은 이제 없겠죠. 이 학교에 계속 있든 사라지든 좋을 대로 하라고 전해주세요."

참? 거짓? 츠키시로에게서 그게 보이지 않는다.

패배를 인정했음에도 다른 부분은 흔들리는 모습이 전혀 보이지 않는다.

만약 정말로 아마사와가 화이트 룸을 버렸다고 한들 그걸로 끝날 이야기라고 생각할 수도 없다.

딱 하나 확실한 것.

이렇게 해서 화이트 룸 일이 전부 해결된 것은 아니라는 거다.

아직 뭔가가 있다. 그렇다, 그렇게 생각해야 한다.

"그럼 부디 끝까지 발버둥 치는 모습을 보여주세요."

천천히 일어난 츠키시로는 체념한 듯 두 팔을 들고 마시마 쪽으로 다가갔다.

"여기서는 아무 일도 없었습니다. 저와 아야노코지 군은 단순히 담소를 나누었을 뿐이랍니다."

"그걸로 끝난다고 생각하시나요?"

"끝나고 안 끝나고 간에, 결정 사항입니다. 당신들 교사는 거역할 수 없어요. 오히려 제가 저항하지 않는 걸 고맙게 여겼으면 좋겠군요."

나는 마시마 선생님에게 시선을 보내, 그래도 괜찮다고 고개를 끄덕여 보였다.

"그럼 이만 갈까요. 아직 학생들의 특별시험은 끝나지 않았으니."

어른들이 배로 향하는 것을 확인한 나는 키류인을 쳐다보았다.

시바를 상대하면서 힘이 다 빠졌는지 해변에 앉아 한쪽 무릎을 세우고 바다를 바라보고 있었다.

"훌륭했어, 아야노코지."

"아닙니다, 키류인 선배도 시바 선생님을 상대로 굉장했어요."

"네가 싸우는 걸 목격한 이상, 빈말이라도 받아들이기가 어렵네. 아아, 안심해, 네 일을 다른 사람에게 말할 생각은 없으니까. 다만 여러 가지로 물어보고 싶은 건 있어."

그 장면을 목격한 것은 예상 밖의 일이지만 키류인이어서 다행이었다.

"좀 복잡한 집안 사정이 있어서요. 그것뿐입니다."

"복잡한 집안 사정? 그건 쉽사리 파고들 문제가 아닌 것 같네."

일어나 엉덩이에 묻은 모래를 가볍게 털어낸 키류인은 숲을 향해 걷기 시작했다.

키류인과 함께 I2를 출발해서 I3로 돌아왔을 때, 나구모의 모습은 이미 없었다.

그 대신이랄 것까지는 없지만, 생각하지 못한 학생들을 맞닥뜨리게 되었다.

두 사람은 나를 보자마자 서로 얼굴을 마주 보며 놀랐다.

"이게 무슨 조합이지? 호리키타. 이부키와 같이 있다니 내일 해가 서쪽에서 뜨려나."

"……너, 괜찮았던 거야?"

"괜찮았냐니?"

"음, 아니야. 누구랑 좀 싸우고 있는 게 아닌가 생각했어."

이번에는 나와 키류인이 얼굴을 마주 본 후 거의 동시에 부정했다.

"아니? 저 앞에는 아무도 없는데."

"그럼 넌 여기서 뭐 했니?"

"너무 힘든 2주였잖아. 아무도 없는 해변에서 바다를 보며 쉬고 있었지."

"참 여유롭기도 하네. 너니까 최소한의 점수는 모았겠지만."

호리키타가 '왜 키류인 선배가?' 하고 시선을 보냈다.

"농땡이 부리는 학생을 발견해서 내가 데리고 돌아가

는 중. 끝까지 성실히 임해야지."

그렇게 말한 키류인 선배가 내 등을 가볍게 때리더니 걷기 시작했다.

"그럼 시험 끝나고 배에서 보자."

호리키타는 내 옆에 서서 작은 목소리로 다시 확인했다.

"정말 괜찮은 거야……?"

"뭐가."

"좀…… 그냥 물어본 거야. 그리고 종이쪽지가."

"쪽지?"

"아니, 아무것도 아니니까 신경 쓰지 마. 나도 아직 온통 모르는 것투성이라서 혼자 좀 정리한 다음에 말해줄게."

무슨 소리인지 몰라서 신경 쓰이지만, I2에 관한 이야기를 오래 끌고 싶지는 않다. 츠키시로와의 사건을 말해줄 수도 없으니.

"그런데 너랑 이부키는 왜 여기에? 주변에 과제도 없잖아."

이부키가 뭐라고 말하려는 것을 호리키타가 막았다.

"이부키가 자꾸 승부를 걸어와서 서로 점수를 확인했어. 그러다가 네 GPS가 묘한 곳에 있어서 확인하려고 온 것뿐이야."

"무승부로 쳐줄게."

"……왜 그렇게 돼? 명확한 내 승리잖아?"

"오차야, 오차."

"오차든 아니든, 1점이라도 많으면 내가 이긴 거지."

잘은 모르겠지만, 이번 시험으로 호리키타와 이부키의 사이가 좋아진…… 건가?

그리고 잠시 후 무인도 시험은 끝을 맞이했다.

○결과 발표

2주에 걸친 기나긴 무인도 시험이 종료되었다.

마지막 날, 무리해서 강행하려고 한 그룹 학생 중에 부상자도 나온 모양이지만, 어쨌든 무사히 막을 내렸다. 시작 지점에서 교사들이 학생들을 격려하며 맞이했다.

그리고 세상에 붉게 물들기 시작한 저녁 여섯 시 무렵. 참가 학생이 모두 돌아온 것을 확인하고 승선 작업이 완료되었다는 연락이 들어왔다.

결과 발표가 배 안에서 이루어진다는 사실은 미리 통보받은 대로였지만, 이번에는 많은 퇴학자가 나올 가능성도 있어서인지 하위 그룹에는 미리 통보가 들어가기로 결정되어 있었다.

배에 돌아와 자기 전까지, 아마도 늦지 않게 알게 될 현실.

전교생 앞에서 공개 처형되는 전개는 없을 듯하다.

하위 다섯 팀은 미리 호출을 받고, 우선은 구제할 수 있는지 확인부터 하게 된다. 퇴학을 미리 방지할 학생은 여기서 대가를 치르고 살 수 있다는 것이다.

프라이빗 포인트의 부족 또는 소지하고 있어도 어떤 이유로 구제 행사를 하지 않는 학생은 이 시점에서 퇴학이 확정되어 짐을 싸서 소형선으로 옮겨 타게 된다.

며칠 만에 샤워하고 말끔해진 나는 배 안을 산책하기로

했다.

원래라면 스마트폰으로 친구나 연인과 연락할 때겠지만, 아직 학교에서 맡은 상태이기 때문에 그럴 수도 없다.

몇 명인가 D반 학생과 엇갈려 서로 가볍게 수고했다는 말을 주고받으며, 나는 갑판 쪽으로 나갔다. 거기서 흥미로운 조합의 두 사람을 발견했다.

두 사람은 서로 마주 보고 대화를 나누고 있었다.

굳이 몸을 숨기지 않아서, 그중 한 사람이 곧 나를 알아차렸다.

얼굴이 온통 상처투성이인 것이 시험 중 호우센과의 격한 공방이 있었음을 얘기해주고 있었다.

"방해가 들어오긴 했지만, 나와의 약속을 잊어버린 건 아니겠지? 그리고 돈도."

약속이라는 단어를 꺼낸 후 류엔은 나를 힐끗 쳐다보기만 하고 배 안으로 돌아갔다.

"물론이죠, 류엔 군. 때가 오면 언제든 말씀하세요."

그런 류엔의 등을 보며 사카야나기가 기쁜 미소를 지었다.

"약속?"

"네. 1학년의 전력을 잘 몰랐으니까요. 우수한 용병으로 류엔 군을 준비했는데, 공짜로 협력해 줄 사람은 아니잖아요. 그래서 부탁을 들어주면 그쪽의 희망을 하나 들어드리기로 했죠."

그렇군. 그래서 호우센 앞을 가로막듯 류엔이 등장했던

건가.

"참고로 싸움 결과는 알아?"

"글쎄, 어떻게 됐을까요? 류엔 군도 호우센 군도 많이 다친 상태로 시작 지점에 돌아왔고 처치를 받은 다음 탈락 선고를 받았다는 것까지는 알고 있는데요."

즉, 싸움의 승패는 모르지만 둘 다 탈락함으로써 무승부로 끝난 건가.

하지만 무인도 시험에서 이기는 것만 집중하던 그 녀석을 움직이기란 쉽지 않았을 터.

"그렇게—— 쉽게 약속을 해버려도 괜찮아?"

"그럼요. 언제 실현될지도 알 수 없는 약속이고, 게다가…… 그 부탁으로 인해서 그는 가까운 미래에 자기 손으로 목을 조르게 될 테니."

그렇게 말하며 미소 지은 사카야나기의 눈동자는 아이처럼 천진난만했다.

가볍게 데이트 한 번, 같은 안이한 약속이 아니었다는 것만은 확실해 보인다.

"무사해서 다행이에요. 지시하셨던 GPS가 사라지는 타이밍은 문제없었나요?"

"완벽한 타이밍이었어. 빚은 반드시 갚을게."

"제 희망은 예전에도 그랬고 앞으로도 그렇고 언제나 하나뿐. 아무 방해도 받지 않고 아야노코지 군과 진검승부를 펼치는 거예요."

"그거 꽤 어려운 제안인데."

"알아요. 지금의 아야노코지 군은 최대한 평온한 일상을 보내고 싶겠죠. 쓸데없이 튀는 행동을 할 수 없는 것은 잘 알고 있답니다. 급하게 굴 필요 없겠죠. 저희에게는 아직 1년 반 가까이 학교생활이 남아 있으니까요."

졸업 전 언젠가, 승부를 펼칠 기회가 있으면 그걸로 족하다고 사카야나기는 말했다.

"이제 곧 6시, 결과 발표 시간이네요."

"그러네."

과연 어느 그룹이 승리했고 어느 그룹이 떨어졌을까.

그걸 확인하러 가볼까.

1

7시 저녁 식사 시간이 되자 자연스레 D반 멤버들이 모이기 시작해 같은 곳에서 식사가 시작되었다. 당연하다면 당연하다. 어제오늘, 하위 그룹 리스트의 열람이 불가능했기 때문에 어느 그룹이 실패했는지 알려면 직접 물어보는 수밖에 없다.

"우선…… 우리 2학년 D반이 한 그룹도 빠짐없이 특별 시험을 마칠 수 있었던 건 정말 다행이라고 생각해. 그리고 이 자리에 D반 아이들이 모두 있다는 건 퇴학을 면했다

369

는 중요한 요소야. 정말 잘 됐어."

반 아이들을 둘러보며 요스케가 무덤덤하게 진심을 말했다.

무인도에서 요스케와 한 번도 마주친 적이 없어서 조금 궁금했었는데, 자기가 피곤한 것보다도 친구들 생각으로 머리가 꽉 찬 상태 같았다.

하긴 이 자리에 모였다는 건 하루카와 아이리 그룹도 무사했다는 뜻.

나는 2학년 다른 반을 가볍게 확인해보기로 했다.

특별히 빠진 학생은 없는 것 같다.

2주 만에 먹는 호화로운 식사에 군침을 삼키는 학생들이었지만 마냥 즐기고 있을 수만은 없었다.

교사들이 모이기 시작했고, 저녁 8시가 되었다는 신호와 함께 마이크가 켜졌다.

"잠시 식사와 대화를 중단해주십시오."

3학년 A반 담임 사사키가 마이크를 잡고 말하자 학생들이 선생님을 보았다.

무인도 특별시험, 우선 고생 많았습니다. 총 13명의 탈락자가 나왔지만, 어느 그룹도 빠지지 않고 2주를 무사히 보내서 우리 교사들도 깜짝 놀랐답니다."

일단 위로의 말부터.

"빠진 학생이 있다는 것을 이미 알아차린 반도 있겠지만, 하위 다섯 그룹에 미리 설명했던 대로 페널티를 주고 퇴학 처리하였습니다. 그룹에 인원이 복수인 경우, 대표로 한 명의 이름만 부르겠습니다. 3학년 D반 무토, 3학년 D반 카와카미, 3학년 C반 카츠마타, 3학년 C반 시노노메, 3학년 B반 미키타니까지 다섯 그룹, 총 15명입니다."

사사키 선생님의 설명에 1, 2학년들이 웅성거렸다.

물론 12일째 종료 시점에도 하위에 이름이 있던 것은 확인했지만, 모든 퇴학자 그룹이 3학년이라는 것은 너무도 의외였다.

나구모가 구제해 줄 것으로만 알았기 때문이다.

그래서 파란의 교체로 1학년이나 2학년에도 탈락자가 나올 거라고 예상했었다.

하지만 결과, 3학년 3인 그룹 다섯 팀이 없어지는 형태가 되었다.

"이 중 구제 조치를 한 학생은 없었기 때문에 총 15명이 그대로 퇴학이 확정되었습니다."

이런 결과를 볼 때, 3학년에 다섯 그룹이 퇴학당하는 것은 내정되어 있었나?

그렇게 생각하고 3학년들의 얼굴을 보았지만, 그런 것도 아닌 모양이었다.

많은 학생의 얼굴에 여유를 찾아볼 수 없었고, 믿을 수 없다는 듯 동요하고 있었다.

마치 본보기라는 듯한 결과에 겁에 질린 것처럼 보이기도 했다.

나구모를 찾아보니, 언뜻 본 옆얼굴은 평소와 다름없었다. 하지만 어쩌면 마지막 순간에 있었던 나와의 충돌이 이 결과에 영향을 준 건지도 모르겠다.

거대 스크린이 켜지고 하얀 영상이 흘러나오기 시작했을 무렵 또 한 사람이 나왔다.

"그럼 지금부터 무인도 특별시험 결과, 상위 세 팀을 발표하겠습니다."

츠키시로 이사장 대행이었다. 나와 싸운 후라고는 조금도 보이지 않고, 시작 선언을 했을 때와 마찬가지로 태연하게 진행해나갔다.

"3위── 2학년 A반 사카야나기 아리스 그룹. 261점."

여기서 갑자기 2학년 그룹이 3위에 이름을 올렸다.

2학년 중 유일하게 허락된 7인 그룹의 이점을 최대한으로 살려서 탄탄하게 점수를 쌓으며 순위를 하나하나 올려 3위까지 간 듯했다.

마지막 날 이치노세가 반쯤 이탈했는데 그 영향은 경미했나.

점수로는 류엔과 카츠라기 그룹도 고군분투했지만, 13일째에 류엔의 탈락이 영향을 줬겠지. 카츠라기 혼자가 되면서 착순 보수의 상실, 참가 가능한 과제의 감소. 게다가 탈락 위험을 피하고자 안전성을 추구했던 것 등 힘든 이틀을 보냈을 터다.

마지막 날 점수가 2배로 뛰었던 것도 맞바람으로 작용했으리라.

반면 사카야나기는 견고하게 일을 진행해나간 것이다. 1학년을 막기 위해 보낸 학생들은 모두 사카야나기 그룹 이외의 학생. 사용한 태블릿도 다른 그룹의 것으로, 큰 리스크를 감수하지 않았다. 위험한 상대에게는 류엔을 앞세워 훌륭하게 대처했다.

호우센과의 싸움은 류엔이라도 위험하다는 것은 예측 가능했을 터.

중학교 시절의 인연 때문에 움직인 것일까, 아니면 『약속』과 상관있을까.

후자라면 3위와 시련 카드에 의해 늘어난 보수보다 『약속』이 더 매력적이란 이야기가 된다. 하지만 키리야마 그룹이 끝에 가서 떨어진 것은 의외였다.

그리고 2위.

여기에 모든 것이 결정된다고 말해도 과언이 아니다.

12일 종료 시점에 나구모와 코엔지가 투톱이 될 것임은 확정되었다.

다소 점수가 떨어졌어도 3위의 점수를 들은 한 파란은 일어나지 않는다.

3학년을 장악한 나구모일까, 아니면 단독으로 파죽의 기세를 보여왔던 코엔지일까.

"2위—— 3학년 A반 나구모 미야비 그룹. 325점."

츠키시로 이사장 대행이 그렇게 발표하자, 환호성이 아

니라 비명 같은 음성이 터져 나왔다.

이어서 바로 1위 발표로 넘어갔다.

"1위—— 2학년 D반 코엔지 로쿠스케. 327점."

그 이름이 불린 순간 모든 학생의 주목, 시선을 받는 코엔지.

의기양양하지도, 누군가에게 어필하지도 않고 아무렇지 않은 듯 그대로 앉아 있었다.

결과만 놓고 보면 불과 2점 차.

아주 사소한 일 하나에 뒤집힐 수 있는 점수.

그렇지만 코엔지는 단독이라는 가장 힘든 조건 속에서 1위라는 쾌거를 거두었다.

1위에게 주어지는 300 반 포인트. 그리고 개인에게 100만 프라이빗 포인트, 나아가 프로텍트 포인트까지 하나 획득했다.

"정말로 해냈네, 코엔지가."

코엔지는 딱 한 번 호리키타를 쳐다보고는 알지? 하고 물었다.

호리키타도 고개를 끄덕이는 수밖에 없겠지.

공약대로 훌륭하게, 코엔지는 졸업 때까지 면죄부를 얻었다.

앞으로 더욱 제멋대로 자유분방하게 학교생활을 보낼 것이다.

"정말…… 마냥 기뻐할 수만은 없달까, 어이가 없어서

말도 안 나오네……."

"지금은 그냥 기뻐해도 되지 않을까? 단독 300 반 포인트는 A반으로 올라가는 데 아주 중요한 포인트잖아. 두 번째 D반 탈출이 확정되었으니."

게다가 원래 멋대로 굴기만 하던 코엔지다. 지금 와서 새삼 제어고 뭐고 될 것도 아니다.

"맞아, 그러네. 이제 우리는 윗반과의 격차를 확 좁히게 되었어. B반에서 D반까지, 어디가 어떻게 바뀌든 하나도 이상하지 않아."

"이번 달 우리가 일상생활을 엉망으로 보내서 엄청 깎아 먹지 않는 한은."

평소 행실과 문제 행동으로 반 포인트는 미묘하게 감점 되니까.

"……재수 없는 소리 하지 마."

하지만 이 2점 차이가 가진 큰 의미를 다시금 생각해보게 된다.

오늘 일부러 내게 왔던 나구모를 떠올렸다.

그때 무전기에서 들렸던 동료의 목소리.

만약 그때 나구모가 그 목소리에 답했더라면 1위와 2위 결과는 반대였을 거라는 느낌이 든다.

그리고 퇴학당할 그룹에도 차이가 생기지 않았을까.

지금 생각한다고 정답을 알 수 있는 것은 아니지만.

어쨌든 이 길었던 특별시험이 무사히 막을 내렸다.

2학년에서는 기적적으로 한 사람도 빠지지 않고 여름을 극복해낸 것이다.

아마사와 이치카가 화이트 룸생이라는 사실도 드러났다.

이유는 모르겠지만, 적어도 지금은 츠키시로 편이 아니라 나를 돕고 있다.

미리 짠 전략인지, 화이트 룸을 배신한 아마사와의 단독 행동인지 현재로는 확정 지을 재료가 하나도 없지만, 이번에 얻은 정보도 절대 적지 않다.

그래도 아직 몇 가지 수수께끼는 여전히 남아 있다.

어쩌면 이번 여름 방학, 이대로 순조롭게 끝나지 않을지도 모른다.

작가 후기

작년부터 이어서 쉴 여유도 없이 작업에 몰두하고 있습니다만, 하나가 끝나면 또 하나가 늘어나는 무한 증식으로 체력과 정신력을 갉아먹는 나날이 이어지고 있습니다. 안녕하세요, 키누가사입니다.

…… . …… . ……음.

후기에 쓸 말이 없어요!

오른쪽 엄지발가락이 최근 들어 욱신거리고 아프다는 거? (통풍은 아닐 거예요)

집 근처에 생긴 매운 카레 집이 맛있어서 계속 가게 된다는 거? (진심 아무래도 상관없는)

도시락을 배달 주문하려고 한 시간 정도 홈페이지를 노려본 후 추가 요금과 배송비를 고민하다가 결국 직접 자전거를 타고 받으러 갔다는 거? (그래서 어쩌라고)

딱히 새로운 변화 없이 담담히 하루하루를 보내고 있답니다.

응, 됐다. 근황 보고는 이 정도로 할까요?

너무 내용 없는 후기인 것은 어제오늘 일도 아니니 양해 부탁드립니다.

이제부터는 무인도 시험 후반에 관한 이야기입니다.

이번이 4권입니다만, 다시 돌아보면 상하권은 정말 힘들다! 하는 것과 합해서 700페이지 가까이 되더라도 더 쓸 에피소드가 많이 있다는 것이네요. 무인도에서 많은 주요 캐릭터들의 싸움이 있었으니 그것들도 쓰고 싶었습니다만, 아무래도 본 줄거리에서 멀어지기 때문에 그러지도 못하고…….

수요가 있으면 그런 각 캐릭터의 에피소드를 별도로 쓰고 싶기도 합니다만, 수요가 있을지 없을지 모르기 때문에 일단 그냥 넘어가기로 합니다.

4권 본편에서는 우선 츠키시로와의 대결이 끝나지만, 화이트 룸에 관한 이야기는 조금 더 이어질 예정입니다. 그 부분은 책을 읽으신 분들도 대강 짐작하지 않으셨나요?

그리고 다음은 특별시험에서 해방된 4.5권. 호화 여객선에서 즐기는 여름방학 편입니다.

무인도 시험의 자세한 내용, 다루지 않았던 캐릭터들과의 에피소드 등에도 주목해주세요.

아야노코지와 다른 캐릭터들의 연애 이야기에도 변화가 있을지 없을지 저도 몰라요. 또 이번에 다루었던 화이트 룸과 관련해서도——.

그리고 여름방학 이야기도 무인도 시험과 다름없이 밀도 높은 전개가 몇 가지 들어갈 예정이니 기대 많이 해주세요.

그럼 여러분, 늦어도 4개월 후에 다시 만나요.

2021년도 잘 부탁드립니다.

YOUKOSO JITSURYOKUSHIJOUSHUGI NO KYOUSHITSU E 2NENSEIHEN Vol.4
©Syougo Kinugasa 2021
First published in Japan in 2021 by KADOKAWA CORPORATION, Tokyo.
Korean translation rights arranged with KADOKAWA CORPORATION, Tokyo.

어서 오세요 실력지상주의 교실에 2학년 편 4

2021년 10월 15일 1판 1쇄 발행
2024년 2월 15일 1판 4쇄 발행

저　　　자 키누가사 쇼고
일 러 스 트 토모세슌사쿠
옮 긴 이 조민정
발 행 인 유재옥
이　　　사 조병권
출판본부장 박광운
편 집 1 팀 박광운 최서영
편 집 2 팀 정영길 조찬희 박치우 정지원
편 집 3 팀 오준영 이해빈 이소의
디자인랩팀 김보라 박민솔
디지털사업팀 박상섭 김지연 윤희진
라이츠사업팀 김정미 맹미영 이윤서
영업마케팅팀 최원석 박수진
물 류 팀 허석용 백철기
경영지원팀 최정연
인쇄제작처 ㈜코리아피엔피
발 행 처 ㈜소미미디어
등　　　록 제2015-000008호
주　　　소 서울시 마포구 토정로222, 403호 (신수동, 한국출판콘텐츠센터)
판매 및 마케팅 (070) 8822-2301

ISBN 979-11-384-0294-1 04830
ISBN 979-11-6611-455-7 (세트)